Inhalt

Einleitung

„Rheinsberg. Ein Bilderbuch für Verliebte", die zarte, heitere Liebesgeschichte von Kurt Tucholsky, erschien 1912. Sie machte Rheinsberg in Deutschland berühmt und unsterblich. Noch heute ist das Bändchen der unschlagbare Bestseller nicht nur in Rheinsberg. Ein kleines Schild am Marktplatz erinnert an das Paar: „Liebesspendende glückbringende vom Zauber behaftete kleine Stadt Rheinsberg. Wir umarmen Dich Wolf und Claire."

2001 kamen über 600 000 Touristen nach Rheinsberg, um Schloß und Park zu besichtigen. Manche folgten den Spuren von Kurt Tucholsky und Theodor Fontane, die auf dem Poetensteig am Grienericksee spazierengingen und darüber schrieben. Die Faszination Rheinsbergs ist über die Jahrhunderte geblieben, das Interesse nach der Wende eher gewachsen. Rheinsberg – ein magischer Ort. Was zieht die Menschen an? Was ist das Besondere?

„Friderico tranquillitatem colenti MDCCXXXIX" ist über der Tordurchfahrt des Schlosses zu lesen. „Gewidmet Friedrich, der die Muße pflegt." 1739 Kronprinz Friedrich, später der Große genannt, hat im Schloß von 1736 bis 1740 gelebt. Am Ende seines Leben blickte er wehmütig zurück: „Nur in Rheinsberg bin ich glücklich gewesen!" Hier begann die Korrespondenz mit Voltaire. „Wie in Rheinsberg", soll Friedrich II. beim Bau von Sanssouci gesagt haben. Sein Bruder, Prinz Heinrich, hat über fünfzig Jahre im Schloß Rheinsberg gelebt und wurde 1802 in einer Pyramide im Garten beigesetzt. Bis heute steht er im Schatten des großen Königs und ist über einen gewissen Kreis hinaus nicht bekannt geworden.

Nähert man sich von der Holzbrücke dem Rheinsberger Schloß, wirkt es wie eine Illusion. Die Illusion eines Schlosses, das in Italien liegt. Der italienische Charakter des Gebäudeensembles fällt auf. Die Kolonnaden zwischen Süd- und Nordturm des Schlosses mit dorischen Säulen und großen Blumenvasen auf der Brüstung drücken Heiterkeit und Beschwingtsein aus. Der Innenhof mit Blick auf die fünf Skulpturen von Cybei im Garten unterstützen den Eindruck. Der See und die ehemaligen Weinterrassen mit Obelisk auf dem gegenüberliegenden Ufer vermitteln das Gefühl von Freiheit und Unendlichkeit. Es ist wie die Musik von Mozart. Mit ihren hellen Tönen wird man höher und höher getragen. Das Schloß und der Park sind magische Orte.

Die Touristen kommen nach Rheinsberg wegen Friedrich dem Großen. Er ist noch heute populär. Von ihm werden Anekdoten zur allgemeinen Belustigung erzählt. Bei öffentlichen Veranstaltungen ist er mit gebeugtem Rücken, in Uniform und mit Krückstock plötzlich da.

Prinz Heinrich dagegen ist im Bewußtsein der Menschen nicht vorhanden. Bei Besichtigungen des Schlosses wurde immer wieder Kronprinz Friedrich besonders hervorgehoben. Prinz Heinrich spielte eher eine Statistenrolle. Theodor Fontane ist in seinen „Wanderungen durch die Mark Brandenburg" den Gründen nachgegangen.

„Wenn man wieder ins Freie tritt, um über den Schloßhof hin dem Park und dem See zuzuschreiten, so kann man die Frage nicht abwehren, wie kommt es, daß dieser kluge, geistvolle Prinz Heinrich, dieser Feldherr sans peur et sans reproche, dies von den nobelsten Empfindungen inspirierte Menschenherz, so wenig populär geworden ist. Man gehe in die Dorfschule und mache die Probe. Jedes Tagelöhnerkind wird den Zieten, den Seydlitz, den ,Schwerin mit der Fahne' kennen, aber der Herr Lehrer selbst wird nur stotternd sagen zu wissen, wer denn eigentlich Prinz Heinrich gewesen sei. Selbst in Rheinsberg, das der Prinz ein halbes Jahrhundert lang bewohnt hat, ist er verhältnismäßig ein Fremder. Natürlich kennt man ihn, aber man weiß wenig von ihm.

Einige von den Alten entsinnen sich seiner, erzählen dies und das, aber die lebende Generation lernt Geschichte wie wir, das heißt, liest lange Kapitel vom Kronprinzen Friedrich und seinem Rheinsberger Aufenthalt, und hat sich daran gewöhnt, den Konzertsaal und das Studierzimmer als die alleinigen Sehenswürdigkeiten des Schlosses anzusehen. Die Zimmer des Prinzen Heinrich, Prinz Heinrich selbst, alles ist bloße Zugabe. Das harte Los, das dem Prinzen bei Lebzeiten zufiel, das Geschick, ‚durch ein helleres Licht verdunkelt zu werden‘, verfolgt ihn auch im Tode noch. An derselben Stelle, wo er durch fast zwei Menschenalter hin gelebt und geherrscht, geschaffen und gestiftet hat, ist er ein halb Vergessener, bloß weil der Stern seines Bruders vor ihm ebendaselbst geleuchtet.“

Fontane versucht die Gründe des Desinteresses zu analysieren. Sie müßte man im „prononciert Französischen“ suchen, die „der Volkstümlichkeit des Prinzen Heinrich immer hindernd im Weg stehen wird.“ Bei Friedrich habe es auch eine „kurbrandenburgische Derbheit“ gegeben neben der Sympathie für Voltaire. Fontane beendet seine Ausführungen über Heinrich, wenn er schreibt: „Um es mit einem Wort zu sagen: dem Prinzen hat der Dichter bis zu dieser Stunde gefehlt.“

Beinahe zweihundert Jahre ist das auch so geblieben. Erst in den vergangenen zehn Jahren ist das Interesse an der Person des Prinzen Heinrich entstanden.

Vor dem historischen Hintergrund nähere ich mich bei den Spaziergängen der Vergangenheit und Gegenwart sogenannter „normaler“ Rheinsberger. Einheimische, die im Schatten des Schlosses gelebt haben oder noch leben. Die Macht der Geschichte wird dabei ebenso deutlich werden wie die Tatsache, daß nach 250 Jahren das Schloß manchmal auch Aggressionsobjekt der Rheinsberger ist. „Alles dreht sich immer nur ums Schloß!"

König von Amerika

Am späten Abend des 14. März 1787 lief das französische Schiff „Le Cœur de France" im Hafen von Marseille in Richtung Süden aus. Der Himmel war bedeckt. Die Dunkelheit kam dem geheimen Auftrag entgegen. Stunden später änderte der Kapitän die Fahrtrichtung und nahm Kurs auf den Atlantik.

„Le Cœur de France" - „Das Herz Frankreichs" – hatte ursprünglich „Le roy de France" – „Der König Frankreichs" – geheißen und war aus Gründen der Tarnung umbenannt worden. Seit der amerikanischen Unabhängigkeitserklärung 1776 lieferte das Schiff in regelmäßigen Abständen Waffen und Munition den Aufständischen in Nordamerika. Ludwig XVI. hatte die Amerikaner im Kampf gegen die Engländer heimlich mit Waffen und Geld unterstützt. Gleichzeitig verbot er, daß in Frankreich über die amerikanische Revolution öffentlich gesprochen werden dürfte. Nach den militärischen Erfolgen der Amerikaner wurden noch immer Waffen gebraucht.

Deshalb hatte die „Le Cœur de France" Munition geladen, viel Munition: Kanonen, fast zweitausend Tonnen Schießpulver, Tausende von Musketen, Bomben und eine Unmenge von Karabinern, Flinten und Pistolen. Es war ein großes Segelschiff mit wenigen Kabinen für Passagiere. Meistens blieben die engen Kabinen leer und dienten als zusätzlicher Lagerraum. Doch diesmal, einige Tage vor der Abfahrt, hatte Kapitän Louis Seurat Anweisung erhalten, die Kabinen herzurichten. Seine Frage nach Herkunft der Passagiere blieb unbeantwortet. Im letzten Moment, kurz vor dem Auslaufen, waren mehrere Männer an Bord gekommen und hatten sich sofort in die Kabinen begeben. François Corot, der Steuermann des Schiffes, versuchte etwas Auffälliges zu entdecken, um ihre Identität zu entschlüsseln. Aber infolge der Dunkelheit war es nicht möglich.

François, Mitte Dreißig, stammte aus Korsika. Von seinem Vater hatte er den rebellischen Geist geerbt und den abgrundtiefen Haß auf den französischen Adel. Daher hatte François die amerikanische Revolution von Anfang an begrüßt und sie unterstützt in der Hoffnung auf einen baldigen Umsturz auch in Frankreich. Er ahnte nicht, daß die Passagiere an Bord adeliger Herkunft waren.

Sie redeten sich mit Vornamen an und sprachen nur Französisch. Ihre einfache Kleidung ließ sie nach außen als Bürgerliche erscheinen, die aus Begeisterung für Amerika in die Neue Welt fuhren.

François hatte einmal im Schutz der Dunkelheit an der Kabinentür gelauscht. Dabei war ihm aufgefallen, daß einer der Passagiere einen unüberhörbaren Akzent hatte. François vermutete, daß er Deutscher ist. Die beiden jungen Diener der Reisegesellschaft, bildschöne Männer, etwa Mitte Zwanzig, erschienen nur zu den Mahlzeiten in der Kombüse, um das Essen für ihre Herrschaft abzuholen. Auf längere Gespräche ließen sie sich nicht ein. Ansonsten hielten sich die Fremden tagsüber in den Kabinen auf und hatten die kleinen Fenster zugezogen, ein deutliches Signal für Außenstehende. Nur am Anfang der Reise hatte François einige der Männer im Zwielicht der Dämmerung gesehen, wie sie sich über die Reling beugten und sich erleichterten. Der scharfe Geruch von Erbrochenem wehte herüber. Von der gefährlichen Waffenladung wußten die Passagiere ebenso wenig, wie der Steuermann und der Kapitän vom geheimen Auftrag der Reisegesellschaft.

An manchen Tagen öffneten die Diener die Türen zu den Kabinen, um frische Luft hineinzulassen. Dabei sah François zufällig, wie ein älterer Mann in einem Buch las, ehe die Tür mit lautem Knall zugeschlagen wurde. Der Mann war der preußische Prinz Heinrich, was François nicht wissen konnte. Heinrich, Anfang sechzig, trug eine Perücke, wie sie damals Mode war. Nur mit dem Unterschied, daß sie besonders hoch nach oben frisiert wurde und wie ein Hut, oder besser, wie eine Pyramide auf seinem Kopf thronte.

Heinrich war kein gutaussehender Mann, eher häßlich und unansehnlich. Sein linkes Auge schielte leicht, so daß man nicht genau wußte, ob es einen fixierte oder nicht. Der erste Eindruck war kein besonders günstiger. Hinzu kam, daß sein Gesicht an einigen Stellen häßliche Narben aufwies. Kleine rote Punkte, an den Rändern ausgefranst, die jeden Tag überpudert werden mußten. Heinrich hatte als Kind Pocken gehabt, die sein Gesicht auf Dauer entstellten.

Wenn er sprach, fiel sein gepflegtes Französisch auf. Er drückte sich gewählt aus, ohne daß es aufgesetzt wirkte. Wäre nicht der starke Akzent gewesen, hätte man ihn für einen gebürtigen Franzosen halten können. Heinrich war umfassend gebildet und gut erzogen, nichts Ungewöhnliches für einen Angehörigen des preußischen Königshauses. Er war intelligent, besaß Charme und Eleganz, die ihn anziehend und attraktiv erscheinen ließen. Die positiven Eigenschaften wogen die häßlichen Äußerlichkeiten bei weitem auf. Um nicht aufzufallen, kleidete er sich ebenso einfach wie seine Mitreisenden. Heinrich machte keinen Hehl aus seiner Homosexualität, die durch seine auffallend femininen Körperbewegungen unterstrichen wurde.

Zum engen Kreis des Prinzen gehörte Peter Duponceau, Sekretär und Dolmetscher. Als Soldat diente er auch in Amerika dem preußischen General Baron Friedrich Wilhelm von Steuben, der ihn nach Europa in geheimer Mission geschickt hatte, um Heinrich bei seinem delikaten Auftrag zur Seite zu stehen. Steuben war zehn Jahre lang erfolgreich als Exerziermeister in der amerikanischen Armee tätig gewesen und hatte sich große militärische Verdienste bei der Verteidigung der jungen Republik gegen die Engländer erworben. Heinrich kannte ihn aus dem Siebenjährigen Krieg gegen Österreich. Beide verband tiefe Freundschaft und gegenseitiger Respekt.

Duponceau, Ende Zwanzig, war der einzige Bürgerliche in der Gesellschaft des Prinzen. Ein Abenteurertyp, der in der Welt ein bißchen herumgekommen war, fließend Englisch, Französisch und Spanisch sprach. Jeden Morgen lernte Heinrich unter seiner Anleitung Englisch, um sich auf Amerika vorzubereiten. Duponceau sprach kein Deutsch, so daß Heinrich gezwungen war, die englische Sprache auf dem Umweg über das Französische zu erlernen. Das bereitete ihm keine großen Schwierigkeiten, weil er schon in seiner Kindheit Französisch gelernt hatte. Französische Sprache und Kultur waren ihm sozusagen ins Blut übergegangen.

Zu den Männern um Heinrich gehörte außerdem Jean-Pierre d'Orléans, ein junger Adeliger aus dem Loiretal, der sich in Amerika eine neue Existenz aufbauen wollte. Als Offizier hatte er im amerikanischen Unabhängigkeitskrieg auf Seiten der Amerikaner gekämpft. Schließlich war noch Jacques d' Évian, Adeliger aus Burgund, Philosoph und Denker, Mitglied in Heinrichs Gesellschaft. Mit Militär konnte er absolut nichts anfangen und sah die Welt nur vom Standpunkt des Philosophen. Als Begleitschutz gab es acht junge, adelige französische Offiziere, alle mit militärischer Erfahrung. Auf dem Schiff traten sie als Zivilpersonen auf.

Die erste Woche während der Überfahrt war sonnig und fast windstill. Das Schiff konnte nur wenige Stunden segeln und kam nicht recht voran. Unzufriedenheit unter der Besatzung machte sich breit. Ein bunt zusammengewürfelter Haufen aus französischen Seeleuten, darunter auch einige Schwarze. Während des Tages döste die Mannschaft vor sich hin, zur Untätigkeit gezwungen. Heinrich ging manchmal an Deck, wenn es in der Kabine unerträglich stickig wurde.

Solche Gelegenheiten benutzte er, um die Mannschaft zu beobachten. Ihm gefiel das Aussehen der Leute nicht, von wenigen Ausnahmen abgesehen. Der Steuermann verfolgte ihn mit mißtrauischen Blicken. Fragen beantwortete er meist einsilbig und spuckte den Kautabak weit über Bord. Dann schwieg er wieder. Heinrich witterte Gefahr von François, konnte dies aber nicht genau begründen. Er stellte schnell fest, daß die Besatzung eher dem ersten Steuermann François gehorchte, als den Befehlen der Offiziere.

Zufällig hörte Heinrich an einem Abend aus sicherem Versteck zu, wie François zur Meuterei aufforderte. Er wollte das Schiff in seinen Besitz bringen. Kapitän Louis lachte Heinrich aus, als er ihm von den Vermutungen einer möglichen Revolte erzählte. „Monsieur, das dürfen Sie nicht so ernst nehmen. Vom Wort zur Tat ist es ein weiter Weg."

Zu Beginn der zweiten Woche kam endlich Wind auf, so daß die Hauptsegel gesetzt werden konnten. Das Schiff kam in Fahrt, die Stimmung unter der Besatzung besserte sich erheblich.

Prinz Heinrich bereitete sich auf seine Mission vor. Er las in Abbé Raynals Schriften über Amerika und Jean-Jacques Rousseaus Buch „Contract social". Die Bücher hatten ihm Freunde aus dem französischen Adel empfohlen. Je weiter Heinrich in der Lektüre des „Contract social" vordrang, um so weniger konnte er die Bewunderung der französischen Adelsgesellschaft für diesen Philosophen verstehen, der alle ihre Grundrechte bedrohte.

Instinktiv spürte er, daß auch eine Bedrohung des preußischen Adels und seiner Privilegien von der Philosophie Rousseaus ausging.

„Jacques, ich weiß nicht, ob ich mich der Philosophie von Rousseau zuneige. Seine Ideen erscheinen mir höchst gefährlich, vielleicht sogar revolutionär."

Jacques d'Évian lachte wissend und antwortete auf die Bedenken: „Sire, ich kann Sie gut verstehen. Wohl noch nie hat ein Philosoph eine derartige Wirkung ausgeübt wie Rousseau, weder auf die öffentliche Meinung noch auf die Politik! Wenn der französische Adel für die junge Republik der Vereinigten Staaten von Nordamerika schwärmt, so ist das überaus naiv. Wenn es mal in Frankreich losgehen sollte, werden wir höchst verblüfft sein und von einer Republik, die unsere Vorrechte schmälert, nichts mehr wissen wollen!"

Heinrich sah seine Befürchtungen bestätigt: „Wir Preußen sahen nur das Literarische in Rousseau. Von den Neuerern kenne ich Voltaire. Leider habe ich nie Zeit gefunden, Rousseau zu lesen. Das bedaure ich jetzt aufrichtig."

„Sire, was wäre die Philosophie ohne Folgen, ohne Tat?" fragte Jacques und antwortete gleich selbst, „wir Philosophen wären nur Hofnarren!"

„Als junge französische Offiziere haben wir uns nach dem Krieg gesehnt und begeistert am Befreiungskampf der jungen Republik teilgenommen", warf Jean-Pierre d'Orléans ein, um das Militärische in den Vordergrund zu rücken.

„Und wir haben gewonnen!" ergänzte Peter Duponceau schnell.

„Ja, gewiß, aber um welchen Preis?" gab Heinrich zu bedenken. „Es gibt keine Monarchie und keinen Adel ..."

„... nein, Nordamerika ist eine Republik", antwortete Jean-Pierre spontan.

„Und warum will man einen König?" fragte Heinrich mißtrauisch.

„In erster Linie soll er den Staat repräsentieren", sagte Duponceau schlagfertig. „Er wird keine direkte politische Funktion oder Macht haben", und versuchte Heinrichs Zweifel zu zerstreuen. „Der Baron hat von Eurer Exzellenz immer mit der größten Liebe und Verehrung gesprochen." Damit wollte Duponceau zweifellos Heinrich beschwichtigen

Prinz Heinrich fühlte sich geschmeichelt und war fürs erste zufrieden. Auch der Brief des Barons von Steuben bestätigte ihn in seiner Haltung. Heinrich las nach solchen Gesprächen das Schreiben erneut, um seine eigenen Zweifel zu zerstreuen. Darin hatte Steuben geschrieben, daß gewisse politische Kreise in Amerika die Monarchie einführen würden. Ob er sich vorstellen könne, ihr Repräsentant zu werden.

Prinz Heinrich hatte die Anfrage freudig und ohne den geringsten Zweifel bejaht. Auf diese Weise konnte er seinen Bruder Friedrich den Großen, der vor einem Jahr gestorben war, über dessen Tod hinaus übertrumpfen.

„Das ist die Chance meines Lebens. Und die lasse ich mir nicht entgehen", sagte er laut immer wieder vor dem Spiegel. Er wollte König von Amerika werden. Das klang mächtiger als nur König von Preußen. Damit werde er sich einen würdigen Platz in der Geschichte sichern, sich unsterblich machen. Nur darauf kam es ihm an, unsterblich zu werden. Über den Tod hinaus Wirkung zu entfalten und Einfluß auszuüben. Für ihn bedeutete das aufregende Angebot des Barons der Aufbruch in ein neues Leben. In dieser Hochstimmung wählte Heinrich sehr sorgfältig seine Kleidung für den Empfang aus, stimmte die Farben aufeinander ab und drehte sich vor dem Spiegel wie ein Pfau. Duponceau beriet ihn.

Am Ende der vierten Woche geriet das Schiff in einen

schweren Sturm und kämpfte verzweifelt gegen die hohen Wellen an, die krachend aufs Deck schlugen. Einige Segel rissen, die anderen mußten eingeholt werden. Dabei gingen mehrere Männer über Bord. In der Nacht ließ der Wind nach. Am nächsten Morgen begann das Meer erneut zu toben. Hinzu kam, daß am Abend des nächsten Tages im Hinterteil des Schiffes eine heftige Explosion erfolgte. Das Schiff zitterte unter der Wucht, stöhnte und ächzte wie ein angeschossenes Tier. Kurz darauf begann es zu brennen. Heinrich und seine Männer ahnten, daß es sich hier nur um Schießpulver handeln könne. Sicherlich gab es auch Waffen an Bord.

Heinrich hatte in seinem Leben die meisten Schlachten erfolgreich im Dienste Friedrich des Großen geschlagen. Kein militärischer Draufgänger, sondern eher bedächtig und vorsichtig das Für und Wider abgewogen, um einen Kampf zu gewinnen. Er hatte eine gewisse Scheu, Entscheidungen rasch zu fällen. Vielmehr lag ihm daran, durch taktisch geschickte Manöver sein militärisches Ziel zu erreichen. Er wartete ab, analysierte nüchtern die Lage und entschied dann. Ein sorgfältig abwägender Stratege und Taktiker, der damit immer erfolgreich gewesen war. Allerdings hatte Heinrich noch keinen Kampf auf See ausgefochten.

Auf dem Schiff schlugen die Flammen hoch zum Himmel. Die Mannschaft war verzweifelt und vollkommen orientierungslos. Manche torkelten hin und her, zu keiner Handlung fähig. An Bord herrschte eine Glut, die kaum zu ertragen war. Die Männer mußten aufpassen, nicht selbst Opfer der Flammen zu werden. Manche hatten angesengte Haare. Brennende Holzplanken flogen herum und bedrohten die Mannschaft. Das Meer brüllte, die Flammen zischten, und die Menschen schrien vor Angst. Das war der Moment für Steuermann François. Seine Stunde war gekommen. Er spuckte sogar in die

Flammen, um ihnen seine Verachtung zu demonstrieren. Die Männer waren bis auf die Haut durchnäßt, von der Perücke bis zu den Stiefeln.

Der Kapitän befahl mit heiserer Stimme, den Brand zu löschen. Er schrie, so laut er konnte, immer wieder gegen den Sturm und das rasende Meer an – vergeblich. Die Mannschaft war unschlüssig, was sie machen sollte: dem Kapitän zu gehorchen oder François. Die Matrosen warteten auf ein Zeichen. Er war ihr Anführer. Sein Wort galt. Plötzlich schwenkte François seine Mütze und schrie: „Alles hört auf mein Kommando! Wir nehmen das Schiff in Besitz! Die Messer raus! Alle festbinden!"

Heinrich erkannte sofort die Gefahr und rief den Seinen zu, daß unten im Achterdeck wahrscheinlich Waffen seien. Heinrich und seine Männer liefen sofort dorthin. Dabei kämpften sie sich mühsam den Weg frei. In der Hand den Säbel. Die ersten Köpfe rollten über Deck. Gierig verschlang das Meer die Toten. Einige Matrosen wichen vor der Entschlossenheit Heinrichs und seiner Offiziere ängstlich zurück.

Das Schiff hatte tatsächlich Waffen geladen, wie Heinrich und seine Männer feststellten. Pistolen, Gewehre und Munition wurden schnell verteilt. Heinrich stürzte mit seinen Getreuen wieder an Deck und schrie auf Französisch: „Alle Männer unterstehen meinem Kommando. Ich bin der zukünftige König von Amerika! Ihr habt mir zu gehorchen!"

Duponceau hielt die amerikanische Flagge hoch. François lachte höhnisch. So einen Unsinn hatte er noch nie gehört. Er zückte seinen Dolch, um den Kapitän zu erstechen. Das war der Moment für Heinrich zu schießen. Die Kugel traf François seitlich an der Schläfe und tötete ihn sofort.

Der Kampf begann. Mann gegen Mann. Sechzehn Passagieren und den Offizieren des Schiffes standen fünfundsiebzig Mann Besatzung gegenüber! Ein aussichtsloses Unternehmen, könnte man meinen. Die Offiziere des Schiffes schlugen sich schnell auf die Seite von Heinrich, weil sie seiner Entschlossenheit vertrauten, den Kampf zu gewinnen. Schüsse krachten. Messer blitzten auf. Männer fielen tödlich getroffen zu Boden. Von der Mannschaft hatte noch niemand im Getümmel bemerkt, daß ihr Anführer François tot war. Inzwischen fraß sich das Feuer weiter, die Flammen loderten immer höher. Es bestand die Gefahr, daß das Schiff selbst ein Opfer der Flammen würde.

Heinrich verdoppelte seine Anstrengungen. Er hatte schon in aussichtsloseren militärischen Situationen das Steuer herumgerissen und die Schlacht siegreich für sich und für Preußen entscheiden können. Er wußte, wie man Truppen führte und sie motivieren konnte. Plötzlich schlug eine große Woge über dem Schiff zusammen und löschte sofort das Feuer. Das Erlöschen werteten Heinrich und seine Männer als gutes Zeichen, als Vorbote eines Sieges. Jetzt erst bemerkten die Matrosen, daß ihr Anführer François tot war. Heinrich zeigte demonstrativ auf den Leichnam und forderte sie zur Kapitulation auf. Er werde Gnade vor Recht ergehen lassen und bei der Ankunft in Amerika nichts darüber verlauten lassen. Wenn sie aber weiterkämpften, werde er persönlich Gericht halten und jeden zehnten Mann sofort erschießen lassen. Die Meuterer berieten und ergaben sich schließlich. Ihnen fehlte ihr Anführer François, der sie aufgehetzt hatte.

Als die Revolte niedergeschlagen war, fand einmal in der Woche eine sogenannte Mußestunde in der Kabine des Prinzen Heinrich statt. Duponceau berichtete, daß Lafayette in Amerika Karriere gemacht habe und begeistert über das Land schreibe: „Die Sitten dieses Volkes sind einfach und ehrbar. Die Bewohner sind so liebenswürdig, wie mein Enthusiasmus sie gemalt hatte. Überall begegnet man Wohlwollen, Güte und Liebe zur Freiheit und Heimat. Der Reichste und der Ärmste sind vor dem Gesetz einander gleich, obwohl es einige sehr große Vermögende gibt. Was mich am meisten entzückt, ist der Umstand, daß alle Bürger Brüder sind. Jedes Individuum hat ein kleines Eigentum und dieselben Rechte wie der reichste Grundbesitzer."

Heinrich fühlte sich vom Inhalt des Briefes berührt, weil seine soziale Verantwortung für Menschen der niederen Stände angesprochen wurde. „Obwohl die Menschen nicht gleich sind!" warf er ein. „Unterschiede muß es geben." Duponceau wollte erst widersprechen, unterließ es aber.

Siebenundsechzig Tage brauchte die „Le Cœur de France" schließlich für die Überfahrt von Europa nach Amerika und lief am 20. Mai 1787 im Hafen von New York ein. Bei der Ankunft schossen die Kanonen mehrere Salutschüsse ab. Überall wehten kleine und große amerikanische Flaggen. Die farbigen Fahnen mit dreizehn weißen Sternen für die Bundesstaaten Nordamerikas und den blauen Streifen bildeten einen auffälligen Kontrast zum grauen Himmel. Sie unterstrichen das Besondere des Tages und verliehen ihm eine Heiterkeit.

Tausende von Schaulustigen hatten sich eingefunden und begrüßten freundlich die Fremden. Prinz Heinrich hatte an die blaue preußische Uniform militärische Auszeichnungen geheftet, darunter der achtzackige preußische Ordensstern. Seine Offiziere hatten sich französische Uniformen angezogen.

Baron von Steuben kam an Bord und hieß sie alle in der Neuen Welt herzlich willkommen. Beinahe hätte Heinrich General Steuben nicht mehr wiedererkannt. Er hatte sich äußerlich sehr verändert. Immerhin waren sie sich über zehn Jahre nicht mehr begegnet. Als der Baron ihn auf Deutsch begrüßte, überkam Heinrich die Rührung. Steuben hatte alles arrangiert, war zuvorkommend und hilfsbereit.

Baron de Steuben, wie er sich in Amerika nannte, war etwa 1,70 Meter groß, hatte kurze Beine und einen verhältnismäßig langen Oberkörper. Zu Pferde war er eine imposante Erscheinung. Seine militärische Haltung, die prächtige Uniform mit dem funkelnden Ordensstern auf der Brust nahmen die Blicke gefangen. Steuben gewann die Menschen schnell durch sein freundliches und gewinnendes Verhalten, sein unverwüstlicher Humor und die sprichwörtliche Gutmütigkeit unterstützten ihn dabei.

In einem kleinen Restaurant, in der Mitte von Manhattan, speiste Steuben mit Prinz Heinrich und seinem Gefolge. Die Männer waren froh, nach über zwei Monaten wieder Boden unter den Füßen zu haben und endlich ein anständiges Essen serviert zu bekommen. Dazu gab es Beaujolais, Jahrgang 1777 – das Jahr, in dem Steuben in Amerika angekommen war. Man stieß auf alte Zeiten an, als der Baron noch unter Friedrich II. gedient hatte. Heinrich mußte sämtliche Einzelheiten über die momentane politische Lage in Europa erzählen, insbesondere über Preußen. Steuben war hungrig nach Informationen. Vor allem, wie die europäischen Mächte auf den Tod Friedrichs des Großen, im Sommer 1786, reagiert hatten. Heinrich waren die Fragen nicht angenehm. Er hatte gehofft, nach dem Tod des Bruders endlich aus seinem Schatten heraustreten zu können. Das war auch der Grund seiner Reise nach Nord-Amerika und die Annahme des Angebots von Steuben, der inzwischen zum Ehrenbürger der Stadt New York ernannt worden war.

Am gleichen Abend berichtete Steuben dem Prinzen

von der geplanten National State Convention, die in neun Tagen in Philadelphia beginne. Dort werde über die zukünftige Verfassung der Vereinigten Staaten von Nordamerika beraten. Vertreter aus dreizehn Staaten seien anwesend.

„Alles ist noch offen. Die Fraktion der Monarchisten ist zwar bedeutend, aber sie geben sich nicht zu erkennen. Wenn Eure Königliche Hoheit es verstehen würden, die Versammlung für sich einzunehmen, könnten Sie der erste König von Amerika werden!"

Heinrich lächelte geschmeichelt. „Lieber Baron, die Königliche Hoheit ist in den Atlantik gefallen, Sire!" Heinrich betonte das letzte Wort des Satzes ausdrücklich.

Baron de Steuben lächelte. „Ich verstehe, Sire!" Das beiderseitige Lächeln war Ausdruck des gemeinsamen Verständnisses, das die Verbindung zur Vergangenheit herstellte.

„Aber ich spreche kein Englisch", gab Heinrich zu bedenken.

„Sire..." Steuben kam nicht mehr weiter, weil Heinrich laut lachte. Steuben war erst konsterniert, bis er begriff. „Sire, Sire, Sire..." wiederholte er wie ein kleiner Junge und lachte, bis die Tränen kamen. Heinrich fiel mit ein. Die Perücke bewegte sich bedrohlich im Rhythmus der Kopfbewegung. Aber sie hielt stand. Ein seltsamer und köstlicher Anblick, wie zwei alte Männer einfach dastanden und lachten. Es hatte auch etwas Befreiendes, das Abschütteln der Vergangenheit und bedeutete den ersten Schritt in die Zukunft. Für Heinrich war das meiste noch unwägbar und risikoreich, aber ein verheißungsvoller Anfang war gemacht. Das Lachen vertrieb die Schatten des Zweifels und brachte etwas Licht in das ungewisse Dunkel. Steuben setzte die Unterhaltung fort.

„Als ich 1777 hier ankam, habe ich nur ‚yes' und ‚no'
sprechen und verstehen können!"

„Da waren Sie jünger, verehrter Baron de Steuben."

„Ich bitte Sie, als intelligenter und lernfähiger Mensch
werden Sie schneller als ich die Sprache erlernen."

„Also, Baron, Ihre Komplimente ehren mich, aber bis
dahin ist es ein langer Weg!"

„Wir reisen morgen nach Boston und anschließend
nach Philadelphia. Das wird etwa drei Wochen dauern,
angesichts der großen Entfernungen. Während der Reise
werden Sie eine Rede ausarbeiten, die sie dort halten
werden. Ihre Rede wird auch die eingefleischten Republikaner davon überzeugen, daß das englische Modell
der Monarchie auch für Amerika nützlich sein könnte.
Ohne aber England zu erwähnen, Sire; denn England ist
hier verhaßt. Allein den Namen auszusprechen, wird
denjenigen ins Abseits stellen".

Heinrich lächelte gequält und fügte sich. „Ich werde
die Rede in Französisch schreiben ..."

„... gut. Duponceau wird übersetzen."

Nach einer knappen Woche erreichten die Männer
Boston am Atlantik. Steuben hatte eine große Überraschung für Heinrich arrangiert – die Begegnung mit
Paul Revere. In Europa hieß der Sohn eines Hugenotten
Anthoine Revoire und war als Protestant aus Frankreich
geflüchtet. Revere begrüßte Heinrich sehr herzlich und
bot ihm sofort das Französische an. Heinrich war erfreut;
denn trotz der intensiven Sprachkurse fühlte er sich im
Englischen keineswegs sicher.

„Paul ist so etwas wie ein Nationalheiliger!" scherzte
Steuben.

„Na, na, guter Freund!" wehrte Revere das Kompli-
ment ab. „Ohne Ihre Tätigkeit als Inspekteur der
amerikanischen Armee hätten wir die Rotröcke nicht
besiegen können."

„Rotröcke?" fragte ahnungslos Heinrich.

„Die Briten trugen rote Uniformen", erklärte Steuben.

„Aber erzählen Sie endlich!" drängte er.

„Am Abend des 18. April 1775 sammelten sich die Rotröcke in Boston. Um 11 Uhr hing ich zwei Laternen an die Spitze des Kirchturms, um die Patrioten zu warnen. Das war das vorbereitete Signal für unsere Männer, daß die Briten von der Seeseite Charlestown angreifen wollten. Ich ritt an dem Abend nach Cambrigde und Medford und schrie ‚The British are coming!' Gott sei Dank war der Mond von Wolken bedeckt."

„Das war der erste Tag der Revolution", ergänzte Steuben. „Später am Abend wurde ich von den Briten gefangengenommen."

Heinrich hatte aufmerksam zugehört. „Ging es gegen die Engländer oder gegen die Monarchie?" wollte er wissen.

„Gegen die englische Monarchie!" bekräftigte Revere seinen Bericht. „Gegen den Gehorsam gegenüber der Krone, gegen die Macht eines Königs. Deshalb bin ich Republikaner und habe für eine Republik gekämpft!"

Steuben spürte die Wirkung der letzten Sätze auf Heinrich und versuchte nach dem Besuch bei Revere ihre Bedeutung etwas abzumildern. Doch Heinrich hatte zum ersten Mal das Wesen der amerikanischen Revolution verstanden. Instinktiv erfaßte er, daß die Monarchie keine Zukunft mehr hatte. Sein ausgeprägter Wunsch, König von Amerika zu werden, begann zu schwanken.

In dieser unsicheren Verfassung begann er seine Rede für Philadelphia zu schreiben. Er beschwor den heldenhaften Kampf des amerikanischen Volkes für seine Rechte und Freiheiten. Sein einziger Ehrgeiz, also Heinrichs, bestehe darin, den Ruhm, die Unabhängigkeit und die Stärke des Landes zu mehren. An dieser Stelle der Rede kamen ihm Bedenken. „Ich bin preußischer Prinz und kann nicht einfach amerikanischer Staatsbürger werden."

Steuben versuchte ihn zu verstehen: „Sire, natürlich nicht. Aber nur als Bürger dieses Landes können Sie König von Amerika werden! Ich war zweiundzwanzig Jahre Offizier im Dienste des Königs von Preußen und habe alles aufgegeben, um den Vereinigten Staaten zu dienen. Jetzt bin ich amerikanischer Staatsbürger."

Heinrichs Bedenken nahmen zu. Steuben irritierte die Unsicherheit des Prinzen. „Haben Sie sich einmal die Größe des Landes auf der Karte angesehen?" wollte Steuben wissen. Heinrich nickte stumm. Steuben hakte nach. „Sind Sie sich der Bedeutung von Amerika bewußt?"

„Ja, selbstverständlich!" erwiderte Heinrich. Aber er war noch zu unsicher, einen Rückzieher zu machen. Sein Ehrgeiz stand noch höher als alle Zweifel.

Um ihn ein bißchen abzulenken, fuhren die Männer nach Connecticut. Ein junger Staat, in dem viele deutsche Einwanderer sich niedergelassen hatten. In New-Manheim, einer Kleinstadt in Connecticut, gab es eine große Anzahl von Wirtshäusern, die sich „Zum König von Preußen" nannten. In einem kleinen Restaurant speisten sie zu Mittag. An der Wand hingen vergilbte Kupferstiche, auf welchem ein Preuße einen Franzosen zu Boden schlägt. Darunter das Motto: „Ein Franzose ist für einen Preußen nur ein Mosquito!" Steuben und der Wirt mußten darüber lachen. Heinrich konnte nicht lachen. Er betrachtete sich als Freund Frankreichs.

Am 10. Juni 1787 trafen Steuben, Prinz Heinrich und seine Männer in Philadelphia ein. Sie bezogen ihre Zimmer in einem kleinen Hotel und erholten sich von der strapaziösen Reise. Steuben ging noch am selben Abend zu George Washington, um den Auftritt von Heinrich vorzubereiten. Washington war zu dieser Zeit kein Deputierter, sondern nur Beobachter und Berater. Es traf sich gut, daß in zwei Tagen ein Benefiz-Konzert für Alexander Reinagle in Philadelphia stattfinden sollte. Reinagle, gebürtiger Österreicher, Komponist und Musiker, war 1786 nach Amerika emigriert und schnell zum führenden Impresario der Stadt aufgestiegen.

Das Konzert am Abend des 12. Juni 1787 begann mit einer Ouvertüre von Johann Sebastian Bach. Danach spielte das Orchester Werke von Satti, André und Fiorillo. Nach dem Konzert wurde Prinz Heinrich wichtigen Politikern und Militärs des Landes vorgestellt. Heinrich konnte sich noch nicht fließend in Englisch unterhalten. Das erschwerte seine Situation erheblich. Duponceau mußte übersetzen. Die Reaktionen waren unterschiedlich. Einig war man sich darin, daß der Prinz eine überragende Persönlichkeit sei, gebildet und intelligent. Offensichtlich geprägt von Menschlichkeit und Toleranz.

Am nächsten Tag warteten die Deputierten gespannt auf Heinrichs erste Rede in Englisch. Anfangs hatte er Mühe mit der Aussprache und war sehr nervös. Je länger er sprach, desto sicherer wurde er und wagte auch mal einen Satz außerhalb des Manuskripts. Die Vertreter der dreizehn Bundesstaaten feierten ihn begeistert. Steuben beglückwünschte ihn. Er meinte, er habe seine Chance ausgezeichnet genutzt. Aber er müsse nun dringlichst die amerikanische Staatsbürgerschaft beantragen. Dann seien die Chancen hervorragend, als erster König von Nordamerika in die Geschichte einzugehen.

In der folgenden Nacht konnte Heinrich nicht schlafen. Unruhig wälzte er sich von einer Seite auf die andere. Schweißgebadet stand er auf und erfrischte sich mit kaltem Wasser. „Ich kann doch Preußen nicht verraten!" stöhnte er und sah im Spiegel ein gealtertes Gesicht. Erschrocken wandte er sich ab. „Preußen – das ist Geist und Haltung." Schlaftrunken ging er wieder ins Bett. „Ich bin ein preußischer Prinz", sagte er trotzig zu sich selbst und versuchte erneut zu schlafen. Doch sein Herz raste, als es an der Türe klopfte.

Der Diener kommt ins Schlafzimmer des Prinzen im Schloß Rheinsberg und reißt schnell die Vorhänge auf. Sonnenlicht flutet herein. Heinrich schreckt hoch und ist benommen vom Schlaf. „Eure königliche Hoheit, es ist Zeit, endlich aufzustehen", sagt er ungehalten in Deutsch. Prinz Heinrich hat Mühe, in die Wirklichkeit zurückzufinden. Plötzlich beginnt er laut und anhaltend zu lachen. „Ich wollte so gerne König von Amerika werden", sagt er verzweifelt in Französisch. Dabei kullern ihm Tränen herunter.

Für Kaiser, Volk und Vaterland

An einem Morgen im September. Es regnet seit Stunden. Gegen Mittag klärt der Himmel auf. Die Sonne kommt hervor. Spaziergang zum evangelischen Friedhof. Vorsichtshalber nehme ich den Regenschirm mit. Der Friedhof liegt nicht direkt an der Schloßstraße, sondern ist etwas zurückgesetzt. In der Mitte ein kleines baufälliges Haus mit brüchigem Dach – die ehemalige Leichenhalle. Grau-weißer Putz hat sich gelöst und ist heruntergefallen. Eine Mitteilung des Gemeindekirchenrates besagt, daß eine Rüttelprobe bei allen Grabsteinen durchgeführt wurde. „Ungewöhnlich viele" hätten den Test nicht bestanden, heißt es. „Wir müssen deshalb ganz besonders auf Sicherungsmaßnahmen dringen." Die Aufforderung stammt von 1997. Ob sich inzwischen etwas getan hat?

Viele Grabzeiten sind abgelaufen, die Steine vom Unkraut überwuchert. Kopulierende rote Feuerwanzen zwischen Gräsern. Kleine Gießkannen und Harken neben manchen Gräbern. Weiße Margeriten, rote Rosen und blauer Männertreu sind auffallende Blumen. Immer wieder aufgegebene Gräber. Keine Namen. Keine Steine.

Eines der wohl ältesten, noch guterhaltenen Gräber ist das von Familie Steffen. „Und wer den Tod im heilgen Kampfe fand. Ruh auch in fremder Erde – und im Heimatland." Das Wort „und" ist abgesplittert und nur zu erahnen. Ich glaube, es könnte „und" heißen.

„Zum Gedächtnis für unsere lieben Söhne und Brüder, die ihr Leben fürs Vaterland einsetzten. Max Steffen, Kriegsfreiwilliger, geboren 27.12.1896, gefallen 24.4.1915." Daneben eine Tafel für seinen Bruder Willy Steffen, geboren 6.4.1895, gefallen 4.9.1916 beim Vorgehen an der Somme bei Maurapas." Achtzehn und einundzwanzig Jahre waren die Brüder.

Erinnerungen an Wochenschauaufnahmen vom Sommer 1914 in Berlin. Unter den Linden: Die Menge feiert begeistert den Beginn des Krieges und heftet Blumen an die Gewehre der marschierenden deutschen Soldaten. Erinnerungen an den „Blauen Reiter" Franz Marcs, der in Flandern fiel, 1916. Die deutsch-jüdische Dichterin Else Lasker-Schüler hat ihm Briefe an die Front geschrieben. Sie sehne sich nach seiner Gegenwart und fühle sich jetzt sehr einsam, schreibt sie. Einsam waren sie letztlich wohl alle: die Soldaten im Krieg und die Daheimgebliebenen.

Der dritte Sohn der Familie Steffen starb 1918 mit zwanzig Jahren – vermutlich an den Folgen einer Kriegsverletzung. Die Eltern haben ihre Söhne um dreißig Jahre überlebt. Was muß das für ein Leben gewesen sein? Wieviel Trauer und wieviel Schmerz?

Im Bauamt von Rheinsberg gibt es Verzeichnisse von ehemaligen und jetzigen Hausbesitzern. In der Schloßstraße wohnte August Steffen, Tischlermeister. Es könnte August Steffen sein, der seine beiden Söhne im Ersten Weltkrieg verloren hat. In der heutigen Schloßstraße 28 sind in der Eingangstüre die Initialen „A" und „S" eingraviert. Am Klingelschild steht zweimal der Name Steffen. Ich klingle einfach bei H. Steffen. Im ersten Stock erscheint im geöffneten Fenster ein männlicher Kopf mit grau-weißen Haaren. Als er hört, um was es geht, sagt er: „August Steffen war mein Großvater."

Tage später bei Horst Steffen in der Wohnung. Seine Frau Christel sitzt neben ihm und ergänzt die Erzählungen. Er besitzt viele Familienfotos vom Beginn des 20. Jahrhunderts bis heute. Liebevoll gesammelt und aufgehoben. 1991, ein Jahr nach der Wiedervereinigung, hat er sich für seine Familiengeschichte zu interessieren begonnen.

Großvater August Steffen hatte vier Söhne und eine Tochter. „Der jüngste Sohn Johannes oder Hans war mein Vater", sagt Horst Steffen, „er wurde 1907 in Rheinsberg geboren. Sein Bruder Alwin ist 1918 an Schwindsucht gestorben." Also nicht an den Folgen einer Kriegsverwundung, wie ich dachte.

Großvater sei ein „lieber Mensch" gewesen. „Offen, gutmütig, aber auch autoritär." Er war Mitglied im Vorstand der Rheinsberger Schützengilde, ausgesprochen national gesonnen und fühlte sich von den Nazis angesprochen. „Vielleicht war er auch Mitglied der NSDAP", werfe ich ein. Das sei nicht belegt, meint sein Enkel. Auf der Mitgliederliste der NSDAP von Rheinsberg aus dem Jahre 1943 ist der Name von August nicht vermerkt. Auf dem Durchschlag sind sämtliche NSDAP-Mitglieder maschinenschriftlich aufgeführt. Horst Steffen hat diese Liste während der Jahrzehnte sorgfältig aufbewahrt. In der DDR nicht ungefährlich.

Sein Vater dagegen war Parteimitglied und Sturmführer der SA. Er sei begeisterter Nazi gewesen und habe an den Nationalsozialismus geglaubt. Auf alten Schwarz-Weiß-Fotos hängt neben der Toreinfahrt am Haus von Familie Steffen in der Schloßstraße ein weißes Emailleschild: ein Adler mit Hakenkreuz, darunter „SA der NSDAP, Sturm 24/24". Im Juli 1936 wurde Sturmführer Hans Steffen nach Dagow, Gemeinde Stechlin, abkommandiert. Seine Frau war hochschwanger, im achten Monat, mit Horst im Bauch. In Dagow fand die Trauerfeier für General Litzmann statt. Hitler war ein großer Verehrer von ihm und hatte ein Staatsbegräbnis angeordnet. Karl Litzmann, hochdekorierter General des Ersten Weltkrieges und Deutsch-Nationaler, wurde in den zwanziger Jahren begeisterter Anhänger Hitlers.

1939 wird Hans Steffen zur Wehrmacht eingezogen. Während der Kriegsjahre fühlt sich sein Vater August in Rheinsberg einsam und hat niemanden, mit dem er sich austauschen kann. Tief deprimiert über die politischen

Verhältnisse beginnt er am 10. Oktober 1941 in unregelmäßigen Abständen seinen Lebensbericht zu schreiben. August, im Schreiben ungeübt, macht viele Fehler, die heute geradezu rührend wirken. So schreibt er „mielietärisch", mit zwei „ie". Einerseits legt er Rechenschaft ab, andererseits sind es Klagen über die eigene Gesundheit und die politische Führung des Dritten Reiches. Er sieht die Katastrophe kommen.

„Ich war der jüngste Sohn, erlernte das Tischlerhandwerk. Mußte vier Jahre lernen, wo noch alles für Hand gearbeitet wurde, ohne Maschinen. Arbeitszeit früh von 5 Uhr ab, bis abends 7 Uhr. Bei Abnahme des Gesellenstückes eine Marhajonie-Kommode, alles mit Gut."

August geht auf die Walz und heiratet 1893 mit 21 Jahren in Aschersleben die um ein Jahr jüngere Elise. Ein Jahr später siedelt er mit seiner Frau nach Rheinsberg über. 1907 entschließt er sich, ein neues Wohnhaus mit Werkstatt an der Schloßstraße zu bauen. Es kostet 11 000 Reichsmark und wird in solider Backsteinbauweise errichtet. In diesem Haus wohnt noch heute der Enkel Horst mit seiner Frau Christel.

An der Fassade läßt der Großvater eine lange Inschrift anbringen: „August Steffen, Sarg – Magazin & Möbel, Tischlerei". In Rheinsberg spricht sich schnell herum, daß er gute Arbeit abliefert. Er fertigt Särge, Fensterrahmen und Möbelstücke an und bekommt auch Aufträge von der Königlichen Hofkammer für Schloß Rheinsberg. Wahrscheinlich gibt es noch heute hölzerne Fensterrahmen und Türen im Schloß, die August Steffen zu Beginn des 20. Jahrhunderts getischlert hat.

„In der Hofkammer die Schloßarbeiten habe ich lange Jahre ausgeführt in Bauarbeiten und Ausbesserung", ist in dem kleinen schwarz-braunen Notizbuch zu lesen. Das Büchlein ist zerfleddert mit kleinen braunen Stockflecken, einige Seiten sind herausgerissen und auch ausgeschnitten. Offensichtlich wollte der Schreiber nicht, daß die Nachwelt seine Notizen liest.

„Da brach 1914 der unglückliche Krieg aus", schreibt August. Zwei Söhne melden sich sofort freiwillig und fallen später an der Westfront. „Man kann sich da gar nicht mehr reindenken, was man alles durchgemacht hat, wie man fertig geworden ist", erinnert er sich dreißig Jahre später.

August arbeitet auch als Tischler für die Stadt Rheinsberg. Aus dem Inflationsjahr 1923 hat die Stadt noch Schulden von etwa 18 000 Reichsmark bei ihm, die nie bezahlt worden sind. „Ich habe Arbeit kennengelernt, von meiner Jugend an. Die letzten zwei Jahre in der Schule, hier in Rheinsberg, um die Mutter zu unterstützen zum Lebensunterhalt. Mein Einsegnungsanzug selbst verdient und so weiter. Immer auf eigenen Füßen gestanden, für mein Fortkommen hat keiner gesorgt wie ich und meine Mutter." Sein Vater war im Sommer 1876 gestorben. Zu diesem Zeitpunkt war August fünf Jahre alt. Mutter Henriette mußte nun alleine die vier minderjährigen Kinder durchbringen. Ende des 19. Jahrhunderts keine leichte Aufgabe für eine alleinstehende Frau.

„Im letzten Jahr der Inflation, da die Aussichten sehr schlecht waren, suchte ich meine letzten trockenen Bretter zusammen, stiftete eine Ehrentafel für die im Weltkrieg gefallenen Söhne und Väter für die Stadt Rheinsberg in der Evangelischen Kirche, die am Volkstrauertag 1924 eingeweiht wurde durch Herrn Pastor Böhm." Diese Tafel ist nicht mehr erhalten. Statt dessen gibt es heute auf dem Marktplatz in Rheinsberg einen ovalen Gedenkstein, im August 1929 als Kriegerdenkmal eingeweiht. Kurz nach Kriegsende, im Sommer 1945, verschwand der Stein und tauchte nach der Wende wieder überraschend auf. In der DDR galten Kriegerdenkmäler als ideologisch gefährlich, weil sie durch Ausführung und Text den preußischen Militarismus verherrlichten.

Auf der Spitze des Denkmals ist eine steinerne Kugel befestigt, verbunden mit einem Kreuz. Der große preußische Königsadler, in der Rechten ein Schwert, in der Linken ein Donnerkeil, symbolisieren die Entschlossenheit der Monarchie gegenüber Feinden. Auf der Rückseite der Text: „Unseren Gefallenen zur Ehre im Glauben an Deutschlands Zukunft errichtet im Jahre 1929." Darunter die Namen der Gefallenen im Ersten Weltkrieg aus Rheinsberg und natürlich die Namen von Max und Willy Steffen. Zum jährlichen Volkstrauertag legt eine Abordnung des Rheinsberger Schützenvereins vor dem Gedenkstein einen Kranz nieder. Horst Steffen, der Enkel von August, ist jedes Jahr mit dabei.

August Steffen sah sich als christlichen Menschen, der an Gott glaubt und der Obrigkeit gehorcht. Das wird in vielen Zeilen deutlich. Er zitiert das Luther-Lied „Eine feste Burg ist unser Gott". Über die Politik kann man bei ihm lesen: „Ich bin immer als nationaler Mensch aufgetreten. Nie mit einer Partei gegangen, denn jeder wollte eine Wurst für sich gebraten haben, und wollte Recht haben."

Dreizehn Seiten umfaßt der Lebensbericht von August Steffen. Sein Enkel Horst hat die Texte aus dem Notizbuch in die Maschine geschrieben; denn viele Sätze sind wegen der altdeutschen Sütterlinschrift nur schwer zu entziffern. Die Erinnerungen beginnen im Oktober 1941 und enden am 2. Januar 1949: kurze Eintragungen über seine Krankheiten, Gedanken zu Gott und zur Familie. Ich gewinne den Eindruck, daß er sich vieles einfach so von der Seele schreiben wollte.

Im Herbst 1945, fünf Monate nach Kriegsende, schreibt August resigniert: „Man hat vier Söhne und eine Tochter erzogen, als echte, rechte deutsche Menschen.

Und was hat man erlebt? Auf seinem Lebensabend? Hoffen und wünschen wir, daß nun mit Gottes Wille, das Weltgericht eintrifft, damit das Menschenmorden ein Ende bekommt, und über die Verbrecher das Weltgericht hereinbricht, die es verschuldet haben, damit das Volk in Frieden leben kann. Das walte Gott. Für die Zukunft der Völker? Nun ist es da. 1945." Und er fügt hinzu: „ Mein Wahlspruch ist und bleibt: Nicht Kunst, nicht Fleiß, nicht Geld, was nützt, wenn Gott der Herr die Welt nicht schützt."

1951 stirbt August Steffen mit knapp achtzig Jahren. Über den Tod seiner beiden Söhne Max und Willy habe er nie gesprochen, meint Enkel Horst. Diesen Schmerz hat August mit sich selbst abgemacht. Auf dem evangelischen Friedhof in Rheinsberg liegt August Steffen begraben.

Eine Verwandte der Familie hat Mitte der sechziger Jahre beim Volksbund Deutscher Kriegsgräberfürsorge nachgefragt, wo die beiden Söhne im Ersten Weltkrieg beerdigt worden sind. Im Antwortschreiben heißt es: „Für Max Steffen ist keine Grablage nachweisbar. Der Friedhof Clerken-Houthulsterwald in Belgisch Flandern wurde 1955 aufgelöst. 933 bekannte deutsche Kriegstote sind in Einzelgräbern auf dem deutschen Soldatenfriedhof 14/18 in Menen wiederbestattet worden, während 125 Unbekannte in dem großen Soldatenfriedhof 14/18 in Langemar[c]k ihre letzte Ruhestätte fanden. Wenn auch Ihr Bruder Max als vermißt gemeldet wurde, kann doch mit einer gewissen Wahrscheinlichkeit angenommen werden, daß er bei dem besagten Angriff gefallen ist und als Unbekannter bestattet wurde. Es besteht somit kaum ein Zweifel, daß auch er in dem Kameradengrab in Langemar[c]k ruht."

Der „besagte Angriff" der Deutschen auf Langemarck und das Nachbardorf Bixschote in Flandern war am

10. November 1914. Max Steffen fiel aber am 24. April 1915, also knapp sechs Monate später. Langemarck erlangte traurigen Ruhm, weil vier Regimenter junger, deutscher Soldaten im Maschinengewehrfeuer der Engländer verbluteten. Deutsche Freiwillige waren nur acht Wochen lang ausgebildet worden. Mangelhaft und zu schnell wie viele Soldaten.

Während die Männer stürmten, sang einer „Deutschland, Deutschland, über alles, über alles in der Welt...", während die anderen einfielen. Zum Schluß sangen es ganze Schützenreihen. Langemarck wurde tragisches Symbol für die Kriegsbegeisterung der studentischen Jugend. Ein Unteroffizier schreibt: „Wer in dieses mörderische Feuer von Infanterie und Artillerie hineinlief, mußte abgeschlossen haben mit sich und der Welt."

„Schwerverwundete oder tödlich Getroffene riefen immer wieder nach ihrer Mutter", heißt es in einem Feldpostbrief aus Flandern. „Merkwürdig, daß dies so viele tun. In den fürchterlichsten Augenblicken ihres Daseins denken sie an ihre Mutter, die sie die ersten Schritte gelehrt, träumen von ihrer Liebe und Güte, möchten mit Armen nach ihr greifen." Max Steffen fiel mit achtzehn Jahren und ist in einem Massengrab in Langemarck beerdigt worden.

Über seinen Bruder Willy konnte die Kriegsgräberfürsorge ermitteln, daß er am 4. September 1916 gefallen und auf dem deutschen Soldatenfriedhof in Rancourt, Grab 1140, beerdigt worden ist. Rancourt liegt im Department Somme, etwa 19 Kilometer östlich von Albert. „Der Friedhof umfaßt 3880 Einzelgräber sowie zwei Kameradengräber mit 7492 Gefallenen", schreibt die Kriegsgräberfürsorge. Willy hat also ein Einzelgrab erhalten können.

Von Ende Juni bis Ende Oktober 1916 tobte an der Somme eine der größten Materialschlachten des Ersten

Weltkrieges. Ein Stellungskrieg, der mit unglaublicher Härte und Konsequenz geführt wurde, aber Engländern und Franzosen keine großen Geländegewinne ermöglichte. Die Deutschen hielten die Front von wenigen Einbrüchen abgesehen. Aber um welchen Preis? 500 000 Deutsche und 410 000 Engländer und 341 000 Franzosen fielen. Auf einer Breite von vierzig Kilometern waren das über 1 250 000 Menschen. Willy Steffen war einer von ihnen.

Um den ganzen Wahnsinn und den extremen Nationalismus der Kriegsjahre zu begreifen, zum Schluß ein paar Zeilen aus dem Gedicht „Soldatenabschied" von Heinrich Lersch. Man nannte ihn den Arbeiterdichter. Aber auch er schlug im Ersten Weltkrieg nationalistische Töne an.

„Laß mich gehn, Mutter, laß mich gehn!
All das Weinen kann uns nicht mehr nützen,
denn wir gehn das Vaterland zu schützen!
Laß mich gehn, Mutter, laß mich gehn.
Deinen letzten Gruß will ich vom Mund dir küssen:
Deutschland muß leben, und wenn wir sterben müssen."

Poetensteig

Der Obelisk und Prinz August Wilhelm

Eine Libelle fliegt gegen die Sonne. Ihre schwirrenden Flügel glänzen im Gegenlicht und sind durchsichtig. Die Libelle umkreist mich. „Willkommen im Boberow! Willkommen im Boberow!" ruft sie mit heller Stimme und folgt mir aufgeregt. Ein heißer Nachmittag im Frühling. Buchen und Eichen haben ausgeschlagen und stehen mit ihren zartgrünen Blättern im Kontrast zum dunkleren Grün der Nadelbäume. Wie ein Versprechen auf einen schönen Frühling mit zunehmender Wärme und dem Gefühl von der Leichtigkeit des Lebens. Der leise Wind umschmeichelt mich.

Unterwegs zum Poetensteig. Der schmale Weg führt dicht am Waldrand entlang aufwärts zum Obelisk auf einer Anhöhe. Von hier ein weiter Blick auf den Grienericksee, das Kavalierhaus mit Theater und Schloß Rheinsberg. In den Fensterscheiben des ehemaligen Arbeitszimmers von Kronprinz Friedrich glitzert das Licht und bricht sich im Glas. Die Sonnenstrahlen funkeln herüber und locken. Ein Sog, dem ich mich schwer entziehen kann. Das Licht blendet und macht schläfrig. Im glatten Wasser des Sees spiegeln sich Schloß und der blaue Himmel mit weißen Wolken. Die Hofgesellschaft des Rokoko fehlt noch, dann wäre es wie ein Gemälde von Knobelsdorff aus dem 18. Jahrhundert: Damen mit Reifröcken und Sonnenschirm, Pagen und Männer mit Perücken und samtenen Bundhosen flanieren am westlichen Ufer des Sees mit Blick auf Schloß Rheinsberg. Nur die Schloßtürme hatten damals keine roten Kegeldächer.

Die Libelle landet auf dem Wasser. Erst flattert sie aufgeregt mit den Flügeln. Dann hat sie es geschafft und kann das Gleichgewicht halten. Die Flügel bewegen sich nur wenig.

„Sieh mal, ich kann schwimmen!" ruft sie begeistert und läßt sich treiben.

„Paß auf, daß du nicht ertrinkst!"

„Das kannst du nicht, wie ich auf dem See schaukeln!" schreit sie voller Tatendrang.

Plötzlich bewegt eine unterirdische Strömung die Oberfläche. Ich kann sie am verschiedenartigen Blau des Wassers erkennen und an der Spiegelung, die leicht verschwimmt. Die kleinen Lichtreflexe beginnen zu tanzen. Die Libelle versucht durch heftiges Flügelschlagen dagegen anzukämpfen. Im letzten Moment fliegt sie erschrocken auf, als eine kleine Welle heranrollt. Dabei kreischt sie vor Vergnügen, wie Kinder es häufig tun, wenn sie erfolgreich einer Gefahr trotzen. Die Libelle steigt, läßt sich fallen und steigt wieder. Zum Schluß dreht sie triumphierend eine weite Runde über den See und verschwindet so plötzlich wie sie gekommen ist.

Vor dem Obelisk fällt der grüne Hügel sanft zum See hin ab, zu beiden Seiten sind terrassenförmige Wiesen mit jungen Kiefern bepflanzt. Das Monument ist von einem schmiedeeisernen Zaun umgeben, grün gestrichen. Darauf sind Helme mit Federbausch befestigt. Herrschaftssymbole der Prätorianergarde im antiken Rom. Auf dem Obelisk war auf neunundzwanzig Plaketten und Tafeln die Führungselite der preußischen Armee aus dem 18. Jahrhundert abgebildet. Namen und Inschriften sind verlorengegangen, zerstört oder gestohlen. Schmierereien haben versucht, die leeren Stellen auszufüllen – mit einer Ausnahme: Das Bildnis des preußischen Prinzen August Wilhelm ist noch an der Westseite erhalten geblieben.

Prinz Heinrich ließ 1791 den Obelisk von Boumann, dem Jüngeren, errichten. Zum Gedenken an die Heerführer des Siebenjähriges Krieges (1756 – 1763), denen er besonders verbunden war und die aus seiner Sicht nicht oder nicht gebührend von Friedrich II. gewürdigt wurden. Erst fünf Jahre nach dem Tod Friedrich des Großen traute sich Heinrich, das Monument zu bauen. Wahrscheinlich fürchtete er zu Lebzeiten Komplikationen. Schließlich war sein Bruder der preußische König.

Zur Einweihung am 4. Juli 1791 waren über vierhundert Personen geladen, die an verschiedenen Tischen in kleinen Pavillons an der Vorderseite des Denkmals plaziert wurden. Überwiegend Soldaten, Offiziere und Generäle. In einem Brief an seinen ehemaligen Adjutanten, Graf Henckel von Donnersmarck, schreibt Prinz Heinrich begeistert.

„Rheinsberg, den 11. Juli 1791

Ich habe nun das Denkmal zu Ehren meines verstorbenen Bruders August Wilhelm und der ganzen preußischen Armee vollendet. Die Enthüllung geschah unter dem Donner der Kanonen, bei Trommelwirbel und Trompetenklang; Tauentzien hat auf den Stufen des Denkmals die Rede gelesen, wie ich sie selber verfaßt habe. Man tanzte dann bis tief in die Nacht hinein. Das Schloß und alles, was jenseits des Sees lag, war erleuchtet. Eine ungeheure Menschenmenge hatte sich eingefunden aus Berlin, Hamburg, Strelitz, ja aus Kassel. Man war mehr als gerührt. Sechsunddreißig Offiziere, Generäle und andere haben zwei Tage bei mir zugebracht; gegen Ende waren die Jubelrufe allgemein, und ich war so bewegt, daß ich den folgenden Tag der Ruhe bedurfte.

Vor langer Zeit habe ich Ihnen einmal geschrieben, daß ich etwas für meinen Bruder August Wilhelm tun würde; nun habe ich es getan und habe mir und andern in Gemüt und Herz all die Namen zurückgerufen, derer zu gedenken Not tut und von denen der ‚große Friedrich‘ in seinen lügenhaften Memoiren mit keinem Wort gesprochen hat."

Die „lügenhaften Memoiren"! Hier wird das gespannte und problematische Verhältnis der miteinander konkurrierenden Brüder Heinrich und Friedrich deutlich. Prinz Heinrich hat nichts vergessen, weder die Kränkungen und Herabsetzungen durch den König noch den frühen Tod von August Wilhelm. Der preußische Prinz hat es nie überwunden, daß Friedrich ihn wegen militärisch-strategischer Fehler im Schlesischen Krieg die Sympathien aufgekündigt hat.

„[...] Sie werden mir stets ein kläglicher Heerführer sein. Kommandieren Sie einen Harem, wohlan; aber solange ich lebe, vertraue ich Ihnen keine zehn Mann mehr an. Wenn ich tot bin, machen Sie soviel Dummheiten, wie Sie wollen; sie kommen dann auf Ihr Konto; aber solange ich lebe, sollen Sie keine mehr machen, die den Staat schädigen. [...] Prüfen Sie selbst, was Sie leisten können, ehe Sie um ein Kommando bitten. Was ich Ihnen sage, ist hart, aber wahr; Sie zwingen mich dazu, indem Sie es dahin bringen, daß die Armee und ich ihren Ruf einbüßen und der Staat zu Grunde geht", schrieb der König.

Deutliche Sätze. Wahrscheinlich sind sie nur mit der Verzweiflung Friedrichs II. über die schwierige militärische Lage Preußens zu erklären. Mitte Juni 1757 hatte die preußische Armee bei Kolin, östlich von Prag, eine deutliche Niederlage durch die Österreicher erlitten. Friedrich verließ Hals über Kopf Böhmen. Prinz August Wilhelm sollte die Österreicher noch beschäftigen und sich dann allmählich nach Sachsen zurückziehen und Schlesien sichern. Dabei hatte er kein Glück. Bald waren die Lebensmittel verbraucht, und seine übriggebliebene Armee wurde ständig von den Österreichern bedrängt.

August Wilhelm verlor nicht nur „seine ganze Bagage, sondern auch viele Leute", schreibt Sophie Gräfin von Voß in ihren Erinnerungen.

Auf Friedrichs Vorwürfe antwortet August Wilhelm: Lager bei Löbau, Juli 1757:

„[...] Ich habe nie um das Kommando über eine Armee gebeten, weil ich mir etwas auf meine Talente einbildete, und wenn Sie es befehlen, werde ich diesen Ehrenposten ohne Bedauern aufgeben, in der Hoffnung, daß ein Geschickterer als ich Ihre Absichten besser erraten wird." Gleichzeitig gesteht er, Fehler gemacht zu haben, aber keineswegs feige gewesen zu sein. In tiefster Depression bittet er in einem späteren Brief an den König, nach Berlin zurückkehren zu dürfen.

Friedrich II. ist außer sich vor Wut und antwortet höhnisch.

„Weißenberg, 12. August 1757

„[...] Was? Sie wollen fliehen, während wir kämpfen! Sie wollen Feiglingen im Heere ein Vorbild geben, so daß sie sagen können: ‚Wir verlangen nichts, als was dem Prinzen von Preußen gewährt wurde.' Erröten Sie bis in den Grund Ihrer Seele über die Vorschläge, die Sie mir machen. Sie reden von Ihrer Ehre. Sie lag darin, die Armee gut zu führen, und nicht auf einen Hieb vier Bataillone, Ihr Magazin und Ihre Bagage zu verlieren. Ich werde Ihnen, solange ich lebe, kein Kommando über eine Armee geben, es sei denn, daß ich eine zuviel hätte. Aber sie können bei der Armee bleiben, die ich führe, ohne daß Ihre Ehre dadurch verletzt wird. Gehen Sie nach Berlin, so setzen Sie sich der Gefahr aus, über kurz oder lang von einem Streifkorps aufgegriffen zu werden oder sich mit den Weibern in irgendeine Festung zu retten. Eine schöne Rolle für einen präsumtiven Thronfolger!"

Die Enttäuschung des Königs über das eklatante Versagen war insofern verständlich, weil August Wilhelm als

Lieblingsbruder mit dem Titel „Prinz von Preußen" der künftige Thronfolger sein sollte. Er war zehn Jahre jünger als Friedrich II, „und diesem in jeder Beziehung unähnlich als möglich; aber ohne die feurige Energie und dem hochfliegenden Gestus seines erhabenen Bruders zu besitzen, war er doch auch in geistiger Beziehung eine glänzend begabte Natur", erinnert sich Gräfin von Voß. „Schon seine äußere Erscheinung, deren männliche Schönheit den feinsten Anstand und eine angeborene Würde mit dem jugendlichen Zauber lebensfrischer Heiterkeit verband, war sehr gewinnend."

Und Thiébault ergänzt: „Voller Verstand, voller Talente und dabei von unwiderstehlicher Liebenswürdigkeit erhöhte dieser Prinz den Werth der seltensten Eigenschaften noch durch eine ungemeine Bescheidenheit."

August Wilhelm verließ das Heer und zog sich auf Schloß Oranienburg zurück. Im Frühjahr 1758 erkrankte er schwer, wohl auch eine Folge der Demütigung durch den König. „Der Prinz hat sehr gut gewußt, daß er dem Tode entgegen ging, und er wußte es nicht etwa erst in den letzten Tagen. Bereits vier Wochen vor seinem Ende bereitete er seinen alten Regiments-Chirurgus, den er immer bei sich hatte, darauf vor und sagte ihm: daß er deshalb Berlin verlasse, um in Oranienburg ruhig sterben zu können. Zugleich untersagte er ihm auf das Strengste [...], weder einen Arzt vorzulassen, noch Heilmittel zu nehmen; denn eine feste und gewisse Hoffnung sage ihm, daß es bald mit ihm aus sein werde", schreibt Frau von Kleist, eine frühere Hofdame der Königin-Witwe Sophie Dorothea an Gräfin Voß.

Prinzessin Amalie, die Schwester, kommt zu Besuch und ist über seinen gesundheitlichen Zustand erschrocken. Sie benachrichtigt den berühmten Doktor Meckel. Der wird aber nicht vorgelassen. August Wilhelm verliert das Bewußtsein und kann nicht mehr aufstehen.

Gegen seinen Willen kommen drei andere Ärzte aus Berlin und diagnostizieren „eine Art Gehirnhautentzündung".

„Es gelingt ihnen, die Krankheit zu brechen, die Delirien hören auf, der Kranke scheint gerettet, aber kaum kommt er wieder zu sich, so schickt er die Ärzte fort und verweigert hartnäckig, fernerhin irgendein Mittel zu nehmen. (...) Er nahm nichts ein, erlaubte nicht einmal, daß man ihm den Puls fühlte, wies jede Annäherung der Ärzte mit der größten Heftigkeit und Aufregung zurück und that Alles, was ihm nur möglich war, um seinen Zustand zu einem verzweifelten zu machen", berichtet Frau von Kleist.

Im Juni 1758 stirbt August Wilhelm mit fünfunddreißig Jahren auf Schloß Oranienburg an einem Blutgerinsel im Gehirn, so die offizielle Verlautbarung. Erst im 20. Jahrhundert geben mehrere Ärzte die Diagnose ab, daß August Wilhelm offensichtlich aufgrund eines Sturzes vom Pferd gestorben sei. Allerdings ist das Unglück vierzehn Jahre vorher gewesen. Die eigentliche Ursache des Todes wird nie genau geklärt werden können.

Für den frühen Tod hat Prinz Heinrich seinen Bruder Friedrich verantwortlich gemacht. In ihm sieht er den Hauptschuldigen. „Dieses Unglück kommt von demjenigen, der sein ganzes Land elend macht und Europa in Blut ertränkt", schreibt Heinrich drei Wochen nach dem Tod von August Wilhelm an seinen Bruder Ferdinand. Sein Herz werde „immer von dieser Traurigkeit erfüllt sein, ich werde mein ganzes Leben dieses Gift, das mich zerfrißt, in mir tragen".

Prophetische Sätze, die das tiefe Gefühl von Heinrich ausdrücken. Es wird ihn sein ganzes Leben lang nicht mehr loslassen. Dreiunddreißig Jahre nach dem Tod von August Wilhelm erinnert ein Halbporträt auf dem Obelisk an ihn. Man könnte annehmen, daß es Prinz

Heinrich bei der Errichtung des Monuments nur um seinen Bruder gegangen ist. Wenn da nicht die anderen Namen der preußischen Heerführer wären.

Es kam Heinrich bei der Errichtung des Obelisken nicht so sehr auf militärische Ehrungen an, sondern vielmehr wollte er seine menschliche Verbundenheit mit preußischen Offizieren und Generälen zeigen. Männer, die Prinz Heinrich während vieler Feldzüge begleitet haben. Eine Dankbarkeit sentimentaler Art, aber auch Eitelkeit war mit im Spiel, in der Geschichte Preußens sich zu Lebzeiten einen würdigen Platz zu sichern.

Theodor Fontane schreibt, die Enthüllung des Denkmals sei „militärische Feier und Volksfest zugleich" gewesen. „Aus allen Dörfern und Städten der Grafschaft war man zu Tausenden herbeigekommen und umstand entweder das Ufer des Sees oder war von zahllosen in seiner Mitte liegenden Böten aus Augenzeuge des Schauspiels. Das schönste Sommerwetter begünstigte das Fest. Um das Denkmal her gruppierten sich Hunderte von Offizieren, alte und junge, solche die ‚die große Zeit' noch miterlebt hatten." Prinz Heinrich habe eine „längere, wohlausgearbeitete Rede" in den Sälen des Schlosses gehalten, berichtet Fontane. Natürlich in französischer Sprache. Es ist wahrscheinlich die gleiche Rede, die Tauentzien bei der Einweihung des Obelisk vorgetragen hatte.

„Allen Bewohnern der Städte wie des Landes, die in diesem Kriege die Waffen trugen, gebührt ein gleiches Recht an den Trophäen und Palmen des Sieges. Unter der Leitung ihrer Anführer weihten sie ihre Arme und ihr Blut ihrem Vaterland. [...] Unsere Absicht ist, der preußischen Armee ein Zeugnis unserer Dankbarkeit abzulegen. Der Eingebung unseres Herzens folgend, wollen wir Beweise der Hochachtung insonderheit denjenigen geben, welche wir persönlich kannten."

Hinter dem Obelisk begann ursprünglich eine Perspektiv-Allee. Heute ist ihr Charakter trotz des niedrigen Buschwerks und der Gräser noch erkennbar. Man könnte auch eine Schneise vermuten, die irgendwann in den Wald geschlagen wurde. Zu Lebzeiten Heinrichs erstreckten sich statt des Waldes hinter der Allee weite Getreidefelder, Äcker und Wiesen bis zum Horizont. Im Sommer, zur Heuernte, trug der Wind den eintönigen Gesang der Landarbeiter über das Wasser des Sees bis zum Schloß: in der Frühe, kurz vor Sonnenaufgang, wenn das Gras noch naß war vom Tau. Im Spätsommer, zur Getreideernte, hallte die Luft von Geräuschen des Dreschens wider. Heute verirren sich bis zum Obelisk nur an den Wochenenden einige Besucher, um die schöne Aussicht zu genießen. Er ist für die meisten Touristen zu abgelegen.

Ich gehe auf der ehemaligen Perspektiv-Allee weiter, parallel zum Waldrand. Eine festgestampfte sandige Straße kreuzt. Sie verläuft durch den Wald bis nach Warenthin am Rheinsberger See. Links vom Weg nur niedriges Buschwerk und Gräser. An der nächsten Wegkreuzung ein morscher, nackter Baumstamm. Die schwarze Rinde daneben ist vollkommen zerbröselt. Im großen Astloch ein Ameisennest aus Tannennadeln. Die Ameisen laufen den Stamm hoch und runter. Manche schleppen neue winzige Aststücke hinauf. Ein Vielfaches ihrer eigenen Größe und ihres Gewichts. Der Stamm teilt sich weiter oben in einen anderen, weniger dicken. Beide sind abgesplittert und ragen in den blauen Himmel.

Völlig überraschend schlendert mir aus dem Buschwerk ein kleiner, alter Mann entgegen. Seine schwarzen Schnallenschuhe haben hohe, rote Absätze, die ihn größer erscheinen lassen. Unwillkürlich bleibe ich stehen. Sein fleckiges Gesicht ist dick gepudert. Auf der rechten Wange hat er einen nicht zu übersehenden Leberfleck.

Der kleine Mund ist größer geschminkt. Der Silberblick seiner blauen Augen irritiert mich etwas. Oder schielt ein Auge? Die Perücke und das Samtwams erinnern an Figuren aus französischen Theaterstücken des 18. Jahrhunderts. Der alte Mann könnte zur höfischen Gesellschaft dieser Zeit gehören. Macht hier jemand einen Spaß und hat sich die Kleidung aus dem Kostümfundus der UFA in Babelsberg geliehen? Wird eine Spielfilmszene geprobt? Doch weit und breit ist kein Aufnahmeteam zu sehen. Die Perücke thront hoch auf dem Kopf des Mannes. Links und rechts, in Höhe der Ohren, sind jeweils vier Locken eingerollt. In der Hand trägt er eine Schreibtafel und macht sich Notizen. Mich bemerkt er überhaupt nicht, was ich seltsam finde. Ich stehe jetzt direkt vor ihm. Er muß mich doch sehen?! Mich interessiert, was er schreibt. Aber die Tafel hält er eng vor seinen Körper. Oder hat mich der Mann doch gesehen und möchte nicht, daß ich seine Texte lese? Seine Lippen bewegen sich. Er spricht leise einen Satz in französischer Sprache.

„Enfants du noir sommeil, etres imaginaires,
D'un sinistre avenir funestes émisfaires,
Cessez vos Combats odieux!
Qu'ici de tont d'horreurs les Plaisirs et les Jeux. [...]

Der Mann überlegt einen Moment und schreibt weiter auf der Tafel. Offensichtlich versucht er das richtige Versmaß zu finden, probiert dieses und jenes Wort aus. Streicht es wieder durch und schreibt ein neues Wort hin. Das geht so eine Weile. Schließlich ist er zufrieden und liest stolz für sich den Text in Französisch vor.

„Kinder des Schlafes, Träume aus dunklen Gründen,
die uns von düstrer Zukunft künden,
beendet den Kampf und weichet zurück.

An diesem Ort walten Freude und Glück.
Böses Geschick wohl niemand ereilt,
wo die edle Amalie weilt."

Ein junger Händler mit Rastalocken kommt atemlos angelaufen. Er sieht aus wie ein Gaukler in seinem farbig karierten Anzug. Gastiert hier irgendwo ein Zirkus? Der Händler schleppt einen Bauchladen vor sich her und bietet schwarz-weiße und handkolorierte Postkarten mit Motiven aus Rheinsberg an. Verschiedene Dreifarbendrucke sind dabei, jedes Stück für acht Groschen. Den Preis kann ich genau hören. Ich will etwas kaufen. Aber der Händler nimmt von mir keine Notiz. Ich schreie. Doch die Männer hören mich nicht. Ich mache Handzeichen. Vielleicht können sie nicht hören, aber mich sehen. Es gibt keine Reaktion. Der Händler und der alte Mann können sich offenbar miteinander verständigen.

„Acht Groschen! Zwei Stück fünfzehn", wiederholt der Händler.

Der alte Mann hat kein Interesse.

„Alter Plunder!" sagt er verächtlich und wendet sich wieder seinem Text zu.

Beleidigt will der Händler gehen. Weit und breit ist kein anderer Kunde zu sehen. Spontan hat er eine neue Idee und zieht etwas anderes aus seinem Bauchladen – ein handkoloriertes Halbporträt.

„Mein Schlager! Prinz Heinrich aus dem Siebenjährigen Krieg! So etwas hat Eure Exzellenz noch nie gesehen", preist der Mann das Porträt an und versucht es ihm aufzudrängen. Der alte Mann sieht erstaunt auf und betrachtet lange das Bildnis.

„Warum nennt er mich Exzellenz?" will er wissen.

„Eure Exzellenz kommen vom Hof. Vermute ich mal."

Der alte Mann fühlt sich geschmeichelt.

„Schön! Ich war damals so jung! Hatte viele Träume",

sagt er leise für sich. Seine Stimme und der Gesichtsausdruck bekommen einen sehnsuchtsvollen Glanz. Die Augen beginnen zu leuchten und geben dem faltigen Gesicht eine jugendliche Frische. In seine Figur kommt Bewegung und wird straffer.

„Was spricht Eure Exzellenz?" will der Händler wissen.

Der alte Mann ist mit seinen Gedanken weit weg.

„Was spricht Eure Exzellenz?" wiederholt der Händler nun lauter.

Es erfolgt keine Reaktion.

„Will er es kaufen?" fragt er ungeduldig.

Der alte Mann antwortet nicht. Aus seiner Hosentasche kramt er eine Münze hervor und gibt sie dem Händler. Beschwingt geht der alte Mann weg. In der einen Hand das Bildnis, in der anderen die Schreibtafel.

„Aber Eure Exzellenz bekommen noch Geld heraus!" schreit der Händler ihm hinterher.

Der alte Mann reagiert nicht mehr und geht weiter. Sein Gang ist wackelig. Es macht ihm sichtliche Mühe, auf dem unebenen Waldboden mit den hohen Schuhen voranzukommen. Der Händler schüttelt den Kopf.

Plötzlich sind beide Männer verschwunden. Nur noch Sonnenstrahlen fallen durch das dichte Blattwerk und zeichnen zwei große Lichtkleckse auf die Stellen, wo sie gestanden haben. Ein kleiner Tempel leuchtet durch die Bäume: das Denkmal für teure Verstorbene, von Prinz Heinrich errichtet. Grüne Schilder versuchen dem Spaziergänger den Weg zu weisen : „Malesherbes-Säule", „Obelisk", „Rheinsberg" und „Poetensteig".

Malesherbes-Säule und Denkmal für teure Verstorbene

Direkt vor der Malesherbes-Säule sind mehrere Baumstümpfe. Die Säule ist in Wirklichkeit ein Torso und in dieser Form auch so errichtet worden. Zur Erinnerung an den französischen Philosophen und Minister Chretien-Guillaume de Lamoignon de Malesherbes (1721 – 1794), ein guter Freund von Prinz Heinrich. Er besuchte Malesherbes einige Male in den achtziger Jahren des achtzehnten Jahrhunderts in Paris. Sogar noch wenige Monate vor der Französischen Revolution, im Frühjahr 1789. „Malesherbes war unter Ludwig XVI. Leiter des Buch- und Verlagswesens. Als Philosoph hielt er nichts von der ihm unterstehenden Zensur; ihm ist es zu verdanken, daß die Encyclopédie von Denis Diderot nicht schon beim Erscheinen der ersten Bände verboten wurde," schreibt Albert Soboul.

Oben an der Vorderseite ist auf dem Torso ein steinernes, reliefartiges Medaillon mit einem Herzen abgebildet, aus dem eine Flamme lodert. Die Flamme der unerschütterlichen Freundschaft zwischen Heinrich und Malesherbes. Während der Revolutionsjahre verteidigte Malesherbes im Nationalkonvent von Paris König Ludwig XVI. Beide wurden durch die Guillotine hingerichtet.

Ein steinernes Fallbeil ist seitlich am Säulenstumpf angebracht. Der Torso, ein Denkmal der Freundschaft und der Trauer für den hingerichteten Freund. Freundschaft und Tod sind die großen Obsessionen von Prinz Heinrich. Mit ihnen hat er sich immer wieder auseinandergesetzt. Vom Tod fühlte er sich zeit seines Lebens magisch angezogen. Wenn in Rheinsberg jemand starb, soll Prinz Heinrich manchmal unerkannt in die kleine Leichenhalle des evangelischen Friedhofs gegangen sein, um den Toten zu sehen. Vorher mußte er geschminkt werden. Blasse und blutleere Gesichter konnte Heinrich nicht ertragen. Seine Faszination am Tod hielt sich in Grenzen.

Der Malesherbes-Säulenstumpf steht auf einem Steinfundament. Zwei junge Akazien, etwa einen Meter hoch, mit noch schmalem Stamm werfen mit ihren kleinen Blättern winzige Schatten auf das Fundament. Die Steine sind mit Moos überwachsen. Daneben wuchern aus den Ritzen Gräser und Löwenzahn. Auf der Säule haben sich Unbekannte verewigt. Ein Hakenkreuz ist neben einem Herzen zu erkennen. Was das eingeritzte Hakenkreuz mit Malesherbes zu tun haben soll, ist unverständlich. Eine Provokation – kein Zweifel.

Die Libelle ist mir gefolgt und schwirrt herum. Sie setzt sich auf einen Grashalm, der sich im Wind bewegt. Als ich näherkomme, fliegt sie auf in Richtung des Denkmals für teure Verstorbene. Ein kleines quadratisches Gebäude, errichtet aus Feldsteinen, das zu Beginn der neunziger Jahre des 20. Jahrhunderts restauriert wurde. Oberhalb des Eingangs sitzen auf dem Dach zwei kleine Engel aus Stein. Sie beugen sich zueinander. Der linke Engel versucht den anderen stärker an sich zu ziehen, um ihn zu küssen. Die Libelle setzt sich auf das Dach.

„Wie heißt du?" will sie wissen.

„Ich bin der Spaziergänger!"

„Aber das ist doch kein Name!" sagt die Libelle unwirsch. „Ich heiße Anton und du?"

„Theodor, genannt Ted."

„Ted klingt besser. Na siehst du, jeder hat doch einen Namen." Die Libelle fliegt kurz auf und setzt sich wieder auf einen Engel.

„Was ist das?" will sie wissen.

„Zwei Engel. Die leben im Himmel", versuche ich zu erklären.

„Im Himmel? Aber da habe ich noch nie Engel gesehen. Und ich bin schon viel herumgeflogen", erwidert Anton.

„Du mußt höher fliegen."

„Wie hoch denn?" will er wissen.

„So hoch, bis du die Erde nur noch als Kugel siehst. Als schöne blaue Kugel."

„So hoch kann ich nicht. Ich bin kein Vogel", gibt Anton zu bedenken. „Und wenn ich so hoch fliegen könnte, würde ich dann die Engel sehen?"

„Ganz sicher. Sie bewachen den Eingang zum Himmel."

„Und warum?"

„Damit die Bösen nicht hineinkommen."

„Wir sagen, die Guten kommen in den Himmel."

„Und wann?"

„Wenn sie sterben", lache ich.

„Und wann? Wann stirbt der Mensch?"

„Das ist unterschiedlich. Manche leben nur ein paar Jahre, andere werden achtzig." „So lange?!"

Anton wird ganz traurig und sagt leise: „Ich lebe nur einen Sommer. Nur einen einzigen Sommer. Ich möchte gerne ein Mensch sein." Er flattert auf einmal davon.

Ich bin wieder allein. Die Zärtlichkeit der steinernen Engel berührt mich. Sie haben plötzlich eine andere Bedeutung bekommen. Der Eingang des kleinen Tempels ist mit einer Steinplatte zugemauert. Darauf eine schwer zu entziffernde Inschrift in französischer Sprache, durch eine Glasscheibe geschützt, die davorgesetzt ist. Die Buchstaben sind vom Regen an manchen Stellen ausgewaschen. Moos hat sich breitgemacht.

„O Euch, deren Asche hier vermischt liegt,
Geliebte Verwandte, bewährte Freunde, teure Diener.
Eurem Andenken weihe ich dieses Denkmal.
Der Tod achtet weder Rang, noch Geschlecht, noch Alter,
Und derjenige, welcher so viele Verluste überlebte,
Hat nur den süßen Trost der Erinnerung.
Wanderer!
Wer Du auch seist,
Vergieße einige Tränen bei diesem Grabe!

Gibt es ein Herz,
Welches nicht einen Gegenstand betrauert,
Der ihm teuer war
Oder welches nicht daran denkt,
Daß eines Tages das düst're Weh kommen wird,
Es einzuhüllen mit seinem Trauerschleier?"

Prinz Heinrich hat das kleine Gebäude 1790 errichten lassen. Mit Ausnahme seiner Ehefrau Wilhelmine, der Schwester Philippine und seines Lieblingsbruders Ferdinand waren zu diesem Zeitpunkt die Eltern und die anderen Geschwister tot. Die Verse sind Ausdruck seiner Einsamkeit und Verlassenheit.

Der Freundschaftstempel

Neben dem Denkmal für teure Verstorbene stand der achteckige Freundschaftstempel aus Holz in Form eines Oktagons nach der ominösen Zahl Acht des Freimaurer-Ordens, dessen Mitglied Heinrich war. Auf dem Dach war eine kleine Kuppel, das Gebäude etwa fünf Meter hoch und überragte das Denkmal für teure Verstorbene um ein Vielfaches. „Hennert hatte den Jupitertempel von Spalato, dem heutigen Split in Kroatien, zum Vorbild genommen", schreibt Eva Ziebura. „Das Licht im Inneren fiel durch acht Oberlichtfenster ein. In deren Mitte stand wahrscheinlich ein Altar." In einem Brief von Heinrich an Darget heißt es, daß die Freundschaft das einzige ist, „was unser Leben lebenswert macht, was uns an diese Welt bindet". Im Eingang war eine lange Inschrift in Französisch eingearbeitet, die ich auszugsweise in deutscher Übersetzung wiedergeben möchte.

„Warum ist die Liebe denn der Fisch?
Und Freundschaft der Liebreiz des Lebens?

Es ist, weil die Liebe der Sohn der Narrheit ist
Und die Freundschaft Tochter der Vernunft."

Interessant ist die letzte Zeile im Hinblick auf Heinrichs
Günstlinge wie Major Christian Ludwig von Kaphengst,
seinem persönlichen Adjutanten, und dem Musiker
Johann Mara. Beide keine Kinder von Traurigkeit, die
Prinz Heinrich weidlich ausnutzten. Insofern steht
Heinrichs Ode an die Freundschaft im gewissen Wider-
spruch zu seinem Leben.

„Gegen die Schläge des Schicksals dient als Schutzwehr
die Freundschaft.
Inmitten von Gefahren ist man übel befestigt.
Öffne dein Herz deinem Freunde,
Schließe die Augen, damit er dein Führer sei."

Sein Herz hat Heinrich für beide Günstlinge weit
geöffnet, aber die Augen dabei geschlossen. Gewisse
Dinge wollte er einfach nicht wahrhaben. Bevor die
Anwesenden in den Freundschaftstempel eintreten
durften, hielt Heinrich eine lange Rede. Sie war eine
Hymne an die Freundschaft. Er war der Zeremonien-
meister. Vor dem Altar stand ein Becher mit Wein. Die
einzelnen Paare wurden gefragt, ob sie entschlossen
seien, den anderen als Freund zu lieben „und als Bruder
zu duzen, so sollt ihr beide aus diesem Becher trinken",
zitiert Eva Ziebura. Danach gab es ein Festessen, das
meistens im Tempel serviert wurde.
   Nichts erinnert mehr an den Freundschaftstempel.
Nur die kleine freie Fläche, die überwachsen ist. Ringsum
Buchen und Eichen. Vielleicht findet man noch Steine
vom Eingang und Reste der Säulen, wenn man tief gräbt.
Das Holz der Tempelwände hat sich aufgelöst. Vielleicht
haben auch Rheinsberger damit ihre Öfen beheizt. Ob

Fontane den Tempel noch gesehen hat, ist nicht belegt. In seinen „Wanderungen durch die Mark Brandenburg" hat er darüber nicht geschrieben. Der Rheinsberger Bruno Paetsch behauptet in seiner Chronik, der Tempel sei um 1870 abgerissen worden. „Heute zeigt nur noch ein Schutthaufen die Stelle an, wo dieser Freundschaftstempel stand", schreibt er 1972.

Der Poetensteig läuft zum Böbereckensee hinunter. Ein kleiner, stiller Waldsee, der im Winter öfter als der größere Grienericksee zufriert. Die Strömung ist hier geringer. Im Winter schlagen Einheimische Löcher ins Eis und versuchen zu fischen. Manchmal mit Erfolg. Entferntes, anhaltendes Vogelgezwitscher. Sonst ist es ruhig. Fast still. Ein verwunschener Platz zum Träumen. Zwei Schwäne ziehen einsam ihre Bahnen. Mücken tanzen über dem Wasser. Irgendwo aufgeregtes Schnattern der Enten. Ich fühle mich im Einklang mit der Natur, eine Harmonie, wie ich sie selten empfinde. Ernst Jünger schreibt, daß das Wahre und Endgültige die Natur sei. Im Gras schwarze und braune Schnecken. Langsam kriechen sie dahin, vorsichtig ihre Fühler ausstreckend. Abhänge und Bäume sind mit Moos bewachsen. Der Geruch von trockenem Laub.

Am Böbereckensee weist das Schild „Poetensteig" mir die Richtung. Überall Lichtkleckse auf grünen Blättern. Maulwurfhaufen am Uferweg. Dickes knorriges Wurzelwerk hat sich in die Erde verkrallt. Spinnenfäden umgarnen mich. Viele Bäume in Schieflage zum See. Ihre Zweige hängen im Wasser. Sonnenlicht blendet in der Bewegung der Wellen. Es funkelt und blitzt verführerisch, als wollte es sagen, hier an dieser Stelle liegen Schätze begraben. Doch das Licht wandert.

Wölfchen und Claire

Plötzlich lautes Lachen. Dann wieder Flüstern. Durch die dichten Blätter, etwas verborgen, sehe ich einen Mann und eine Frau. Sie sitzen entspannt auf einer Bank direkt am Ufer und genießen die Sonne. Beide haben die Augen geschlossen. Sie lehnt sich an seine Schulter und blinzelt ihm manchmal zu. Er macht dasselbe. Es sieht aus wie ein Spiel. Kein einziges Mal haben sie ihre Augen gleichzeitig geöffnet. Dann passiert es. Die Frau will schummeln. Soviel bekomme ich aus der Entfernung mit, kann aber der Unterhaltung nicht genau folgen. Ich bleibe stehen, will die beiden nicht stören. Die flirrende helle Fläche ist größer geworden und wandert in die Mitte des Sees. Leichter Wind kommt auf. Kurzes Blätterrauschen. In der Ferne Motorengeräusche, die sich verlieren. Die kleine Stadt ist wahrnehmbar. Meistens bin ich bei meinen Wanderungen auf dem Poetensteig allein. Nur selten treffe ich auf Menschen. Auch heute hatte ich keine erwartet, betrachte sie als Eindringlinge, obgleich ich selbst einer bin.

Der junge Mann legt den Arm um seine Freundin und flüstert ihr etwas ins Ohr. Sie lacht laut auf. Im selben Moment bricht sie ab. Es scheint so, als ob sie über ihre eigene Lautstärke erschrocken ist. Der Mann, etwa Mitte zwanzig, trägt einen leichten, hellen Sommeranzug. Die Weste ist aufgeknöpft, der Krawattenknoten gelockert, das Sakko um die Schulter gehängt. Auf dem Kopf ein Strohhut, der nicht zum seriösen Äußeren paßt. Die junge Frau, nicht viel jünger als er, trägt ein grünes, leichtes Sommerkleid mit kleinem Ausschnitt. Die Farbe ist fast so zart wie das Grün der Blätter. Die Kleidung des Paares ist altmodisch und hausbacken. In einem solchen Aufzug geht heute keiner mehr. Vorsichtig nähere ich mich den beiden und kann ihr Gespräch gut verstehen.

Sehen können sie mich noch nicht. Sie sind auch zu sehr mit sich selbst beschäftigt.

„Sehssu, mein Affgen, das is nu deine Heimat. Sag mal: würdest du für dieselbe in den Tod gehen?"

„Du hast es schriftlich, liebes Weib, daß ich nur für dich in den Tod gehe. Verwirre die Begriffe nicht. Amor patriae ist nicht gleichzusetzen mit der ‚amor' als solcher. Die Gefühle sind andere."

„Nun, ich bescheide mich."

Beide hängen ihren Gedanken nach. Plötzlich richtet sich Wölfchen auf. Er hat etwas gesehen.

„Seh mal: 'ne Akazie! 'ne blühende Akazie lauter blühende Akazien!"

„Is gar keine, is 'ne Magnolie!"

„Hach! Also wer weiß denn von uns beiden in der Botanik Bescheid? Ich oder du?"

„'ne Magnolie is es."

„Meine Liebe, ich müßte bedauern, es mit einem kräftig geführten Schlag gegen Sie nicht bewenden lassen zu können. Alle Wesensmerkmale der Akazie deuten auch bei diesen Bäumen auf eine solche hin."

„Is aber 'ne Magnolie."

„Herr Gott, Claire! Siehst du denn nicht diese typisch ovalen Blätter, die weißen, kleinen, traubenförmigen Blütenstiele! – Mädchen!"

„Aber ... Wölfchen ... wo es doch 'ne Magnolie is ..."

Die Frau beginnt den Mann heftig zu küssen und gluckst dabei. Er läßt sie gewähren. Verlegen sehe ich weg. Sind es nun Magnolien oder Akazien? Ich kann mich nicht entscheiden, wer von beiden recht hat. Da fällt mir ein, die Namen schon mal gehört zu haben: Claire? Wölfchen?! Ja, natürlich! Das sind doch die aus ... Ich will auf das Paar zugehen, um mein Wissen anzubringen. In dem Moment erheben sich beide und schlendern weiter. Soll ich sie an diesem schönen Frühlingstag stören? Vielleicht wollen sie gar nicht erkannt werden?! Vielleicht sind sie heute sozusagen incognito nach Rheinsberg gefahren.

Der Weg folgt der Biegung des Böbereckensees. Das Paar bleibt stehen und wirft noch einen letzten Blick auf das Wasser, bevor es weitergeht. Vor ihnen ein kleiner Rastplatz, daneben eine Lichtung. Die überdachten Holztische sehen aus wie Wildtränken. „Das Arboretum im Forstrevier Boberow" ist auf dem Holzschild zu lesen. Eine Anpflanzung von verschiedenen Baumarten, Nadelhölzern, Laubbäumen, exotischen Sträuchern, Gräsern, Blutbuchen, Rotdorn, japanische Sumpfeibe und grüne Heckenberberitzen. Ein Zitat von Bernard von Clairveaux steht auf der Tafel:

„Glaube mir, denn ich habe es erfahren. Du wirst mehr in den Wäldern finden als in den Büchern. Bäume und Boden werden Dich lehren, was Du von keinem Lehrmeister hörst."

Oberhalb des Böbereckensees ist eine kleine Anhöhe: der Parasolberg. Er trägt seinen Namen nach einer früheren Ruhebank mit Schirm darüber, also einem schirmähnlichen Unterstand. Märkische Sagen berichten von Riesen, die Steine warfen oder mit Sand ganze Seen und Dörfer zuschütteten. So erzählt man sich eine Geschichte über die Entstehung des kleinen Berges. An dieser Stelle soll einem wütenden Riesen einmal das Schürzenband gerissen sein, so daß er den ganzen Sand verlor, mit dem er den See zuschütten wollte. Auf diese Weise entstand der Parasolberg.

Ich kreuze wieder die Straße nach Warenthin, die den Wald durchschneidet. An dieser Stelle ist noch das alte Kopfsteinpflaster aus dem 18. Jahrhundert zu sehen. An den Fahrbahnrändern Betonplatten aus der DDR. Rechts die Meiereiallee mit alten, windschiefen Bäumen, die zum See führt. Die hohen Baumwipfel berühren sich und erinnern an ein gotisches Kirchenschiff. Auch ist es dunkel wie in einer Kirche. Eine unheimliche Stimmung. Ich höre keine Vögel. Es ist, als ob hier kein Leben existierte. Totenwald, der Spaziergänger fernhält. Am Ende der Allee schimmert zwischen den Bäumen Schloß Rheinsberg durch. Die helle Fassade des Schlosses verheißt Licht und Leben.

Mit einem Mal kommt die junge Frau aus dem Unterholz gelaufen, die der Mann Claire genannt hat. Ängstlich dreht sie sich um.

„Wolfgang?"

Niemand antwortet. Sie wiederholt den Namen. Diesmal lauter.

„Wolfgang?!"

Es dauert einen Moment, bis Wolfgang aus einer anderen Richtung seine Deckung verläßt.

„Claire!"

Sie ist erleichtert.

„Glaubssu, daß es hier Bärens gibs? Eine alte Tante von mir is beinah einmal von einem ... "

„... von einem Bären zerrissen worden?"

„Nein. Habe ich das gesagt? – Ich meinte nur ... Aber, du – beschützs mich doch, ja ?"

„Ich schwöre dir... "

„Hm."

Claire schweigt wieder. Die Antwort scheint sie nicht zu befriedigen.

„Komm! Mir is kalt."

Sie sucht seine Hand. Er legt die Jacke um ihre Schulter und nimmt sie in den Arm. Claire blickt zu ihm hoch. Er küßt sie leicht auf die Nase. Vielleicht ist jetzt ein günstiger Zeitpunkt?

„Ich kenne Sie!" rufe ich.

Das Paar geht unbeeindruckt, eng umschlungen, in Richtung des Griericksees. Ich werde nun lauter.

„He, ich kenne Sie, Sie sind doch Claire und ...! Hören Sie mich?"

Sie drehen sich nicht einmal um. Ich folge ihnen. Der Weg führt durch sumpfiges Gelände. Die Sonne kommt nicht mehr durch das dichte Blattwerk der Bäume, bis der Weg von einem Pfad abgelöst wird, der eng am Ufer des Sees entlangführt. Plötzlich sind Claire und Wölfchen verschwunden.

Die Libelle kommt wieder angeflattert.

„He, hast du das Paar gesehen?" möchte ich wissen.

„Wo?" fragt Anton ahnungslos.

„Da gingen eben ein Mann und eine Frau."

„Es war niemand hier. Wirklich niemand."

„Aber, da ..."

„... du gehst schon zu lange allein spazieren und willst unbedingt einen Menschen sehen", antwortet Anton listig.

„Nein, ich habe deutlich Stimmen gehört", sage ich schroff.

„Ich leiste dir Gesellschaft. Dann bist du nicht so allein", bietet die Libelle an.

„Einverstanden."

Der Wanderweg führt parallel am Wasser entlang, bis zu einer Lichtung. Ein Segelboot ankert am Ufer. Der Boden ist weich und nachgiebig, wie im Moor. Der Pfad schlängelt sich wieder in den dunklen Wald, bleibt aber hart am Wasser. An einer Wegbiegung wird auf den Ursprung des Namens aufmerksam gemacht.

„Am Ufer des Grienericksees, gegenüber dem Schloß und der Stadt befanden sich Bürgeräcker, die im 18. Jahrhundert von Reisewitz eingetauscht wurden, um das Gartengelände zu erweitern. Ende des 18. Jahrhunderts ließ Hennert Alleen anlegen, deren Wege heute nur noch schwer zu erkennen sind. Sie führten zu Aussichtspunkten und zu den mit Parkarchitekturen und

Bildwerken bestückten Alleen. Auf diesen Alleen lustwandelten seinerzeit Prinz Heinrich und die Hofgesellschaft.

Der Poetensteig am Westufer des Grienericksees bietet sich noch heute durch seine Ausblicke auf Schloß und Stadt Rheinsberg sowie der typisch märkischen Umgebung zum Wandern an. Überlieferten Erzählungen nach sollen auch Fontane und Tucholsky auf den Wegen des Boberow-Waldes Eindrücke für ihre Werke gesammelt haben."

Auf einem kleinen Hügel stehen Reste einer Mauer der ehemaligen Meierei aus dem 18. Jahrhundert. Dahinter beginnt die Meiereiallee.

Prinz Heinrich eröffnet das Möske-Fest

Durch den Wald höre ich mit einem Mal Stimmengewirr und Pferdegetrappel, die sich bis zur Unkenntlichkeit miteinander vermischen. Jetzt werden die Stimmen deutlicher, bleiben aber unverständlich. Neugierig folge ich dem Pfad am Wasser. Der Weg öffnet sich nach mehreren hundert Metern. Links, direkt am See, hohes Schilf, das die Sicht behindert. Zur Rechten, auf dem Platz vor dem Obelisk, beobachtet eine unübersehbare Menschenmenge gespannt, wie mehrere Gruppen von kleinen Jungen mit Trommeln und mit Querflöten unter dem Kommando eines erwachsenen Offiziers aufmarschieren. Manche tragen Holzsäbel und haben sich richtige Soldatenmützen aufgesetzt. Alle Jungen haben das Holzpodest erreicht und warten auf weitere Befehle.

„Antreten!" brüllt der Offizier. Die Jungen rennen und stellen sich in Reih und Glied auf. Sie tragen dunkelblaue Jacken und lange Hosen und sehen von weitem wie Soldaten aus. Die Trommeln sind für die Jungen zu groß und zu schwer. Sie haben sichtlich Mühe damit.

Von weitem sieht der Aufmarsch wie eine militärische Übung aus. Überall flattern verschiedenfarbige Fahnen im Wind: in der Mitte der schwarze preußische Adler, auf dem Kopf die Krone, in der rechten Klaue das Schwert, in der linken Donnerkeile. Darüber die Inschrift „Pro Gloria et Patria".

Ich drehe mich um und suche nach der Libelle.

„He, Anton, siehst du die Menschen?"

Ich erhalte keine Antwort. Er hat mich wieder alleingelassen. Am Abhang stehen die Menschen eng zusammengedrängt, Männer, Frauen und Kinder jeglichen Alters. Sie sind einfach, aber sauber angezogen. Viele Kinder sind barfuß, die Erwachsenen in Holzpantinen. Ihre Kleidung ist ländlich: Die Frauen tragen Schürzen über den Kleidern und Kopftücher, die Männer haben einfache Hüte aufgesetzt. Es könnten Bauern oder Landarbeiter sein, die Gesichter vom Klima und der Arbeit gezeichnet. Einige stützen sich auf ihre Sensen.

Ich weiß nicht, aus welcher Zeit die Leute stammen könnten, und versuche zum Obelisk hochzugehen. Das wird schwierig sein wegen der vielen Menschen, denke ich, und passe auf, nicht mit jemandem zusammenzustoßen. Doch seltsamerweise beachtet mich keiner, jeder weicht mir aus, als ich näherkomme. Ich mache den Versuch und spreche einen Mann an. Obgleich ich direkt vor ihm stehe, ist es so, als ob er durch mich hindurchsieht. Ich schreie. Der Mann hört mich nicht. Bei einem Kind wiederhole ich denselben Versuch – ohne Ergebnis. Dann erreiche ich die Spitze des Hügels.

Um den Obelisk sind mehrere Tische aufgebaut, darüber Zeltdächer zum Schutz gegen die Sonne. Männer in prächtigen dunkelblauen Uniformen, roten Rockaufschlägen und Stulpenstiefeln haben Platz genommen, alle mit Degen an der Seite und Dreispitz auf dem Kopf. Manche tragen militärische Orden auf der Brust, wahr-

scheinlich Offiziere. In der Menge stehen einfache Soldaten mit ihren Frauen und kleinen Kindern auf dem
Arm. Das Blau ihrer Uniformen sieht verwaschen aus.
Eine kleine Kapelle mit acht Musikern hat neben dem
Podest Platz genommen. Die Musiker sortieren Noten
und putzen ihre Instrumente. Der Dirigent ist nervös
und sieht immer wieder auf die Notenblätter, versucht
sich die Melodie einzuprägen.

An den Tischen sitzen auffallend gutgekleidete Frauen,
die ich als Damen bezeichnen möchte. Ihre eleganten
Kostüme bilden einen bunten Kontrast zum Blau der
Uniformen. Männer und Damen tragen Perücken. Die
Männer meist mit langen Zöpfen, die manchmal bis zur
Taille reichen. Einige Damen haben tiefe Ausschnitte
und ihren Busen hochgeschnürt. Um den Hals tragen sie
Goldketten und an den Fingern Ringe. Die Kleider sind
aus Seide mit vielen Rüschen, die Gesichter geschminkt
und stark gepudert. Meistens ist es rötlicher Puder, der
die eigene Blässe verschleiern soll. Häufig werden Mund
und Augenbrauen überbetont, damit auch die eigene
Häßlichkeit verdeckt.

Die Damen wedeln sich mit Fächern Luft zu. Einige
haben sich bei ihren Männern untergehakt, um auf diese
Weise ihren Besitz zu demonstrieren oder die Zusam-
mengehörigkeit, je nach Sicht der Betroffenen. Alle sehen
gespannt nach vorne zu einem langen Tisch, der im Mittelpunkt des allgemeinen Interesses steht. Er ist mit
Blumen geschmückt und der Jahreszahl „6. Mai 1757“
in goldener Schrift, von einem Lorbeerkranz eingerahmt.
Daran sitzen mehrere, schon etwas betagte Offiziere und
Generäle. Aus ihrem Verhalten und den unterschiedlichen Uniformen schließe ich auf die Rangordnung.

Ein alter Mann mit pockennarbigem, ebenfalls stark
gepudertem Gesicht, sitzt am Kopfende des Tisches und
unterhält sich lachend mit den Gästen. Er scheint eine

wichtige Persönlichkeit zu sein. Die Gäste hängen förmlich an seinen Lippen. Auf der Brust ein achtzackiger Stern mit preußischem Adler, darunter ein kleiner Orden in Form eines länglichen Kreuzes, an den Spitzen eingeschnitten. Der Mann gibt ein Zeichen. Die kleinen Jungen beginnen zu trommeln. Es ist ein militärischer Rhythmus, der die allgemeine Erwartung steigert. Auf mich wirkt er bedrohlich. Die Menge scheint ihn zu kennen und wird augenblicklich ruhig. Die Trommeln werden lauter und brechen plötzlich in einem Stakkato ab. Jetzt setzen die anderen Jungen ihre Trompeten an und spielen eine Fanfare. Die hellen Töne klingen wie Siegesfanfaren. Die Trommler setzen erneut ein und unterstützen die Trompeter, bis beide Musikgruppen zusammen aufhören. Die Menge klatscht begeistert. In den Beifall hinein ruft eine männliche Stimme: „Es spricht Major von Itzenplitz!" Die Menge klatscht unbeeindruckt weiter. Jemand schreit „Ruhe! Ruhe!!"

Major von Itzenplitz geht auf das Podest und wartet ab, bis sich der Beifall gelegt hat. Er ist eine große Erscheinung. Ein Mann etwa Mitte 60, der bei Damen und einfachen Frauen gut ankommt. Sie stoßen sich gegenseitig an und machen Bemerkungen, die darauf schließen lassen. Von Itzenplitz trägt wie die anderen Soldaten blaue Uniform mit Orden, Degen und Dreispitz. Er steht kerzengerade vor den Versammelten. Seine straffe Haltung betont das Soldatische in seinem Charakter.

„Eure Königliche Hoheit Prinz Friedrich Heinrich Ludwig von Preußen ...," beginnt er und kommt nicht weiter, weil prasselnder Applaus und Hochrufe ihn unterbrechen. „Prinz Heinrich, Seine Königliche Hoheit soll hochleben!" und „Er soll lange leben unser Prinz! Vivat hoch! Und nochmals hoch!"

An der langen Tafel erhebt sich der Angesprochene und lächelt geschmeichelt. Es ist der Pockennarbige von vorhin, der beim Postkartenhändler ein Porträt gekauft hat. In der blauen Uniform hätte ich den alten Mann nicht wiedererkannt. Sein Leberfleck auf der Wange ist deutlich zu sehen. Ich bin mir sicher, daß er es ist.

„Merci! Merci bien!" sagt Prinz Heinrich sichtlich bewegt. Er wiederholt seinen Dank in Deutsch und setzt sich.

Es wird langsam wieder ruhiger, als von Itzenplitz zur Menge redet, dabei immer in Richtung des Prinzen. Er spricht aus dem Stegreif, was ihm keine Mühe macht.

„Eure Königliche Hoheit, Exzellenzen, Kameraden, Soldaten, Bürger von Rheinsberg! Wir feiern heute den 6. Mai 1757, unseren glorreichen Sieg über die Österreicher in der Schlacht bei Prag! Dieser Sieg war im wesentlichen das Verdienst von Prinz Heinrich und seinen Männern. Ich bin stolz, mit dabeigewesen zu sein. Ich gehörte zum berühmten 35. Infanterie-Regiment, das von Seiner Königlichen Hoheit geführt wurde. Wahrhaftig ein mutiger Prinz, der sich unerschrocken dem Feind entgegenstellte. Aber was geschah an jenem 6. Mai 1757? Wir mußten die Österreicher angreifen. Plötzlich stutzten die Grenadiere vor einem tiefen Wassergraben. Seine Königliche Hoheit zögerte keinen Moment, zog den Säbel und schmiß sich hinein. Die Soldaten folgten ihm bedingungslos. So bezwangen wir gemeinsam den Feind. Nach dieser Schlacht beförderte der König den Prinzen Heinrich zum Generalleutnant, sein Adjutant Graf Henckel von Donnersmarck erhielt den Orden pour le mérite!"

Begeisterte „Vivat hoch"-Rufe unterbrechen den Redner. Die Menge applaudiert. Von Donnersmarck sitzt neben Prinz Heinrich. Beide winken den Menschen zu. Die Frauen heben ihre Kinder hoch, damit sie besser sehen können.

Von Itzenplitz läßt die Menschen gewähren und versucht mit den Händen, den Beifall abzuwehren. Er setzt wieder an.

„Die Nachricht vom Sieg bei Prag traf hier ein, als die Rheinsberger das Möskefest vorbereiteten. Das war ein Tag vor Himmelfahrt. Sie beschlossen, das Möskefest aus Begeisterung und Dankbarkeit Seiner Königlichen Hoheit, dem Prinzen Heinrich von Preußen, zu widmen. Seither wird alljährlich das Möskefest in dieser Form begangen."

Die Querflöten setzen ein, unterstützt von den Trommlern. Prinz Heinrich erhebt sich etwas mühsam vom Tisch, gestützt auf einen Stock mit goldenem Knauf und kleinen farbigen Bändern. Er steht genauso aufrecht wie von Itzenplitz und wartet das Ende der Musik ab. Alle Blicke sind auf ihn gerichtet und Bewunderung und Dank in manchen Augen.

Plötzlich sehe ich Claire und Wölfchen wieder. Sie stehen mitten unter den Zuschauern. Die Menschen mustern die beiden mißtrauisch, machen sich lustig über ihre Kleidung.

„Mes camarades, citoyens de Rheinsberg. Aujourd'hui est un grand jour! C'est la victoire de la bataille de Prague." Dabei ist sein leichtes Lispeln unüberhörbar. Er spricht mit leichtem Akzent. Man könnte ihn aber für einen Franzosen halten. Die Menge beginnt unruhig zu werden. Prinz Heinrich merkt, daß die meisten ihn nicht verstehen und wechselt abrupt ins Deutsche.

„Meine Offiziere, Kameraden, Soldaten, Bürger von Rheinsberg! Ich bin zutiefst bewegt von den Worten des Majors von Itzenplitz und der Ehre, die mir alljährlich zuteil wird. Die Schlacht bei Prag war der Anfang vieler Siege, die von erschütternden Niederlagen abgelöst wurden. Wir Preußen haben auch viele bataillen verloren. Preußen war immer bedroht von äußeren Feinden. Ich habe es bei der Einweihung des Obelisken so ausgedrückt: Bedenken Sie, daß die geringste Langsamkeit, die geringste Übereilung gleich gefährlich waren; daß während dieser sieben Feldzüge die Abwechslungen des Krieges beispiellos; daß auf allen Seiten feindliche Heere zu bekämpfen waren; daß die Generale ihre Haufen nicht mehr zu zählen wagten; daß man von einer Provinz zu andern eilen mußte, um Städte zu retten und Festungen wieder zu erobern; daß man endlich siegen oder sterben mußte, und daß vor dieser Epoche kein Krieg mit diesem zu vergleichen war. Mögen wir selbst die Griechen und Römer, edle Muster, würdig des Nachahmens, übertreffen. Bei ihnen war das Lob derjenigen, welche dem Vaterlande nützlich dienten, eine Pflicht der Dankbarkeit. Das rührendste und einfache Monument dem Leonidas und den dreihundert Spartanern geweiht, war für sie ein Anreiz zum Ruhme, wenn sie es bei Thermopylä betrachteten. Wozu aber dienen die Ehrensäulen den Toten? Ihre Asche wird nicht mehr durch die Stürme menschlicher Leidenschaften bewegt. Eine kalte Erde macht sie sowohl dem Hasse als der Freundschaft unzugänglich. Den Überlebenden ist man den Trost einer sanften Rückerinnerung schuldig. Für das Volk, in dessen Mitte Helden geboren wurden, ist es herzerhebend, ihnen gewidmete Ehrensäulen mit heiliger Ehrfurcht zu betrachten."

Allgemeiner Jubel bricht aus, als unter den Klängen eines Marsches die große preußische Fahne hochgezogen wird. Soldaten, Offiziere und Generäle salutieren. Wölfchen hat sich mit Claire bis zum langen Tisch vorgearbeitet und steht in Rufweite dem Prinzen gegenüber. Kritisch beobachtet er die noble Gesellschaft an der Tafel. Wölfchen setzt demonstrativ den Strohhut auf, dem ihm ein Soldat sofort vom Kopf stupst. Er hebt ihn wieder auf und behält den Hut während der Zeremonie in der Hand. Am Ende der Musik klatschen alle Beifall.

Wölfchen und Claire begegnen Prinz Heinrich

„Preußische Helden! Deutschland ein Kasernenhof! Alle die Hände an die Hosennaht", schreit Wölfchen mit Verachtung, um den Lärm zu übertönen. Claire versucht ihn davon abzuhalten. Mehrere Offiziere sind empört und stellen sich provozierend dicht vor das Paar. Einer wird handgreiflich. Wölfchen wehrt ihn leicht ab. Es kommt zu einer Rangelei. Prinz Heinrich wird einen Moment unsicher und entschließt sich, den Störenfried nicht weiter zu beachten.

„Rheinsberger! Ich eröffne hiermit das Möskefest!" ruft Heinrich fröhlich und setzt sich. Die lange Rede hat ihn erschöpft. Sein Schweiß hat sich mit Puder vermischt. Nervös tupft er das Gesicht mit einem weißen Taschentuch ab. Ein Glas Wasser wird gereicht. Kleine Mädchen in weißer Kleidung beginnen auszuschwärmen, um im Wald nach Möske zu suchen. Manche haben schon etwas gefunden und schmücken sich damit. Mit dem grünen Möske im Haar sehen sie aus wie heilige Jungfrauen, rein und unberührbar. Möske ist bekannter unter dem Namen Waldmeister, eine kleine achtblättrige Pflanze, noch heute wird sie der „Berliner Weiße" beigegeben. Die Berliner sagen dann „grüne Weiße".

Wölfchen sieht, daß seine Provokation niemanden interessiert, setzt den Hut auf und will gehen. Heinrich macht eine herrische, aber einladende Geste. Er soll nähertreten. Wölfchen weiß nicht, ob das Angebot ernstgemeint ist. Unwillig lassen die Offiziere die beiden passieren. Wölfchen hat Claire an die Hand genommen, sie stehen nach ein paar Schritten direkt gegenüber von Prinz Heinrich. Tucholsky lüftet freundlich den Hut.

„Eure Königliche Hoheit, darf ich mich vorstellen?! Je suis Tucholsky, Docteur Tucholsky!"

Dabei lächelt er gequält. Ihm ist die Begegnung unangenehm. Er fühlt sich unsicher.

Heinrich ist erfreut, Französisch sprechen zu können. Vor allem aber ist ihm Tucholsky sehr sympathisch. In der Art seines Auftretens wirkt er bescheiden und hat Manieren. Heinrich spürt instinktiv, daß er es mit einem gebildeten Mann zu tun hat.

Die gesamte Unterhaltung wird in französischer Sprache geführt. Um es zu vereinfachen, gebe ich hier die deutsche Übersetzung wieder und halte mich an den Originaltext. Heinrich wendet sich zu Claire.

„Et vous, quel est nom votre, Madame?" fragt er interessiert.

Claire fühlt sich nicht wohl und kommt sich unterlegen vor. Sie versteht nur wenig Französisch. Am liebsten möchte sie gehen. Nur mit Wölfchen fühlt sie sich geborgen und lehnt sich an seine Schulter. Ausdruck ihres Verlangens von ihm Sicherheit zu bekommen. Wölfchen lächelt verlegen und rückt ein bißchen ab. Claire ist enttäuscht und schmollt.

„Er hat nach deinem Namen gefragt", sagt er ein bißchen vorwurfsvoll.

„Claire," antwortet sie trotzig und lächelt gequält.

„Claire, un beau nom. ^Etes-vous française?" möchte Heinrich wissen.

„Was hat er gesagt?"

„Ob du Französin bist?"

Jetzt beginnt Claire zu lachen. Es ist wie eine Befreiung, die bisherige steife und gezwungene Unterhaltung endlich zu beenden. Das helle Lachen steckt Heinrichs Gäste an. Sie lachen mit. Es ist ein ehrliches Lachen und keins aus Höflichkeit. Heinrich fühlt sich düpiert und reagiert ablehnend.

„Nee, ick bin Deutsche!" erwidert Claire. „Ick heiße Kläre." Dabei betont sie den deutschen Namen.

„Aber mein Prinz sacht Claire zu mir."

Sie lehnt sich wieder an die Schulter von Wölfchen und sieht zu ihm hoch. Er nimmt ihre Hand als Zeichen des

Einverständnisses. Unbekümmert fragt sie Heinrich:
„Und wer sind Sie?"

Jetzt beginnt Heinrich über soviel Unwissen zu lachen.

„Je suis le Prince Frédéric Henri Louis de Prusse."

„Er ist der Bruder Friedrichs des Großen", erklärt Tucholsky seiner Claire.

Claire staunt und wiederholt ungläubig, „Friedrich der Große?!"

„Frédéric le Grand! Frédéric le Grand!" erwidert Heinrich ärgerlich. „In der Geschichte gibt es nur ihn – den Großen. Alle anderen sind klein, klein, klein. Sehen Sie mich an? Was bin ich?"

Tucholsky zögert mit der Antwort.

„Nur keine Scheu, Monsieur."

„Ich bin ein kleiner Mann, bon. Von der Statur her."

„Ja, schon", windet sich Tucholsky.

„Ach, lassen wir das!"

„Aimez-vous la France?" fragt er unvermittelt.

„Oui, Monsieur!"

„Très bien", erwidert Heinrich.

Es klingt wie eine Auszeichnung.

Tucholskys Begeisterung für Frankreich überträgt sich auf seinen Körper. Er kommt in Bewegung. Das Steife vom Anfang der Begegnung weicht einer Lockerheit.

„Ich habe die Hälfte meines Lebens in der Sehnsucht, Frankreich zu sehen, verlebt, und werde nun die restlichen Jahre in der Erinnerung an dasselbe verbringen", seufzt Heinrich. „Ich wollte nach Frankreich übersiedeln. Aber nun bin ich dafür zu alt."

„Seine Königliche Hoheit sind nie in Paris gewesen?!"

„Oui, Monsieur. Jedes Mal wurde mir ein rauschender Empfang bereitet. "

„Französisch spreche ich besser als Deutsch. Das Deutsche klingt für mich immer so militärisch, so knapp ...", sagt der Prinz.

„... deshalb sehr geeignet für Preußen", meint Tucholsky ironisch.

Heinrich geht nicht darauf ein.

„Mit Französisch ist man in der Welt, Monsieur. Man kann den Kontinent bereisen und sich verständlich machen. Mit den wichtigsten Denkern Gespräche führen oder korrespondieren. Außerdem ist die französische Literatur das Vollkommenste. Die Fabeln von Nivernais und Lafontaine. Beide haben mir gezeigt, daß sie das menschliche Herz gut kennen. Und darauf kommt es an. Oder Beaumarchais, sein Schauspiel ‚Die Hochzeit des Figaro'. Vorzüglich. Das habe ich in der Comédie Francaise gesehen", begeistert sich Heinrich.

„Aber es gibt auch gute deutsche Dichter", hält Tucholsky dagegen.

Heinrich lacht und schüttelt heftig den Kopf.

„Schöne deutsche Verse? Hat man jemals deutsche Verse geschrieben?" fragt er ungläubig.

„Eure Königliche Hoheit, ich möchte nicht unhöflich sein. Aber es gibt wunderschöne Gedichte von Goethe..."

„Goethe?" Heinrich weiß mit dem Namen nichts anzufangen.

„Lassen Sie mich nachdenken. Goethe?"

Tucholsky beginnt ein Gedicht zu zitieren:

„Willst du immer weiter schweifen?

Sieh, das Gute liegt so nah.

Lerne nur das Glück ergreifen,

Denn das Glück ist immer da."

Tucholsky sieht ihn erwartungsvoll an.

„Das ist von Goethe?" fragt Heinrich ungläubig. „Ein schönes Gedicht! Zugegeben, Monsieur Tucholsky."

„Ja. Oder seine Tragödie ‚Faust'."

Heinrich schüttelt den Kopf und ist erstaunt. „Ein Schauspiel in deutscher Sprache? So was soll es geben?"

„Ja, und noch mehr." Tucholsky setzt unbekümmert

die Aufzählung fort. ‚Die Leiden des jungen Werther.‘ Der Roman war ein großer Erfolg. 1774 das meistgelesene Buch in Deutschland."

Heinrich hört nicht richtig zu und grübelt.

„Warten Sie, jetzt habe ich es. Weimar!"

Ein Diener kommt und flüstert Prinz Heinrich etwas ins Ohr. Er steht abrupt auf.

„Monsieur, er entschuldigt mich?! Wir können gerne im Schloß weiterparlieren."

Tucholsky berät sich mit Claire. Beide sind unentschieden.

Heinrich beendet ihre Unschlüssigkeit mit einer bestimmenden Geste.

„Ich wünsche es! Ich diniere gegen zwei Uhr. Danach gibt es Café und Dessert."

„Natürlich ist er auch mit votre amie gern gesehener Gast", betont Heinrich.

„Und es gibt einige Plaisanterien. Er wird sehen."

Die Gäste an der Tafel stehen auf und gehen grußlos.

Zwei Libellen kommen angeflogen.

„Anton, ich denke, du wolltest mir Gesellschaft leisten?!" rufe ich.

„Ja, schon. Verzeih mir, aber ich habe meine große Liebe getroffen. Da konnte ich nicht widerstehen. Sieh es mir nach! Du weißt doch, die Liebe ist der Sohn der Narrheit?! Und für einen Sommer will ich ein Narr sein!" ruft Anton fröhlich voller Tatendrang. Dann fliegt er mit seiner neuen Freundin davon.

„Und die Freundschaft ist die Tochter der Vernunft", schreie ich hinterher. Aber da sind die beiden Libellen schon weit weg und kreisen tief über dem See. Die Sonne läßt die Westseite des Schlosses leuchten. Die Spaziergänger im Park sind zahlreicher geworden. Ich bin wieder ganz allein am Obelisk. Wo sind Wölfchen und Claire? Etwa im Schloß bei Prinz Heinrich? Ich bin unschlüssig, ob ich auch dorthin gehen soll. Schließlich siegt Neugier und meine süße Leidenschaft für Kuchen und Desserts. Ich kann nicht widerstehen.

Souper bei Prinz Heinrich

Als ich im Speisesaal des Schlosses eintreffe, ist für fünfzehn Personen gedeckt. Auf dem langen Tisch liegen langstielige, dunkelrote Rosen. So frisch, als hätte man sie gerade gepflückt. Gefüllte Wasserkaraffen, Wein- und Wassergläser stehen auf der weißen Tischdecke. Farbiges Porzellan und Silberbestecke mit den Initialen des preußischen Prinzen unterstreichen den festlichen Charakter des Mittagessens. Geöffnete Weinflaschen stehen auf einem Nebentisch bereit. Daneben liegen die Korken. Ich glaube, französische Etiketten zu sehen. Die Vorhänge vor den hohen Fenstern sind zugezogen, um die Gesellschaft gegen die Sonne zu schützen. Dennoch sind hier und da Schlitze, durch die die Sonnenstrahlen ihren Weg zum Tisch finden. Ich zähle sieben Fenster, vier in Richtung Stadt und drei zum Garten. Der leichte Wind bewegt die Vorhänge und gibt manchmal den Blick zum Garten frei. Vergoldete Stukkaturen an der Decke. Auffallend sind die natürlichen Muscheln in Wänden und die Decke eingearbeitet. In der Mitte ein Bouquet mit Muscheln. Ein Kronleuchter aus Glas und ein bemalter hoher Kachelofen beherrschen den Raum, neben vier großen Vasen aus Alabaster unter Spiegeln. Darin Blumen in leuchtenden Farben.

Zuerst treten die Damen in den Saal. Es scheinen dieselben Damen zu sein, die am Obelisk zugegen waren. Sie haben sich bequemere Kleider angezogen. Danach folgen die Herren, jetzt in Zivil statt in Uniform. Meistens Bundhosen aus Samt, darüber unifarbene Hemden mit Westen und Jacken. Am Ende der Ärmel sind weiße Stulpen aufgesetzt. Auch Prinz Heinrich hat sich umgezogen. Sein Anzug ist französisch im Stil der achtziger Jahre des achtzehnten Jahrhunderts: langärmeliges Hemd mit großen aufgesetzten Manschetten, dazu geblümte, seidene Weste, seidene Hose und Strümpfe, Schuhe mit großen Schnallen.

Die Farbe des Hemdes ist blau-grün und steht im Kontrast zum vorherrschenden Rot. Vielleicht seine Lieblingsfarbe? Gesicht und Perücke sind frisch gepudert. Ein kleinerer Zopf als vorhin bei der Eröffnung des Möske-Festes ist an der Perücke befestigt. Die langen Uhrketten fallen auf und die großen Brillantringe an den Fingern. Sonnenstrahlen erfassen die Brillanten. Sie beginnen zu funkeln, zu leben. Als wollten sie Geschichten erzählen. Auf dem Kopf der unvermeidliche Dreispitz mit einer Brillant-Agraffe. Am Dreispitz ist ein langes rotes Seidenband befestigt, das hinten herunterhängt. Bei jeder Bewegung des Kopfes baumeln Hutband und Zopf lustig hin und her. Mir fallen wieder die roten Absätze an den hohen Schuhen auf. Trotzdem wirkt Heinrich neben Tucholsky sehr klein. Heinrich muß zu ihm aufsehen. Das ist Tucholsky unangenehm, obgleich er von der Statur her auch kein großer Mann ist. Er versucht sich etwas kleiner zu machen, damit der Größenunterschied nicht so auffällt.

Heinrich setzt sich in eine Ecke gegenüber der Flügeltür. Er deutet auf Tucholsky.

„Setz' er sich neben mich!" Er zeigt auf den Stuhl.

Tucholsky setzt sich links neben Heinrich, während Claire unbeholfen im Raum stehenbleibt.

Heinrich deutet auf sie.

„Und sie gegenüber!" sagt er knapp, schon etwas unhöflich.

Claire nimmt zaghaft Platz auf dem mit Samt bezogenen Holzstuhl. Die anderen Damen und Herren der

Gesellschaft scharen sich um den Tisch. Heinrich paßt es nicht, als sich eine Dame aus Versehen zwei Stühle links von ihm setzen will. Er herrscht sie an:

„Sieht sie denn nicht, daß der Platz reserviert ist?!"

Die Dame entschuldigt sich. Man spürt seine Abneigung gegenüber Frauen, die sich in Geste und Körperhaltung ausdrückt. Direkt neben Heinrich setzt sich ein gutaussehender Mann, der ihm einen zärtlichen Blick zukommen läßt. Heinrich streift seinen Oberarm. Eine fürsorgliche, liebevolle Geste, die Vertrautheit ausdrückt. Beide lächeln wissend.

„La soupe!" ruft er der Dienerschaft zu und klatscht in die Hände.

An allen vier Enden des Tisches steht ein Diener in Livrée und weißen Handschuhen. Sie sind gut eingespielt und kennen die Launen ihres Herrn und der Hofgesellschaft. Schnell wird die Suppe serviert, anschließend das Hauptgericht: Hirschragout mit Kartoffeln und Gemüse. Heinrich läßt sich eine Probe vom Rotwein einschenken. Der Wein schmeckt nicht. Er geht zum Fenster und spuckt Reste davon in den Garten. Schlechtgelaunt kommt er zurück.

„Merde!" flucht Heinrich leise. „Wer hat diesen schlechten Wein gekauft?" will er wissen.

Auf die Frage geht keiner der Diener ein. Statt dessen kommt der erste Diener und serviert eine neue Rotweinprobe. Seine Uniform setzt sich von den anderen ab. Deshalb ist er wohl der Chef hier. Diese Weinprobe findet Heinrichs Zustimmung. Er ordnet an, daß die Diener den Wein seinen Gästen einschenken sollen. Sie erledigen ihren Auftrag schnell und ziehen sich zurück. Im Speisesaal bleibt nur der erste Diener, um neue Wünsche entgegenzunehmen. Die Gäste warten, bis Heinrich mit dem Essen beginnt. Dann ist nur noch das Hantieren mit den Bestecken und das laute Schmatzen zu hören.

Ein gewisser Gegensatz zu den exzellent gekleideten Herrschaften. Die meisten sind noch vom Morgen erschöpft. Deshalb ist die Bereitschaft zu Gesprächen nicht sehr groß.

Heinrich ißt viel, trinkt aber nur wenig Wein. Er macht mehr vom bereitstehenden Wasser Gebrauch. Ihm ist es lästig, mit dem Besteck zu hantieren. Er legt es schnell beiseite und ißt ungeniert mit den Fingern. Seine Essensmanieren sind für Tucholsky unangenehm. Er sitzt gerade am Tisch und führt jedes Mal die Bissen zum Körper, ohne sich herunterzubeugen. Claire dagegen hat gewisse Mühe mit dem Besteck, aber keine Probleme mit dem Wein. Der erste Diener muß ihr nachschenken. Die Flasche ist leer. Der Diener verläßt den Speisesaal, um neuen Wein zu holen.

Am Schluß leckt Heinrich die Finger ab und nimmt eine Serviette für den Mund. Er wartet nicht ab, bis seine Gäste ihr Essen beendet haben, sondern schlägt sein Messer an das Weinglas. So laut, daß es zu zerspringen droht. Als keiner der Diener erscheint, schlägt Heinrich mehrere Male mit dem Messer ungeduldig an eine leere Weinflasche. Der Ton ist lauter und bedrohlicher.

„Service, s'il vous plaît!" ruft er.

Ein Diener kommt gelaufen. „Eure Königliche Hoheit wünschen?!"

„Kaffee, Dessert!" schleudert ihm Heinrich entgegen.

„Frage er meine Gäste!" antwortet Heinrich barsch.

Der erste Diener winkt den anderen zu, die abwartend an der Tür stehen. Sie schwärmen aus, gehen von Gast zu Gast und fragen nach den Wünschen. Die Gäste haben ein sehr unterschiedliches Tempo beim Essen. Viele sind noch gar nicht fertig. Manche haben die Hälfte stehenlassen. Tucholsky hat die ganze Zeit darauf gewartet, daß Prinz Heinrich ihn in ein Gespräch verwickeln würde. Er konnte sich das Schweigen nicht erklären. Claire hat

Wölfchen einige Male fragend angesehen. Die Diener servieren Kaffee und Dessert. Tucholsky entscheidet sich für crème caramel, Claire ißt lieber mousse au chocolat.

Mir läuft das Wasser im Mund zusammen, als die hohen Herrschaften ihre Desserts essen. Sie tun das beiläufig ohne großen Genuß. Vielleicht haben sie jeden Tag solche leckeren Süßspeisen.

Heinrich trinkt Kaffee und lehnt sich entspannt zurück. Er beobachtet Tucholsky von der Seite, wie dieser sein Dessert ißt. Völlig unvermittelt fragt Heinrich seinen Tischnachbarn.

„Was haben Sie eigentlich gegen Preußen, Monsieur Tucholsky?"

Tucholsky verschluckt fast seinen Löffel mit crème caramel. Er ist vollkommen überrumpelt. Damit hatte er nicht mehr gerechnet. Die Antwort zögert er noch etwas hinaus. Er spielt sehr gut seine schauspielerischen Fähigkeiten aus. Heinrich meint, Tucholsky überlege. Dabei weiß er die Antwort genau.

„Eine ganze Menge, Eure Königliche Hoheit ...", sagt er nach einer Kunstpause.

„Lassen Sie die Königliche Hoheit! Sag' er einfach Prinz Heinrich", erwidert er ärgerlich.

„Wie kommen Sie jetzt darauf, Prinz Heinrich?"

„Bon, Monsieur Tucholsky. Sie haben versucht, mich und meine verdienstvollen Offiziere zu provozieren. Es war hart an einer Blamage vorbei. Sie wollten mich düpieren. Bedenken Sie, einige haben im Siebenjährigen Krieg unter meinem Kommando gekämpft."

Tucholsky lächelt leise und versucht nicht ironisch zu sein.

„Es tut mir leid, Prinz Heinrich. Ich wollte Sie nicht persönlich düpieren..."

„... ich habe es aber in dieser Weise verstanden", insistiert Heinrich. „Außerdem halte ich Sie für einen gebildeten Mann, Monsieur, der nicht einfach so etwas dahinsagt. Also, Monsieur Tucholsky?" Heinrich sieht ihn scharf an.

Tucholsky sieht, daß es kein Entkommen gibt. Jetzt bricht es aus ihm heraus.

„Mit Verlaub, Prinz Heinrich, mit Preußen begann das Unglück ..."

„... je n'ai pas compris!"

„... das Unglück für Deutschland ..."

„... Monsieur, erklären Sie sich", verlangt Heinrich.

Tucholsky ist in seinem Element und läßt sich nicht mehr bremsen. „Sich unter einer Fahne zu scharen, war immer das Wichtigste für den Deutschen!" setzt Tucholsky seine Attacke fort. „Das preußische Heer war die Stütze der Monarchie, sozusagen das Korsett. Das Militär wurde schlecht bezahlt. Deshalb erreichte Ihr Bruder König Friedrich ..." Beinahe hätte Tucholsky „der Große" gesagt. Im letzten Moment nuschelt er etwas Unverständliches und räuspert sich. „ ... Friedrich II., daß die Offiziere in der Gesellschaft eine hohe Achtung genossen. Der Offizier kam leichter als der Zivilist durch die Torwache. Er dominierte bei der Damenwahl ..."

„... aha, ein zu kurz Gekommener ...", wirft Heinrich ironisch ein.

Claire muß lachen. „Der und zu kurz gekommen. Da gackern ja die Hühner."

Heinrich muß mitlachen. Doch Tucholsky bleibt ernst. Ein tadelnder Blick geht zu Claire über den Tisch. Ihr Einwurf macht ihn ärgerlich.

Die Diener laufen eifrig herum und gießen Kaffee nach.

„Prinz Heinrich, ich war beim Militär. Aber das friderizianische System ist etwas Menschenunwürdiges gewesen ..."

„... Baron La Rochefoucauld hat einmal gesagt: „Könige prägen Menschen wie Münzen, die wir nicht nach ihrem wahren Wert, sondern nach dem Kurs nehmen müssen, den sie ihnen geben!" antwortet Heinrich kühl.

„Aber was war der Kurs? Unbedingter Gehorsam, Kadavergehorsam ..." erwidert Tucholsky.

„... nein, nein, Monsieur, so einfach dürfen Sie das nicht sehen", widerspricht Heinrich heftig. „Es gibt einen Unterschied zwischen Kadavergehorsam und vernünftiger Disziplin. Richtig ist, daß man die Menschen nicht wie Sklaven behandeln soll. Und wenn man ihnen keine Chancen gibt, sich weiterzubilden, sieht es trübe für das Vaterland aus. Wenn man eine Nation im Namen der Disziplin abstumpft, werden die Untertanen weder Geist noch ein eigenes Urteil oder Initiative besitzen. Da werden Sie mir doch zustimmen?!"

Tucholsky geht nicht darauf ein. „Untertanen!" wiederholt er spöttisch. „Citoyens! Selbständig denkende und handelnde Bürger sollen es sein. Und da Seine Königliche Hoheit, pardon, La Rochefoucauld zitiert haben, möchte ich ein Zitat hinzufügen: „Den Ruhm großer Männer muß man stets an den Mitteln messen, wodurch sie ihn errungen haben."

„Trefflich gesagt, Monsieur Tucholsky. Trotzdem eine vernünftige und geregelte Disziplin ist wichtig, aber eine durch Gewalt erzwungene Unterwerfung entmutigt den Geist."

„Disziplin kann man auch bis zum Stumpfsinn übersteigern. Im alten Preußen wurde der Samen gelegt für spätere unheilvolle Entwicklungen. Der tiefverwurzelte Drang der Deutschen, in Reih und Glied zu stehen und vor allem andere stehen zu lassen. Die Uniform war der Gott."

Es entsteht eine kleine Pause. Claire hat die ganze Zeit zugehört und abgewartet. Sie hält den Zeitpunkt für gekommen, sich einzumischen.

„Meine Freundin Ottilie sagt immer, ‚für mich gibt es keinen schöneren Augenblick in unserer Ehe, als wenn ich Männi die Uniform zuknöpfen sowie aufknöpfen kann. Das Gefühl ist unbeschreiblich.‘ "

Heinrich muß lachen. „Da sehen Sie, Monsieur, die deutschen Frauen wissen, was sich ziemt. Sie wollen zu einem Helden aufblicken."

Tucholsky wird böse und wirft Claire einen haßerfüllten Blick zu.

„Der deutschen Frau kommt es gar nicht so sehr darauf an, daß ihr Mann lebt, sondern daß er als Held stirbt."

„Monsieur Tucholsky, nun übertreiben Sie mit Verlaub. Bei den preußischen Tugenden haben Sie Unbestechlichkeit und Sparsamkeit vergessen, nicht nur unbedingter Gehorsam."

„Zugegeben."

„Sie sehen, wir kommen uns näher", lächelt Heinrich. „Die Bürger sollen zur Liebe zum Vaterland erzogen werden, zu Ehrenhaftigkeit, Einfachheit, Tapferkeit und zum philosophischen Denken."

„Der Staat soll sich fortscheren, wenn wir unsere Heimat lieben", entgegnet Tucholsky.

„Lassen Sie mich diesen amüsanten Disput mit unserem beiderseits verehrten Baron La Rochefoucauld beenden: ‚Die Wahrheit stiftet nicht so viel Gutes in der Welt wie ihr Schein Böses.‘ " Mit diesen Worten erhebt er sein Glas und stößt mit Tucholsky an.

„À votre santé!" Die Gläser klingen.

Meine Augen schweifen umher. Auf dem Nebentisch stehen unberührt zwei kleine Schalen und warten auf mich. Es sind crème caramel und mousse au chocolat. Beide Süßspeisen sehen lecker und verführerisch aus. Langsam gehe ich auf den Tisch zu. Offensichtlich beobachtet mich niemand. Ganz nah bin ich nun dran und kann mich nicht entscheiden. An sich möchtest du beide, denke ich unverschämt und will die mousse au chocolat als erstes wegnehmen. In dem Moment, als ich die Hand ausstrecke, um die Schüssel zu berühren, verschwindet mit einem Schlag das Bild. Hofgesellschaft, Prinz Heinrich, Wölfchen und Claire sind nicht mehr zu sehen. Ich rufe. Statt dessen kommt eine attraktive Schloßführerin in mittleren Jahren auf mich zu. Sie trägt kurze Haare und ist ungeschminkt.

„Was möchten Sie? Kann ich Ihnen behilflich sein?"

„Aber, da waren doch eben Tucholsky und Prinz Heinrich ..."

Sie unterbricht mich freundlich. „Die Tucholsky-Gedenkstätte ist im Schloß, direkt gegenüber. Die Prinz-Heinrich-Ausstellung wird im August eröffnet."

Ich verlasse das Schloß mit den anderen Touristen und schlendere zum See. Der Obelisk am gegenüberliegenden Ufer hebt sich deutlich vom Himmel ab. Die Sonne steht tief an diesem späten Nachmittag im Frühling. Unerwartet kommt Anton mit seiner großen Liebe angeflogen.

„He, du da", ruft er. „In der Stadt bereitet man sich auf ein großes Fest vor."

„Und was soll das sein?"

„Du wirst schon sehen. Wir kommen morgen auch", ruft Anton und dreht mit seiner Freundin ab. „Es geht früh los!" schreit er noch. Die beiden nehmen Kurs auf den See.

Das heutige Möske-Fest

Am nächsten Morgen weckt mich um sieben Uhr das Geschrei von Kindern. Sie ziehen die Schloßstraße hinunter und versammeln sich am Gemeindehaus.

„Heute ist Möske-Fest", sagt die Wirtin, als sie mein Frühstück serviert.

„Möske?" will ich wissen.

„Waldmeister. Aber warum es bei uns so heißt, kann ich nicht sagen. Erst seit 1995 wird es wieder gefeiert. In der DDR durften wir nicht. Meine Großmutter hat noch erlebt, wie die Kinder den Frühling einsingen durften."

„Hatte das nicht mit Militär zu tun?"

„Nee, an sich nicht. Ursprünglich war es ein kirchliches Fest.

Auf dem Marktplatz, direkt vor der evangelischen Kirche, steht eine große Menschenmenge: Schulkinder und kleine Kinder tragen bunte Luftballons, Eltern, Lehrer und Lehrerinnen versuchen, das Durcheinander etwas zu ordnen. Eine Blaskapelle trifft ein. Der Lärm steigert sich. Die Kinder sind aufgeregt, als ob es heute Zeugnisse gibt. Im Eingang der Kirche steht eine Pfarrerin. Langsam formiert sich ein Zug, der sich in Bewegung setzt. Die Blaskapelle marschiert an der Spitze und spielt auf, eine Mischung zwischen Marsch- und Heimatmusik. Die Gruppe wandert durch den Schloßpark bis zum Obelisk in den Boberower-Wald.

Hochgewachsene Buchen werden von toten Bäumen abgewechselt. Im Unterholz zwischen Brennesseln ein grüner Teppich mit Möske. Die Kinder stürzen sich begeistert darauf und pflücken. In Körben werden die kleinen, zarten Pflanzen gesammelt. „Möske-Fest 2002" steht an den Seiten der Körbe.

Auf einer Lichtung schmiegt sich eine junge Buche an eine tote Akazie, als ob sie den Baum mit ihrer Zärtlichkeit erdrückt hat. Zwei Libellen kommen geflogen.

„He, Ted!" ruft die eine. „Geht's dir gut?"

Ich erkenne Anton wieder. Ich nicke. „Und ihr beide?"

„Man wollte mich fressen. Aber ich bin entwischt."

„Gegen die Schläge des Schicksals dient als Schutzwehr die Freundschaft", erwidere ich.

„Lebe wohl, Ted. Wir werden uns nicht mehr wiedersehen."

„Und warum nicht, Anton?"

„Weil wir nur einen Sommer leben." Die beiden Libellen fliegen davon.

„Was Recht ist, muß Recht bleiben."

Hermann Pohrt und sein jüdischer Freund
Moritz Sprinz

„1938, nach der Reichspogromnacht, fuhr mein Vater ins KZ Sachsenhausen und holte Moritz Sprinz raus. Er war Jurist genau wie mein Vater. Die beiden waren befreundet", sagt Margot Engelhard.

Ihr Vater Dr. Hermann Pohrt war Anwalt und Notar in Rheinsberg. „Sprinz kam an dem Abend zu uns. Ich erinnere mich noch genau. Wir aßen zusammen Abendbrot. Als ich ihn sah, war ich erschrocken. Er sah aus wie ein Mensch, der aus dem Grabe kommt. Sein Kopf kahlgeschoren. Die Falten tief ins Gesicht gegraben. Dunkle Ringe unter den Augen. Und der Geruch .. . Er roch nach einem Desinfektionsmittel. Im KZ mußte er unterschreiben, mit keinem über seine Haft zu sprechen."

In der Nacht vom 9. auf den 10. November wurden überall im Deutschen Reich Synagogen in Brand gesteckt. Es gab Massenverhaftungen, Plünderungen jüdischer Geschäfte und auch Morde an Juden. In Paris war am 7. November 1938 der deutsche Legationssekretär vom Rath von Herschel Grynspan, einem polnischen Juden, ermordet worden. Die Reaktionen des nationalsozialistischen Deutschland ließen nicht lange auf sich warten. NS-Propagandaminister Dr. Joseph Goebbels ordnete Aktionen gegen die Juden im Deutschen Reich an. SA-Trupps tobten ihren atavistischen Haß aus, indem sie Schaufensterscheiben von jüdischen Geschäften zertrümmerten, die Auslagen plünderten und alles kurz und klein schlugen. Sprinz wurde am 11. November 1938 von der Gestapo verhaftet und ins Konzentrationslager Sachsenhausen gebracht.

Seine Frau wandte sich an Freunde in einflußreichen Stellungen mit der Bitte um Hilfe. „Diese Herren lehnten es ab, etwas zu tun, mit der Begründung, daß sie ihre eigene Existenz gefährdeten, wenn sie sich für einen Juden verwenden würden", schrieb Sprinz nach dem Zweiten Weltkrieg an Hermann Pohrt. Sprinz war es nach der Lagerhaft gelungen, mit seiner Familie über England nach Amerika zu emigrieren.

Am 17. August 1946 schrieb er aus den Vereinigten Staaten an seinen ehemaligen Freund. „Du wirst geahnt haben, warum ich nach meiner Auswanderung bis zum Kriegsausbruch Dir nicht geschrieben habe. Ich wußte, daß Briefe aus dem Auslande von den Nazi-Behörden geöffnet wurden, und der Umstand, daß ein ausgewanderter Jude Dir schrieb, hätte Dir Gefahr bringen können. So mußte ich schweigen." Sprinz schrieb, daß er den Glauben an das „anständige Deutschland" verloren hätte, wenn „Du nicht gewesen wärest. In Treue Dein Moritz".

Leben mit Widersprüchen

Die Zivilcourage von Hermann Pohrt ist bewundernswert. Für die damaligen politischen Verhältnisse war es ein außergewöhnliches Verhalten, die Freilassung eines jüdischen Mannes aus dem KZ zu verlangen und durchzusetzen. Pohrt war am Ende des Ersten Weltkriegs Hauptmann der Reserve. Aufgrund dieses militärischen Ranges wurde er im Frühjahr 1938 zwangsläufig SA-Obersturmführer, weil er als Mitglied im Luftsport-Verband vom Nationalsozialistischen-Fliegerkorps (NSFK) übernommen wurde. Pohrt fuhr also in der SA-Uniform ins KZ, um Sprinz herauszuholen. „Was Recht ist, muß Recht bleiben!" habe ihr Vater immer gesagt. Dieser Satz sei das Credo seines Lebens gewesen, meint seine Tochter Margot Engelhard. „Ich entsinne mich noch, daß er den Freisler in Berlin erlebt hat. Da war mein Vater außer sich und hat gesagt, es sei unvorstellbar, daß so ein Mann solche Macht habe. Wir haben aufgehört, ein Rechtsstaat zu sein." Roland Freisler, ein fanatischer Nazi, war Vorsitzender am berüchtigten NS-Volksgerichtshof in Berlin, wo Todesurteile schon wegen geringer Vergehen verhängt wurden.

Einerseits ängstigten die Nazis Pohrt. Andererseits war NS-Luftfahrtminister Hermann Göring offensichtlich ein guter Bekannter von ihm, wenn nicht gar ein Freund. Ob es eine Duz-Freundschaft war, ist nicht belegt. Im Flur des Hauses von Familie Pohrt hing nach übereinstimmenden Aussagen alter Rheinsberger ein überlebensgroßes Bild von Göring. Zwischen Pohrt und Göring hat es wohl gemeinsame Interessen gegeben, zumal beide begeisterte Flieger waren. Sie hatten sich vermutlich in Berlin kennengelernt; denn Anfang der dreißiger Jahre machte Pohrt sämtliche Flugscheine neu.

Lebensweg

Hermann Pohrt wird 1877 als achtes Kind des Schmiedemeisters Friedrich Pohrt und seiner Frau Caroline in Berlin geboren. Nach dem Abitur am Askanischen Gymnasium beginnt er 1899 Jura und Sinologie zu studieren. Da seine Familie arm ist, gibt er Nachhilfestunden, um sich den Lebensunterhalt zu verdienen. Bei Abschluß der ersten juristischen Staatsprüfung reist er zwei Jahre mit einer Expedition von deutschen Forschern und Wissenschaftlern durch Zentralasien bis nach China. Dort arbeitet er als Dolmetscher und Fotograf. Pohrt spricht fließend Chinesisch und in späteren Jahren auch Russisch.

„Die Ungunst der Zeit und vor allem wohl der Stand meines Vaters als Schmiedemeister ließen meinen Lebenswunsch nicht erfüllen, im Dienste des Auswärtigen Amtes in das Ausland zu gehen", schreibt Pohrt in seinem Lebenslauf. Deshalb muß er sich zwangsläufig auf die juristische Laufbahn vorbereiten und wird im Herbst 1912 in Berlin als Anwalt zugelassen. Bei Kriegsausbruch, im Sommer 1914, meldet sich Pohrt freiwillig zum Militär und wird als Marineflieger ausgebildet. Er entdeckt seine große Leidenschaft: das Fliegen. Eine Leidenschaft, die ihn nicht mehr loslassen wird. Später wird er Segelflieger.

Im Krieg wird Pohrt abgeschossen und lernt im Lazarett seine zukünftige Frau, Margot Wiener, kennen. Sie arbeitet als Rote-Kreuz-Schwester und ist jüdischer Herkunft. Ihre Eltern besitzen in Berlin-Neukölln eine große Holzhandlung. Die Wieners sind keine gläubigen Juden. Die Großmutter habe sich sogar evangelisch taufen lassen, erzählt Margot Engelhard. Der Großvater hielt am jüdischen Glauben fest, obgleich er nicht religiös war.

Rheinsberg

1918 heiraten Hermann Pohrt und Margot Wiener. Das Paar geht nach Rheinsberg, wo Pohrt sich als Anwalt niederläßt. Später wird er auch als Notar zugelassen. Sie ziehen in ein Haus an der Schillerstraße, das vom Geld der Schwiegereltern gekauft wird. Ein geräumiges Haus, Anfang des 20. Jahrhunderts erbaut, direkt am Grienericksee gelegen mit einem großen Grundstück, das terrassenförmig zum Wasser hin abfällt. Im Sommer können die Kinder aus Rheinsberg hier baden.

1919 wird die erste Tochter, Ingeborg, geboren, 1920 folgt Margot. In den zwanziger Jahren macht Pohrt den

Schein zum Segelfluglehrer und leitet den Rheinsberger Turnverein. Der große Parkplatz zur Straße war damals ein Tennisplatz. Pohrt und seine Familie spielen begeistert Tennis.

„Wir konnten uns manchmal als Balljungen etwas Geld hinzuverdienen", erinnert sich ein Rheinsberger. „Dann gab es 20 Pfennige."

Auf dem gleichen Grundstück steht ein kleineres Haus, in dem der Gärtner und der Bürovorsteher wohnen. Pohrt wird von den Rheinsbergern als leutseliger Mann beschrieben, nett und zuvorkommend auch gegenüber Kindern. Frau Pohrt dagegen läßt sich gerne mit Frau Doktor anreden. Sie sei distanziert und unnahbar gewesen, berichtet ein Rheinsberger. Man habe ihr angemerkt, daß sie aus besserem Hause stamme.

Hermann Pohrt gehörte in der Weimarer Republik und in der Nazi-Zeit zu den wohlhabenden Bürgern von Rheinsberg, was den Neid schürte. Noch heute ist bei Gesprächen mit älteren Rheinsbergern eine gewisse Mißgunst deutlich zu spüren. Man ist besonders erbost darüber, daß seine Tochter Margot Engelhard ihr Elternhaus und einige Grundstücke im Boberower Forst nach der Wende wieder zugesprochen bekam. An sich ein Akt der Gerechtigkeit. Doch da sind sich manche Rheinsberger nicht so sicher. Sie sind der Meinung, daß Pohrt manche Grundstücksgeschäfte sehr zu seinem eigenen Vorteil ausgelegt hat. Etwas Konkretes weiß allerdings keiner zu berichten.

„Meine Kindheit in Rheinsberg war sehr schön. Es ging preußisch und einfach zu. Wir hatten einen großen Garten und viele Tiere", erinnert sich Margot Engelhard. Sie und ihre Schwester Ingeborg mußten mit dem Zug nach Neuruppin fahren, um aufs Gymnasium zu gehen. „In der Schule waren wir die einzigen nicht-arischen Schülerinnen. Im Frühjahr 1933, kurz nach Hitlers

Machtantritt, saß auf einmal niemand mehr neben uns im Zug. Dann setzten sich meine Schwester und ich zusammen. Von dem Tag an sind wir richtige Freundinnen geworden und es bis heute geblieben."

Anwalt und Notar Hermann Pohrt

Hermann Pohrt hat auch arme Leute ohne Entgelt verteidigt. Viele Mandanten kamen im Dritten Reich zu ihm, die keinen anderen Anwalt mehr fanden. Das waren Juden und Halbjuden nach den NS-Gesetzen und der bekannte Rheinsberger Kommunist Otto Rösicke. Seine Schwester Irmgard erzählte nach dem Krieg, daß ihr Bruder regelmäßig einen „Feindsender", den Londoner Rundfunk, gehört hätte. Aber nicht diese Tatsache wurde ihm zum Verhängnis, sondern eine andere.

Am 10. April 1938 fanden Wahlen zum Reichstag statt. Rösicke wurde beschuldigt, auf den Stimmzettel folgendes geschrieben zu haben: „Oh heilger Geist kehr bei uns ein und mach uns von den Bonzen rein." Am gleichen Tag wurde er verhaftet und zum Rathaus gebracht. Einige Rheinsberger hatten Schilder gemalt, daß der „Volksfeind Rösicke" die Wahlen sabotiere. Pohrt nahm sich des Falles an. Rösicke bestritt entschieden, daß er diese Zeilen geschrieben habe.

„Er beteuert – und das dürfte richtig sein –, daß er verbissene Feinde habe, die vor keiner Tat zurückscheuen, um ihm Schaden zuzufügen", schrieb Pohrt in der Verteidigungsschrift an den Oberstaatsanwalt in Neuruppin. Pohrt plädierte aufgrund des Straffreiheitsgesetzes, den Beschuldigten freizulassen. Außerdem sei er bisher nicht vorbestraft, schwer kriegsverletzt und völlig arbeitsunfähig. Zwei Tage später wurde Otto Rösicke aus der Untersuchungshaft entlassen. Vielleicht gab es eine gewisse Seelenverwandtschaft zwischen

Rösicke und Pohrt, obgleich sie politisch völlig verschiedene Ansichten vertraten. Beide hatten im Ersten Weltkrieg gedient. Rösicke hatte seine rechte Hand im Krieg verloren. Der Arm blieb steif, so daß er auch beruflich schwer behindert war.

„Was Recht ist, muß Recht bleiben." Diese Aussage entsprach Pohrts Rechtsempfinden, das dem Unrechtssystem des Dritten Reiches vollkommen entgegenstand. Oft war es ein Balanceakt, wenn er die Verteidigung eines Klienten übernahm. Er mußte aufpassen, sich selbst und seine Familie nicht zu gefährden. Zehn Jahre lang lebte Pohrt unter dem ständigen Druck, daß seine jüdische Frau deportiert werden würde, wenn er vorzeitig sterben sollte. Margot Wiener war achtzehn Jahre jünger als er. Auch wurde er in gewissen Abständen aufgefordert, sich scheiden zu lassen. Damit wäre seine Frau schutzlos den Nazi-Behörden preisgegeben worden. Pohrt lehnte dieses Ansinnen immer wieder ab.

Ausgrenzung im Dritten Reich

Hermann Pohrt hatte ein enges Verhältnis zu den jüdischen Schwiegereltern Wiener. Sie liebten ihn wie ihren eigenen Sohn. „Ich sehe nichts Gutes kommen. Noch habt ihr die Möglichkeit, in die Schweiz zu gehen. Finanziell würde es ja gehen", schlug Pohrt vor. Georg Wiener lachte nur. „Was soll ich in der Schweiz?! Mir kann keiner etwas Unreelles nachweisen. Außerdem habe ich euch und die Enkelkinder." Margot Engelhard hört die Unterhaltung, als ob es gestern gewesen ist.

Im Herbst 1936, nach der Olympiade, wurde die Holzhandlung der Wieners aufgrund einer behördlichen Anordnung geschlossen. Georg Wiener mußte nach Kriegsbeginn in das Jüdische Krankenhaus in der Iranischen Straße ziehen. Das paßte ihm überhaupt nicht. Dort ist er 1941 gestorben.

„Über meine Großmutter möchte ich nicht sprechen." Margot Engelhard lehnt die Beantwortung meiner Frage ab. Else Wiener war es verboten, bei Fliegerangriffen den Luftschutzkeller zu betreten. Ich spüre, daß die Enkelin noch nach fast sechzig Jahren stark berührt ist vom Schicksal ihrer Großmutter. In einer dünnen Akte im Kreisarchiv Neuruppin schreibt Hermann Pohrt: „Leider konnte ich die Mutter meiner Ehefrau, zu der ich wie ein guter Sohn stand, vor diesem Schicksal (die Deportation, Anm.d.Autors) nur dadurch bewahren, daß ich ihr auf ihren dringenden Wunsch half, in schmerzloser Weise aus dem Leben zu scheiden. Fast alle Verwandten meiner Frau sind in den Lagern Theresienstadt, Lublin und Auschwitz umgebracht worden."

Am 10. November 1938, dem Tag des Judenpogroms, sangen Rheinsberger Nazis vor dem Haus der Pohrts mit Begeisterung das SA-Lied „Und wenn das Judenblut vom Messer spritzt, dann geht's nochmal so gut." Pohrt stand mit versteinerter Miene vor dem Eingang und hörte sich das an. Vier Tage später „beurlaubt" das NS-Fliegerkorps (NSFK) Pohrt „mit sofortiger Wirkung", weil „Ihre Ehefrau nicht arisch ist. Durch Zuspitzung der Judenfrage ist Ihr Auftreten in der NSFK-Kleidung daher unmöglich geworden. Überdies ist die Erregung der Rheinsberger Bevölkerung sowie die der Partei und der Gliederungen soweit gestiegen, daß Ihr weiteres Verbleiben im NS-Fliegerkorps das Ansehen des NS-Fliegerkorps schädigen würde", heißt es in dem Schreiben.

Frau Porth wird verhaftet, Tage später jedoch wieder freigelassen. Trotzdem spitzte sich die Situation langsam zu.

Während der Kriegsjahre wurden Pohrt und seine Frau in Rheinsberg gemieden. Nur wenige Freunde hielten zu der Familie und grüßten auch auf der Straße. Die NS-Gesetze zwangen die jüdischen Männer, sich zusätzlich „Israel" zu nennen und die Frauen „Sara". Margot Sara Pohrt wurde wie alle Juden im Deutschen Reich systematisch ausgegrenzt und schikaniert. Zu Beginn der vierziger Jahre war es Juden in Berlin nicht mehr gestattet, gewisse Straßen zu betreten. Reisen wurden generell untersagt. Theater und Kino verboten. Von ihrem Vermögen mußte Frau Pohrt 8 000 Reichsmark als Vermögensabgabe zahlen, die ihr Mann in Raten beglich. Nur ihre Ehe mit einem sogenannten arischen Mann schützte sie vor der Deportation in das Vernichtungslager.

Die Töchter Margot und Ingeborg studierten während des Kriegs in Berlin und konnten mit einer Sondergenehmigung das Studium zu Ende führen. Sie galten nach den NS-Rassegesetzen als „Halbjüdinnen".

Verfehlter Neubeginn

Als der Zweite Weltkrieg endete, glaubte Hermann Pohrt das Schlimmste überwunden zu haben. Immerhin hatten er und seine Familie das Dritte Reich überlebt. Jetzt konnte es nur noch aufwärts gehen. Doch alles kam anders. Im September 1945 wurde es Pohrt untersagt, seinen Beruf als Anwalt und Notar weiterhin auszuüben. Federführend bei diesem Verbot war der neue Bürgermeister Hans Sieg, der in Pohrt einen „aktivistischen Nazi" sah. Sieg wurde von den Russen als Bürgermeister eingesetzt. „Er lief immer in braunen SA-Breeches herum. Das weiß ich noch genau", erzählte mir ein Rheinsberger.

Offensichtlich wollte Sieg eine alte Rechnung begleichen, ebenso wie die Ortsgruppe Rheinsberg der SED, die Pohrt wider besseres Wissen als „aktiven Faschisten" bezeichnete. Anhand der Unterlagen kann das über Pohrt nicht gesagt werden. Während des ganzen Dritten Reiches ist er niemals Mitglied der NSDAP gewesen. Ein maschinengeschriebenes Mitgliederverzeichnis aus dem Jahre 1943 belegt das eindeutig. Diese Liste ist Anfang des Jahres 2001 bei einer Rheinsberger Familie wieder aufgetaucht. Der Name Pohrt ist dort nicht aufgeführt. Auch war er als Rechtsanwalt und Notar nicht Mitglied im NS-Rechtswahrerbund.

Die Akte Pohrt im Neuruppiner Kreisarchiv belegt, daß die Rheinsberger Kommunisten mehrheitlich nach dem Kriege alles daransetzten, die sich steigernde Ausgrenzung durch die Nazis mit anderen Mitteln fortzusetzen. Pohrt sollte als Anwalt und Notar in Rheinsberg verhindert, wenn nicht gar ausgeschaltet und sein Haus mit Grundbesitz enteignet werden. Da war jedes Mittel recht, vor allem die Diffamierung. Man warf ihm solchen Unsinn vor, wie den Krieg mit vorbereitet zu haben. Seine Antwort war: „so hat der Bürgermeister Sieg als Werkmeister in einem kriegswichtigen optischen Betrieb viel mehr getan als ich...“

Sieg hatte Pohrts Konto sperren lassen, die letzte Schreibmaschine mitgenommen und versucht, sein Vermögen zu beschlagnahmen. Im Dezember 1945 beauftragte Sieg telefonisch das Arbeitsamt, Pohrt zum Holzschlagen auf dem Schulhof einzusetzen. „Auf Rückfrage des Arbeitsamtes, ob Rechtsanwalt Dr. Pohrt auch als Faschist zu behandeln sei, zumal er sich schon im 70. Lebensjahr befindet, antwortete der Bürgermeister wörtlich, daß Dr. Pohrt Faschist sei und infolgedessen zu schlagen habe“, schrieb der Antifa-Ausschuß am 31.12.1945 an den Landrat von Neuruppin. Pohrt beschwerte sich mit Erfolg. In Gegenwart von Sieg erklärte die Sekretärin, daß die Anordung zum Holzschlagen vom Arbeitsamt erfolgt sei. Was eine Lüge war. Sieg hatte die Anordnung getroffen.

In seiner Erwiderung auf die Vorwürfe Siegs schrieb Pohrt: „Obwohl ich aus meiner Tätigkeit als Rechtsanwalt und Notar selbstverständlich Feinde habe, wird in Rheinsberg und Umgebung wohl der größte Teil der Bevölkerung für mich eintreten und mir bezeugen, daß ich mich stets gegen das Hitler-Regime wie [gegen] seine brutalen Methoden ausgesprochen habe." Er führte weiter an, daß er drei jüdische Frauen vor der Deportation gerettet habe. Als Beweise liegen schriftliche Erklärungen der namentlich genannten Personen vor.

Der Antifa-Ausschuß und die SED, Ortsgruppe Rheinsberg

Der sogenannte Antifa-Ausschuß war sich in seiner Einschätzung des „Falles Pohrt" vollkommen uneinig. Mitte November 1945 wurde Hermann Pohrt noch als „Antifaschist" angesehen. Neun Monate später, Anfang September 1946, war davon nicht mehr die Rede. Nun wurde Pohrt nicht mehr als Antifaschist bezeichnet. Drei Monate später, Ende Dezember 1946, bescheinigte der gleiche Ausschuß, „daß gegen die Tätigkeit des Herrn Dr. Pohrt als Rechtsanwalt und Notar in politischer Hinsicht keine Bedenken bestehen". Eine totale Kehrtwendung. Offensichtlich spiegeln die unterschiedlichen Beschlüsse die politischen Stimmungen des Ausschusses wider.

Große Verwirrung gab es daraufhin um Pohrts Wiederzulassung als Rechtsanwalt. Von Ende September 1945 bis Mitte August 1946 durfte Pohrt weder als Anwalt noch als Notar arbeiten. Danach wurde er wieder ins Amt eingesetzt. Eine außerordentliche Mitgliederversammlung der SED in Rheinsberg protestierte Ende September 1946 einstimmig gegen diese Maßnahme. Mit Erfolg. Drei Monate später wird Pohrts Zulassung widerrufen.

Doch Ende Januar 1947 läßt die Sowjetische Militär-administration Pohrt erneut als Anwalt zu. Als Notar darf er weiterhin nicht arbeiten. Inzwischen sind erneut die Mitglieder der SED tätig geworden und setzen alles daran, Pohrts Kanzleitätigkeit zu verhindern. Der Vorsitzende der SED, Dietz, Ortsgruppe Rheinsberg, setzt im Namen des Vorstandes einige Genossen unter Druck, die schriftlich für die Wiederzulassung von Pohrt eingetreten waren.

„Damit hast Du gegen die Parteidisziplin sowie gegen die Beschlüsse der Partei und gegen eine von einer Mitgliederversammlung einstimmig angenommene Resolution verstoßen", heißt es in dem Schreiben an die „abtrünnigen" SED-Genossen. Sie werden ultimativ aufgefordert, ihre „gegebene Unterschrift sofort zurückzuziehen". Pohrt wird vom Kreissekretär der SED, Rahn, als „Konjunkturritter" bezeichnet. Rahn schreibt an den Genossen Dietz und beendet den Brief mit einer Drohung: „Wir werden Mittel und Wege finden, ihn (Pohrt, Anm.d.Autors) von seinen Quertreibereien abzuhalten. Darauf kannst Du Dich verlassen." Auch dieses Mal haben die SED-Genossen Erfolg. Pohrt wird Mitte Februar 1947 zum dritten Mal seines Amtes enthoben.

Parellel läuft das Verfahren um die Enteignung des Grundbesitzes, der offiziell Pohrt gehört. Um einer drohenden Beschlagnahmung der Nazis zuvorzukommen, hatte er im Dritten Reich das Haus und die Grundstücke auf seinen Namen überschreiben lassen. Ansonsten wäre es nach den NS-Gesetzen jüdischer Besitz gewesen, weil seine Frau Eigentümerin war. Für die Familie Pohrt wird die Lage zunehmend hoffnungsloser.

In dieser Situation wendet sich Margot Pohrt Ende August 1947 an Innenminister Bechler in Potsdam. Es geht um das Enteignungsverfahren. „Mein Mann ist durch die jahrelangen Peinigungen und durch die erneuten großen Aufregungen seiner dreimaligen Wiederzulassung und Enthebung aus seinen Ämtern, die außerdem noch eine Existenzfrage für uns bedeuten, durch die ewigen Kränkungen und Ungewißheit seelisch und körperlich zusammengebrochen. Der bis dahin kerngesunde Mann hat sich dadurch ein Herzleiden zugezogen, und der Arzt empfiehlt ‚keinerlei Aufregung‘. [...] Eine Wiedergutmachung für das, was mir und damit meinem Mann geschehen ist, der die ganze Hitler-Zeit restlos für mich und die Meinen eingetreten ist, der alles mit mir getragen hat, ohne den auch ich zugrunde gegangen wäre, gibt es nicht." Und am Schluß appelliert sie, „Nehmen Sie mir nicht die Hoffnung an menschliche Gerechtigkeit dieser schweren Zeit."

Im Sommer 1947 wird Dr. Hermann Pohrt endgültig als Anwalt wieder zugelassen. Das Verfahren um die Enteignung wird Ende der vierziger Jahre später mit negativem Ergebnis abgeschlossen.

Dr. Hermann Pohrt stirbt 1950 in Berlin, im Alter von 73 Jahren, und wird dort auch beerdigt. Seine Frau Margot Wiener zieht zu ihrer Tochter Margot nach Niedersachsen und stirbt 1958. Sie wurde 68 Jahre alt. Das ehemalige Haus der Familie Pohrt an der Schillerstraße in Rheinsberg steht heute leer und wartet auf einen Käufer.

„Ich bin ein Vaterkind", sagt Margot Engelhard, von Beruf Ärztin und inzwischen achtzig. Ihr jugendliches Lachen ist ansteckend und sympathisch. Seit über fünfzig Jahren lebt sie in Niedersachsen. Der Zweite Weltkrieg, das Leben, hat sie in eine kleine Stadt an der Weser verschlagen. Es ist sehr ruhig hier. Ein beschaulicher Ort für Menschen im Rentenalter. Wir sitzen in ihrem Haus am gutgedeckten Frühstückstisch mit Blick auf die Landschaft, auf Fachwerkhäuser, die Behäbigkeit und Ruhe ausstrahlen. Hier hat Margot

Engelhard geheiratet und Kinder bekommen. Mit ihrem Mann betrieb sie eine Arztpraxis. Wohnung und Möbel machen einen gediegenen Eindruck. Irgendwie scheint die Zeit hier stehengeblieben zu sein, während draußen das Leben weitergegangen ist.

Der letzte Gast

Ein junger Flakhelfer im Hotel Ratskeller

29. April 1945 in Rheinsberg. Wenige Tage vor dem Ende des Zweiten Weltkrieges. Später Nachmittag. Flüchtlingstrecks aus Ostpreußen kommen an und ziehen weiter. Auf der Schloßstraße treibt die SS ausgemergelte KZ-Häftlinge vor sich her. Wer nicht weiterkann, wird rücksichtslos erschossen. Unbeachtet bleiben die Leichen am Straßenrand liegen. Soldaten der Wehrmacht haben sich von der Oderfront abgesetzt und versuchen sich ein Quartier in Rheinsberg zu beschaffen. Das ist schwierig, weil alles in Auflösung begriffen ist. Keiner weiß, was morgen wird. Ob man da noch lebt? Der Krieg wird bald zu Ende sein. Nur das glauben die Menschen. Die Russen stehen kurz vor Berlin.

Neben dem Eingang zum Hotel Ratskeller hängt im Glaskasten die Speisekarte vom gestrigen Tag. Gut bürgerliche Gerichte werden angeboten, auch Menüs mit Vorspeisen und Dessert. Frieden und Normalität inmitten des Chaos, das bedrohliche Ausmaße angenommen hat. Unter den fliehenden Soldaten ein sechzehnjähriger Flakhelfer. Er stammt aus Bayern und ist in den letzten Wochen noch eingezogen worden. Doch an der Oderfront konnten er und seine Kameraden nicht mehr den Feind stoppen. Dem jungen Soldaten wird der Mund wässrig beim Lesen der Speisekarte. Auch hat er großen Durst. Vorsichtig geht er in den Ratskeller.

Die Schlüssel der Hotelzimmer hängen an Haken. Ein Schlüssel baumelt noch. Als ob gerade jemand gegangen ist. Auf dem Tresen liegt das aufgeschlagene Gästebuch. Er blättert kurz darin und findet eine Eintragung vom Ende des 19. Jahrhunderts. Preußische

Offiziere und Prinz Friedrich Karl von Preußen haben die Verse unterschrieben.

„Wie man auf diesen Blättern ersieht,
Nach Rheinsberg es oft die Soldaten zieht.
So hat es auch uns hierher gezogen,
Nachdem wir ...Weisheit gesogen.
Nun fühlen wir uns gestärkt und erhöht,
Von Friedrichs des Einzigen Geiste durchweht.
Und so soll es bleiben für alle Zeit,
Im Frieden und wenn wir hinausziehen zum Streit –
dem Wahlspruch weihen wir Herz und Hand:
Mit Gott für König und Vaterland."

Vor einem großen Wandspiegel erschrickt der junge Soldat über sich selbst: die Uniform ist schmutzig und eingerissen. Das unrasierte Gesicht mit den strähnigen Haaren wirkt erschöpft und gealtert. Aus dem jungen, heiteren Mann ist ein erwachsener und ernster Soldat geworden. Neben dem Spiegel eine Straßenkarte von Deutschland, herausgegeben vom Deutschen Automobilclub. Die Numerierung der Straßen ist deutlich zu sehen, der Frontverlauf eingezeichnet, inzwischen überholt. Keiner hat mehr den aktuellen Stand einzeichnen können.

Einige Türen der Hotelzimmer sind geöffnet. Die Betten noch nicht gemacht. Gepäck steht herum. Es sieht nach nicht beabsichtigtem Aufbruch aus. Das aufgeschlagene Bett lockt. Kurz entschlossen geht er weiter.

In der Gaststube warten keine Kellner auf Gäste. Alle sind eingezogen worden. Der Raum strahlt Ruhe und Behaglichkeit aus. Die Tische sind weiß eingedeckt. Einsam steht ein kleiner Blumenstrauß in einer Vase. Der Soldat nimmt seinen Helm ab.

Aus der Küche dringen Geräusche. Eine Köchin hantiert hinter einem Herd. Bei seinem Anblick erschrickt sie nicht, hat sich während des Krieges an vieles gewöhnen müssen. Die Küche ist sehr groß mit gewaltigen leeren Kesseln und Stapeln von Geschirr. Zwei junge Frauen tragen Teller geschäftig hin und her. Als ob man Gäste erwartet.

„Wollen Sie einen Tee?" fragt die beleibte Köchin. Sie ist Ende vierzig und trägt ein Arbeitskleid, leicht schmuddelig. Der junge Soldat ist über die Frage verwundert. Er hat schon seit Wochen keinen heißen Tee mehr getrunken.

„Ja, gerne!" antwortet er schnell. Auf dem Herd kocht bald das Wasser.

„Ich hab' aber nur Pfefferminztee", entschuldigt sie sich. „Wollen Sie auch Kuchen?"

„Kuchen?" fragt er ungläubig.

„Ja, in einer Hotelküche ist immer noch was da", sagt sie wie selbstverständlich und nimmt vom Blech zwei Stück Kuchen.

Der junge Mann verschlingt das erste Stück.

„Für einen Soldaten tut man ja alles", sagt sie. „Aber mein Sohn ist gefallen", fügt sie hinzu. Dabei bekommt ihre Stimme einen traurigen Klang und wird leiser.

„Tut mir leid", sagt der junge Mann verlegen und hört mit dem Kauen auf.

Sie wendet sich ab, wischt die Tränen aus dem Gesicht.

In dem Moment gibt es Fliegeralarm. Jungen der Hitlerjugend laufen am Ratskeller vorbei und blasen heftig in ihre Trompeten. Der junge Soldat bedankt sich bei der Köchin, nimmt schnell das zweite Stück Kuchen und geht.

„Lassen Sie sich nicht totschießen!" ruft die Frau hinter ihm her. „Sie haben nur ein Leben!"

Die Menschen laufen wild durcheinander. Keiner weiß genau wohin. Der junge Soldat bleibt vor dem Ratskeller stehen und läßt den Strom der Menschen passieren. Im Nu scheint die Stadt wie leergefegt. Er hört die Motorengeräusche der Flugzeuge und die ersten Bombeneinschläge. Und weiß nicht, warum er immer noch im Eingang des Ratskellers steht. Eben hat er einen Hauch von Frieden gespürt. Vielleicht ist es das. Sehnsucht und Hunger nach einem normalen Leben. Einfach aufwachen am Morgen, nicht im Unterstand an der Front mit einer Panzerfaust in der Hand und der Angst, daß es bald wieder losgeht. Einfach aufwachen am Morgen, das Zwitschern der Vögel hören und das leise Geräusch des Windes. Tauperlen im Gras beobachten, im frühen Morgenlicht.

Die ersten sowjetischen Flugzeuge erscheinen über dem Schloß. Jetzt erst schreckt der junge Flakhelfer auf. Der Krieg holt ihn wieder ein. Er will sich in Deckung bringen. Das hat er gelernt. Sich im richtigen Moment zu Boden schmeißen. Den Kopf einziehen. Er springt die finsteren Treppen des „Ratskellers" hinunter. Am Ende stürzt er kopfüber und bleibt unverletzt wegen seines Stahlhelms. Die Köchin und die zwei jungen Frauen aus dem Ratskeller kauern hier und haben Schutz gefunden. Draußen dröhnt die Erde von Bombeneinschlägen. Im Dunkeln flackert die Kerze und beruhigt sich wieder. Plötzlich beginnt die Flamme zu zittern und droht zu erlöschen. Dann wird es draußen ruhig. Die Motorengeräusche entfernen sich.

Der junge Soldat läuft nach oben ins Helle. Die Menschen beginnen sich gerade vom Angriff wieder zu sammeln, als jemand „Panzeralarm" schreit. Erneut laufen alle von der Straße weg. Der junge Soldat hat eine Idee und rennt in den Ratskeller. Kurz entschlossen reißt er die Deutschland-Karte von der Wand. Er kennt sich nicht in der Gegend aus. Erneuter Fliegeralarm. Sein verletzter Fuß behindert ihn ein bißchen beim Weglaufen. Aber er schafft es bis zum Stadtrand, als erneut Bomben fallen. Die Straße ist mit Flüchtlingswagen und Fahrzeugen der Wehrmacht vollkommen verstopft. Nichts geht mehr. Sowjetische Tiefflieger greifen an. Kurz entschlossen verläßt der junge Soldat die Hauptstraße. Die Deutschland-Karte ist ihm eine wertvolle Hilfe.

Theodor Fontane kommt zu Besuch

„Rheinsberg von Berlin aus zu erreichen ist nicht leicht. Die Eisenbahn zieht sich sechs Meilen Entfernung daran vorüber, und nur eine geschickt zu benutzende Verbindung von Hauderer und Fahrpost führt schließlich an das ersehnte Ziel", schrieb Theodor Fontane Ende des 19. Jahrhunderts in den „Wanderungen durch die Mark Brandenburg", erschienen 1862.

„Hier halten wir vor einem reizend gelegenen Gasthofe, der noch dazu den Namen der ‚Ratskeller' führt, und da die Turmuhr eben erst zwölf schlägt und unser guter Appetit entschieden der Ansicht ist, daß das Rheinsberger Schloß all seines Zaubers unerachtet doch am Ende kein Zauberschloß sein werde, das jeden Augenblick verschwinden könne, so beschließen wir, vor unserem Besuch ein solennes Frühstück einzunehmen und gewissenhaft zu proben, ob der Ratskeller seinem Namen Ehre macht oder nicht. Er tut es", erzählt Fontane und setzt seine Beschreibungen fort: „zwar ist er überhaupt kein Keller, sondern ein Fachwerkhaus, aber eben deshalb, weil er sich jedem Vergleiche mit seinen Namensvettern in Lübeck und Bremen geschickt entzieht, zwingt er den Besucher, alte Reminiszenzen beiseite zu lassen und den ‚Rheinsberger Ratskeller' zu nehmen, wie er ist. Er bildet seine eigene Art, und eine Art, die nicht zu verachten ist.

Wer nämlich um die Sommerszeit hier vorfährt, pflegt nicht unterm Dach des Hauses, sondern unter dem Dache prächtiger Kastanien abzusteigen, die den vor dem Hause gelegenen Platz, den sogenannten ‚Triangelplatz‘ umstehen. Hier macht man sich‘s bequem und hat einen Kuppelbau zu Häupten, der alsbald die Gewölbe des besten Kellers vergessen macht.

Ein Tisch ward uns gedeckt, zwei Rheinsberger, an deren Kenntnis und Wohlgeneigtheit wir empfohlen waren, gesellten sich zu uns, und während die Vögel immer muntrer musizierten und wir immer lauter und heitrer auf das Wohl der Stadt Rheinsberg anstießen, machte sich die Unterhaltung.

‚Ja‘, begann der eine, den wir Morosen nennen wollen, ‚es tut not, daß man auf das Wohl Rheinsbergs anstößt. Aber es wird freilich nicht viel helfen, ebensowenig, wie irgend etwas geholfen hat, was bisher mit uns vorgenommen wurde. Wir liegen außerhalb des großen Verkehrs, und der kleine Verkehr kann nichts bessern, denn was unmittelbar um uns her existiert, ist womöglich noch ärmer als wir selbst.‘ “

Der Ratskeller und Schloß Rheinsberg

Ende des 17. Jahrhunderts wurde der Ratskeller erbaut und 1719 das erste Mal urkundlich als „Stadtkeller“ erwähnt. Unter dem Soldatenkönig kamen Amt und Schloß Rheinsberg wieder zur preußischen Krone. Zu dieser Zeit muß der „Keller“ schon eine Herberge gewesen sein. Während des Umbaus von Schloß Rheinsberg (1734 - 1740) durch Kemmeter und Knobelsdorff übernachteten hier viele Gäste, die durch die Baumaßnahmen im Kavalierhaus oder im Schloß keinen Platz mehr fanden.

1744 schenkte Friedrich II. seinem Kammerdiener Fredersdorf den „Prinzlichen Keller“, so die jetzt übliche

Bezeichnung. Langsam entstand eine Verbindung zwischen dem „Prinzlichen Keller" und dem preußischen Hofadel, die im Laufe der Jahrhunderte immer enger wurde. Im Buch „Beschreibung des Lustschlosses und Gartens Seiner Königlichen Hoheit des Prinzen Heinrichs Bruder des Königs, zu Rheinsberg wie auch der Stadt und der Gegend um dieselbe", erschienen 1778, von Hennert, heißt es: „Zur Bequemlichkeit der Reisenden sind verschiedene Wirtshäuser in der Stadt, unter denen der sogenannte Keller vorzügliche Bequemlichkeiten hat."

Zum „Prinzlichen Keller" gehörte auch die Wolff'sche Brauerei in der Mühlenstraße, an der Stadtmauer. Fredersdorf verstand sich nicht als Schankwirt. Aber er hat seinen Namen vererbt. Das „Fredersdorfer Bier" wurde wegen seiner guten Qualität bekannt. Zu festlichen Anlässen, wie Bauernhochzeiten, bestellte die Küche von Schloß Rheinsberg im Auftrag des Prinzen Heinrich das berühmte Bier.

1789, im Jahr der Französischen Revolution, kaufte die preußische Domänenkammer den „Prinzlichen Keller" von den Erben der Familie Fredersdorf. Ab 1804 tagten hier erstmal die Stadtverordneten. Im gleichen Jahr verschenkte Prinz August von Preußen den Keller an die Stadt Rheinsberg. Die Kosten waren der königlichen Verwaltung zu hoch. Das Ganze war ein Zuschußgeschäft. Zwölf Jahre später, im Januar 1816, wurde im „Ratskeller" der 2. Pariser Frieden mit großer Begeisterung von der Bevölkerung gefeiert. Nach den verheerenden militärischen Niederlagen Preußens und den Napoleonischen Befreiungskriegen kehrten langsam Frieden und Normalität zurück. Das Fest sollte das letzte große Ereignis auf lange Jahre hinaus sein. Der Ratskeller und Rheinsberg verfielen in einen Dornröschenschlaf. Auch dadurch bedingt, daß sich der Hofstaat von Prinz Heinrich nach seinem Tod, im Jahre 1802, aufgelöst hatte. Im ganzen 19. Jahrhundert stagnierten die Entwicklung der Stadt und die Bevölkerungszahl.

Im Juli 1872 reist der englische Tourist Andrew Hamilton nach Rheinsberg und steigt im Ratskeller ab. Anhand der Lektüre von Fontanes Beschreibungen hat Hamilton positive Erwartungen, als er im Ratskeller eintrifft. Hamilton wird bitter enttäuscht und gibt sich alle Mühe, den Schmutz nicht zu sehen. Doch es fällt ihm schwer. Die Treppe ist „sichtlich niemals gekehrt oder gescheuert worden". Sein Zimmer riecht muffig, die Tischdecke ist voll mit Schmutz- und Fettflecken. Hamilton zieht nach einigen Tagen wieder aus und nimmt sich ein Privatzimmer. Das Hotel Ratskeller war sichtlich heruntergekommen.

Der Aufstieg und das Militär

Der Niedergang wird erst vierzehn Jahre später gestoppt. 1886 erwirbt Hotelier Franz Otto den Ratskeller und begründet eine neue Tradition. Für die damalige Zeit ist der Kauf des Hotels ein mutiger Schritt. Es gibt noch keine Eisenbahnverbindung nach Berlin. Nur mit der Postkutsche kann man Rheinsberg erreichen. Immerhin eine halbe Tagesreise. Wer konnte sich das leisten?

Franz Otto zielt von Anfang an auf eine kaufkräftige Kundschaft und stattet die Hotelzimmer mit erlesenem Mobiliar aus. Gleichzeitig versucht er von der gut bürgerlichen Küche wegzukommen hin zur gehobenen. Das gelingt ihm Schritt für Schritt. Otto setzt bei seiner Kundschaft zielstrebig auf das Militär. Er führt damit eine Tradition fort, die im 18. Jahrhundert begonnen hatte. Ende des 19. Jahrhunderts ist Neuruppin noch

Garnisonsstadt. Im Jahr finden wenigstens zweimal Manöver, sogenannte Revuen, statt. Von diesem Publikum, den preußischen Offizieren und dem Hofadel, profitiert Otto. Die Eintragungen im Gästebuch bestätigen seine vorausschauende Geschäftspolitik. Auf dem grünen Umschlag des umfangreichen Gästebuches steht in Druckbuchstaben „Gedenkblätter von den Herren Offizieren, Rheinsberg Hotel zum Ratskeller". Otto hat auf der ersten Seite in deutscher Schrift in Form eines etwas holprigen Reims seine Bitte an künftige Gäste aufgeschrieben. Die Verse sind von einem Lorbeerkranz eingerahmt:

„Du lieber Gast, trag Dich hier ein,
Schreib' schöne Verse nieder,
Mach' bei mir noch recht lange Rast,
Kehr später recht oft wieder.
Franz Otto"

Die ersten Gäste haben sich am 7. September 1890 eingetragen. Der Regimentsstab des Infanterieregiments von Stülpnagel bedankt sich für den Aufenthalt.

1899 wird die Eisenbahnstrecke von Rheinsberg nach Berlin eingeweiht. Von da an geht es steil aufwärts mit den Touristenzahlen. Die Übernachtungen im Hotel Ratskeller nehmen zu. Bis Berlin spricht sich herum, daß der Ratskeller erstes Haus am Platze ist. In einer Anzeige aus der Kaiserzeit wirbt Franz Otto für sein Hotel als „vornehmstes und ältestes Haus. Hotel I. Ranges. Weinhandlung. Herrlich gelegen. Gegenüber dem Königlichen Schloß". Das Hotel hat 34 Betten. Ein Zimmer kostet 1,50 – 3,00 Mark, je nach Lage und Ausstattung. Es werden „Diners" zwischen 1,50 – 3,00 Mark an kleinen Tischen während der Zeit von 13 – 15 Uhr angeboten. „Reichhaltige Speisekarte. Gut gepflegte Biere und Weine", heißt es weiter. „Extra Diners und Soupers zu jeder Zeit. Große und kleine Festsäle für Gesellschaften bis zu 150 Personen."

Im großen Festsaal finden manchmal Bälle, Versammlungen oder andere Veranstaltungen statt. Der Saal hat eine Bühne, auf der kleine Orchester Platz nehmen können. Kronleuchter, schwere Brokatvorhänge, weiß gedeckte Tische mit Stoffservietten, Silberbestecken und ausgewähltes Porzellan geben dem Raum eine festliche Aura. Das wohlhabende, großstädtische Publikum kommt und genießt die anspruchsvolle, gehobene Atmosphäre. Kaiserliche Offiziere, der preußische Prinz Eitel Friedrich und Wilhelm Prinz zu Wied, der spätere König von Albanien, kehren nach Manövern gerne im Ratskeller ein.

Im Oktober 1901 steigt der deutsche Kronprinz mit Offizieren des Generalstabes im Ratskeller ab. Frau Otto überreicht dem Kronprinzen ein Kornblumenbouquett. Die hohen Herren essen zu Mittag: „Kraftbrühe, Schinken in Burgunder, grünen Aal gekocht, Filetbraten mit Gemüse. Danach gibt es Kabinettspudding, Obst, Kompott oder Käse." Eine regionale Zeitung schreibt: „Es herrschte eine ungezwungene gemütliche Unterhaltung bei Tisch."

Franz Otto hatte es so eingerichtet, daß der Kronprinz das gleiche Zimmer wie bei seinem Besuch vor drei Jahren bekam. Eine Krone schmückte die Tür. Der Prinz war sehr erfreut. „Nach dem Diner war der Kronprinz mit den Herren noch längere Zeit Skat spielend und erzählend beisammen, bis gegen 11 Uhr das Bett aufgesucht wurde. Nach Hohenzollernart war der Prinz heute früh um 7 Uhr wieder pünktlich zur Stelle."

Dieses Zimmer wurde später auch „Prinzenzimmer" genannt. Von hier hatte der Gast eine schöne Aussicht auf Schloß Rheinsberg, Marktplatz und Triangelplatz mit Kaiser-Wilhelm-Denkmal und Säule. Kurt Tucholsky hat in seiner heiteren Liebesgeschichte „Rheinsberg. Ein Bilderbuch für Verliebte" die Atmosphäre dieser Zeit anschaulich beschrieben.

Der Besuch des Prinzen ist für Hotelbesitzer Franz Otto der Ritterschlag. Im Gästebuch sind viele berühmte Persönlichkeiten aus Politik, Kultur und Gesellschaft zu finden: Reichskanzler Bethmann-Hollweg, die Generäle von Moltke und von Witzleben. Sogar Prinzessin Victoria Mary, die spätere Königin von England, und Elisabeth Großherzogin von Mecklenburg-Strelitz besuchten Rheinsberg und übernachteten im Ratskeller.

Der Schriftsteller Gerhart Hauptmann schreibt sich am 27. Oktober 1913 ein. Sein Name steht ganz alleine oben auf einer Seite. Am gleichen Tag ist der Oberleutnant Prinz von Preußen im Ratskeller zu Besuch. Er will auf keinen Fall mit Hauptmann zusammen auf der gleichen Seite im Gästebuch stehen und trägt sich auf der nächsten ein. Hauptmann war nach der Uraufführung seines Theaterstücks „Die Weber" beim preußischen Königshaus unbeliebt. In der Weimarer Republik kommen Außenminister Gustav Stresemann und Reichskanzler Dr. Luther zu Besuch.

Von 1890 bis zum Ende des Zweiten Weltkriegs haben sich großenteils nur Angehörige des Militärs ins Gästebuch eingeschrieben. Das war die Stammkundschaft. Wir lesen berühmte Namen des preußischen Adels: von Bredow, von dem Knesebeck und von Zieten. Manchmal gibt es auch handkolorierte Zeichnungen, die Soldaten und Offiziere beim Manöver zeigen. Frauen wird man in dem Buch lange suchen müssen. Sie sind die absolute Ausnahme, ebenso wie Zivilpersonen. Das Original des Gästebuchs befindet sich im Schloß Rheinsberg, eine vollständige Kopie haben die heutigen Besitzer des Ratskellers.

„High life" im Hotel Ratskeller

In den zwanziger Jahren wird der Ratskeller eine deutsch-nationale Hochburg. Ein konsequenter Schritt, wenn man sich die Klientel der vergangenen Jahrzehnte vor Augen führt. Im Hotel hängen schwarz-weiß-rote Fahnen, obgleich Schwarz-Rot-Gold die Farben der Weimarer Republik sind. Schwarz-Weiß-Rot ist die Fahne der untergegangenen Monarchie und Ausdruck der politischen Gesinnung von Walter Otto, dem einzigen Sohn des Hotelchefs. Otto, Jahrgang 1889, diente im Ersten Weltkrieg bei den Kürassieren, obgleich er nicht das geforderte Gardemaß von 1,80 Meter hatte. Er setzte alles daran, trotz seiner 1,76 Meter in diese Elite-einheit aufgenommen zu werden.

1922 gründet Walter Otto zusammen mit Hauptmann Cord von Brandis und Gesinnungsfreunden die Ortsgruppe Rheinsberg des „Stahlhelm". Darin sind ehemalige Soldaten des Ersten Weltkriegs organisiert. Eine deutsch-nationale Organisation, die der Monarchie und dem verlorenen Krieg nachtrauert. Auch geben sie sich offen als Gegner der Republik zu erkennen. Ausdruck der politischen Gesinnung von Otto ist die Teilnahme am „Deutschen Tag", der vom „Stahlhelm" und der „Bismarckjugend" Anfang September 1925 in Rheinsberg veranstaltet wird. Auf dem Programm steht ein Festessen, das um 13 Uhr im Ratskeller stattfindet. Danach tritt die „Fahnenkompagnie" vor dem Hotel an. General Karl Litzmann, ein Deutsch-Nationaler und Führer der „Bismarckjugend", hält eine markige Rede. Darin heißt es: „Wir müssen männlich werden und den elenden Pazifismus verschwinden lassen." Am Schluß des Berichts schreibt der Lokaljournalist: „Brausend klang über die märkische Heide der Heilruf der märkischen Jungmannen, und das Deutschlandlied schloß sich an." 2 000 Mann sind auf dem Triangelplatz gegenüber dem Ratskeller aufmarschiert. Litzmann, seit 1915 Ehrenbürger von Rheinsberg, schließt sich Anfang der dreißiger Jahre als überzeugter Anhänger Hitlers den Nazis an.

1927 übernimmt Walter Otto von seinem Vater den Ratskeller, der inzwischen zur Nummer Eins in der Mark Brandenburg geworden ist und gesellschaftlicher Mittelpunkt. Zwei Jahre später stirbt Franz Otto.

„Es waren unendlich viele Gäste da. Bei uns war immer „high life", nich. Es war immer was los", erinnert sich Ursula Schadwinkel, die einzige Tochter von Walter Otto. „Es kamen sehr viele Offiziere aus Potsdam rüber und aus Neuruppin. Und die waren ja früher alle adelig. In der Kaiserzeit war es der Hofadel und solche Leute. Einmal zum Beispiel, das weiß ich noch wie heute, da kamen die ganzen Metzgerfrauen aus Berlin. Das war an Himmelfahrt. Die Männer waren alle weg, und dann haben die den Saal gemietet. Die haben auf der Straße jeden Mann weggefischt, der tanzen konnte. Da war so'ne Kapelle oben. Und da war was los." Ihr Vater hatte in der Schweiz im Hotelfach gelernt und wurde einer der angesehensten Hoteliers in Deutschland. Er galt als guter Geschäftsmann.

Mit Rheinsberg und dem Ratskeller verbindet Ursula Schadwinkel schöne Kindheitserinnerungen. „Wir hatten einen Eiskeller. Der See war im Winter immer zugefroren. Das Eis wurde geschlagen und kam in den Eiskeller. Dann wurde Viehsalz dazwischengestreut, damit es zusammenhielt. Damit wurde das Bier gekühlt. Und das hielt bis Juni, Juli. Und dann kamen die Brauereien und brachten Eisblöcke."

Anfang der dreißiger Jahre beschäftigte der Ratskeller zwanzig Angestellte. „Ältestes erstklassiges Hotel. Bedeutend erweitert, eleganter Speisesaal. Komfortable

Zimmer. Central-Heizung – Bad. Volle Pension laut Vereinbarung. Wochenendpension. Das Haus der guten Küche." Mit dieser Anzeige wurde in den Zeitungen geworben. Jedes Jahr schrieb Walter Otto an die Stadtverwaltung, um einen Teil des gegenüberliegenden Triangelplatzes für den Sommer zu mieten. Seiner Bitte gab man immer gegen eine entsprechende Gebühr statt. Dann wurden Brauereitische und -stühle unter den alten Kastanien aufgestellt, die schon Fontane in seinen „Wanderungen durch die Mark Brandenburg" beschrieben hatte. Sie dienten noch immer als große Sonnenschirme. Auf alten Fotos parken Cabriolets und Limousinen der oberen Klasse am Triangelplatz. „Da standen auch schon mal die großen alten Schlitten wie Maybach und Horch", sagt Ottos Tochter.

Sie erzählt, daß es früher noch nicht so genaue Wettervorhersagen gegeben hat. Ihr Vater kannte einen Bauern in der Gegend. Entscheidend war in der Sommersaison natürlich das Wetter an den Wochenenden. Ihr Vater fragte den Bauern einen Tag vorher. War die Auskunft positiv, also schönes Wetter, mußte zusätzliches Personal eingestellt werden.

„Dann wurde in Berlin auf der Kellnerbörse eine Fahne hochgehalten. Jedes Hotel, das größer war, hatte eine Fahne gehabt. Da stand Ratskeller Rheinsberg. Und dann meldeten sich die Kellner. Die gingen gerne zum Ratskeller, weil sie gut verdient haben. Die kamen mit dem Zug rüber, also Sonnabend, Sonntag. Und Sonntagabend sind sie wieder zurück. Sonnabendnacht, da haben se immer im großen Saal, da war so'ne große Bühne, da waren Feldbetten aufgestellt, da haben die geschlafen. Anders ging's damals ja nich, ne. Manchmal kamen zehn Kellner", beschreibt Ursula Schadwinkel die damalige Situation.

Sie gesteht, als Kind „schwer" hinter dem Geld hergewesen zu sein und immer etwas dazuverdienen zu wollen. Ihr Vater hielt sie kurz. Manchmal holte sie sich vom Stammtisch im Ratskeller ein paar Groschen fürs Kino, bis ihr Vater das verbot. „Du hast dein Taschengeld gekriegt, hat der jesagt." Frau Schadwinkel ist auch nach über vierzig Jahren der Berliner Dialekt nicht verlorengegangen. Sie wohnt seit 1985 in Göppingen.

„Hat der jesagt, du kannst dir ja Geld verdienen draußen auf dem Marktplatz. Also das war ja der Triangelplatz mit den breiten Kastanien davor und da war so'n Tisch mit Postkarten von Rheinsberg. Die ganz teuren kosteten zehn Pfennige und die einfachen fünf. Und dann hab' ich mir eines Tages gesagt, versuch's doch mal, ob du zehn für die billigen und 15 Pfennige für die teuren nehmen kannst. Die haben tatsächlich alle gekauft. Und ich hab' natürlich schwer kassiert. Dann is mal ein Gast, der bei mir gekauft hat, is rein in den Ratskeller. Und hat gesehen, daß die Postkarten da drinnen billiger waren. Mein Vater fand das ganz tüchtig von mir. Aber er mußte mich auch strafen. Ich mußte natürlich viel zurückzahlen", lacht Ursula Schadwinkel. Sie erkennt an, daß die Erziehungsmethode ihres Vaters richtig gewesen ist. Sie habe gelernt, mit Geld umzugehen.

Walter Otto trat in der Nazi-Zeit der NSDAP bei. Wohl nicht aus Überzeugung, mehr aus einem gewissen Opportunismus heraus, wie viele Menschen jener Zeit. Otto wollte in der Kleinstadt Rheinsberg nicht unliebsam auffallen. Und für das Geschäft hatte es eine gewisse Bedeutung. Die Parteimitgliedschaft konnte jedenfalls nicht schaden. Zu dieser Zeit übernachteten auch manchmal Offiziere der Wehrmacht im Ratskeller, die Otto Dankesschreiben schickten. „Von den Nazis war er nicht überzeugt. Also, wirklich nich, das ist ganz klar. Wenn Sie die Zeit erlebt haben, dann wissen Sie ganz genau, wenn Sie den Mund aufgemacht haben, waren Se weg. Also mußten Sie vorsichtig sein", sagt die Tochter.

Unvergeßlich ist ihr in dem Zusammenhang ein Erlebnis mit einem Herrn Kammitzer. Das war Ende 1938 oder im Frühjahr 1939. Der Mann belieferte Hotels.

„Das war ein Jude. Der kam aus Berlin immer rüber und hat uns Wäsche verkauft. Der sagte: ‚Herr Otto, kaufen Sie Wäsche noch und nöcher. Wir bekommen Krieg.'

Da hat mein Vater gefragt: ‚Sind Sie da ganz sicher?'

‚Ja', hat der gesagt. ‚Ganz sicher. Erstmal ist das schon keine reine Baumwolle mehr. Da ist schon Papier beigemischt.'

Hat mein Vater gesagt: ‚Hören Sie mal zu, das ist mir zu viel, nich, im Moment.'

Und dann hat der gesagt: ‚Na ja, Sie können mir das zahlen, wie Sie wollen.' Dann kam er nich mehr. Hat nur mal Bescheid jesagt, der war aber in Berlin, war untergetaucht mit noch mehreren Juden. Und meine Mutter is dann immer rübergefahren, hat Pakete mitgenommen. Und hat die in einen Hausflur, in so'n Gang, gestellt. Und da haben die sich det wahrscheinlich immer abgeholt, ne?! Und nachher konnte se det auch nich mehr. Wir haben von Kammitzer nichts mehr gehört. Und nach'm Krieg, als mein Vater in Berlin war, da war ein Student, der sagte, da ist jemand, der Sie sprechen will. Und da war das der Kammitzer. Der kam aus Südamerika. Und dann hat mein Vater noch mal sehr geholfen. Dem ging's damals auch noch nich so gut."

Enteignung und Neubeginn in West-Berlin

Ende 1944 beschlagnahmt die SS den Ratskeller. Der Hotelbetrieb wird eingeschränkt, aber nicht eingestellt. Am 10. Januar 1945 trägt sich Oskar Prinz von Preußen ins Gästebuch ein. Es ist der letzte Eintrag, bevor der Krieg endet. Ein schwarz-weißes Foto zeigt ihn in der Uniform der Wehrmacht mit Eisernem Kreuz auf der Brust. Prinz von Preußen ist Generalmajor a.D.

Ende April 1945 ist der Krieg in Rheinsberg zu Ende. Der Ratskeller bleibt unzerstört. Mitte Mai 1945 setzt sich Ursula Schwadwinkel auf das Fahrrad und fährt nach Berlin. Ihr Vater bleibt mit der Mutter in Rheinsberg. Die Russen requirieren den Ratskeller und hausen ein Jahr darin. Danach versucht Walter Otto das Hotel wieder in Gang zu bringen. Eine große Anstrengung, die mit vielen Hoffnungen und Rückschlägen verbunden ist. Der Ratskeller ist sein Lebenswerk. Er sieht es gefährdet. Ende 1945 leiht er einiges Mobiliar aus seinem Hotel der Rheinsberger Stadtverwaltung, weil es im Rathaus nur ungenügende Sitzmöglichkeiten gibt. Zwei Jahre mahnt Otto die Rückgabe der Möbel an und wird immer wieder vertröstet. Im November 1947 erscheint er persönlich beim Bürgermeister, der ihn weiter hinhält.

„Dann ist mein Vater 1953 enteignet worden. Er ist morgens hinten aus'm Haus, und vorne wollten sie ihn schon abholen. Man wollte ihn verhaften. Die haben immer Gründe gefunden. Dann bin ich gewarnt worden, nicht nach Ost-Berlin zu gehen. Weil die nur drauf warteten, mich festzunehmen", sagt Ursula Schadwinkel. Sie wohnte damals in West-Berlin und arbeitete als Dolmetscherin bei den Engländern. „Die Engländer haben mich zu der Zeit immer nach Hause gebracht und gewartet, bis ich oben in meiner Wohnung war. Man konnte ja nie wissen." In den Ratskeller zog die HO ein, die das renommierte Hotel für andere Zwecke benötigte.

Walter Otto versuchte in West-Berlin Fuß zu fassen. Das war nicht leicht. Immerhin war er 1953 schon 64 Jahre alt. Am Kaiserdamm, in Berlin-Charlottenburg, machte er ein kleines Lokal auf, die „Rheinsberger Ratsstuben". Das Gästebuch aus seinem alten Hotel hatte er mitnehmen können und zeigte es stolz den neuen Gästen. Doch das Lokal lief nicht so richtig. „So'ne Kneipe war nicht sein Ding. War nicht das, was er wollte", erzählt seine Tochter.

„Dann übertrug die Schultheiss-Brauerei ihm die Leitung des Studentenhauses in Berlin. Das war ein großer Betrieb, in der Nähe des Zoos, wo die Technische Universität liegt. Den hat er geleitet, bis er mit 76 aufgehört hat. Mit 81 Jahren ist er in Bad Orb gestorben. Er ist einmal noch nach Rheinsberg gefahren. Man hatte ihm gesagt: ‚Ihnen passiert nichts.‘ Da ist er rübergefahren. Und danach hat er mich angerufen: ‚Du, ich hab‘ Rheinsberg völlig aus dem Kopf. Ich will es nicht mehr sehen und nicht mehr hören.‘ Es war aus", beendet Ursula Schadwinkel die Erzählungen über ihren Vater Walter Otto. Mit der Enteignung 1953 endete eine langjährige Tradition, die 1886 begann, als Franz Otto das Hotel Ratskeller erwarb.

Wende und Wiederaufstieg

In der DDR war im Ratskeller-Parterre die HO-Gastwirtschaft untergebracht. Im ersten Stock der Hotelbetrieb und im alten Ballsaal ein HO-Möbellager. Das Gebäude verfiel zusehends, äußerlich und innerlich. Die Repräsentanten der neuen Gesellschaft wollten den Ratskeller in der bisherigen Form nicht mehr weiterführen. Für sie der Inbegriff von bürgerlicher Dekadenz und Verschwendungssucht. Mitte der siebziger Jahre sollte das Gebäude abgerissen werden, um einem Miethaus zu weichen. Der Plan wurde nicht ausgeführt. Doch Anfang der achtziger Jahre war die Bausubstanz so morsch, und der Verfall weiter fortgeschritten, daß man um einem kompletten Abriß nicht herumkam. Die Holzbalken stammten noch aus dem 18. Jahrhundert und waren vom Holzbock zerfressen. Vierzig Jahre war keine Investition vorgenommen worden.

1986 entstand neben einem zweigeschossigen Wohnhaus auch der Ratskeller neu, allerdings nur mit zwei Gasträumen. Die Hotelzimmer und der Festsaal waren verschwunden. Bis zur Wende gab es unten ein Grillrestaurant und oben ein Café, die unabhängig voneinander bewirtschaftet wurden. Noch heute kann man auf dem Fußboden des Restaurants die zugeschmierten Löcher sehen, die von Barhockern stammen. Hinter den Wandbespannungen sind die Kacheln mit ihren Fugen aus dem alten Grill-Lokal spürbar. Ein verkleideter Abzug in der Wand erinnert an den ehemaligen Kamin.

Anfang der neunziger Jahre ermöglicht die Wiedervereinigung einen völligen Neubeginn. Ursula Schadwinkel, rechtmäßige Erbin, verkauft ihren Anteil an die Stadt Rheinsberg. Der Ratskeller wird von der Treuhand verwaltet, die sich viel Zeit mit den Verhandlungen läßt. Zwei Bewerber aus Rheinsberg treten im Frühjahr 1991 auf und wollen unbedingt den Ratskeller kaufen und selbst bewirtschaften: Dieter Däbel und Jürgen Plötz. In der DDR war es ihnen verwehrt, sich selbständig zu machen. Jetzt stehen sie vor der größten Herausforderung ihres Lebens. Dabei lassen sie sich von nichts und niemandem abbringen. Sehr schnell entsteht das Finanzierungskonzept.

Däbel hat große Pläne. Die politische Wende stimmt ihn und seinen zukünftigen Kompagnon Plötz euphorisch. Däbel will einen Keller mit drei Räumen bauen, eben den Ratskeller, und sie der Musikakademie, der Kammeroper und dem Zinnfiguren-Museum widmen. Zu diesem Zweck hat er auch sechzig alte Orgelpfeifen aus der evangelischen Kirche St. Laurentius in Rheinsberg ersteigert. Im neuen Keller sollen sie ausgestellt werden. Doch die zukünftigen Besitzer kommen schnell in der Wirklichkeit an. Das aufwendige Vorhaben ist nicht zu finanzieren.

Däbel, Jahrgang 1943, stammt aus Landsberg an der Warthe und ist 1945 mit seiner Familie mit dem großen Flüchtlingstreck in Hammelsprung bei Templin hängengeblieben. Dort wächst er auf und macht in Prenzlau das Abitur. Nach einer Maurerlehre und abgebrochenem Ingenieurstudium lernt er den Beruf des Kellners. Dank seiner verbindlichen und freundlichen Art steigt er schnell zum Oberkellner auf und arbeitet im Kurhaus von Warnemünde. Er ist damals „sehr verliebt" und gibt eine Anzeige auf: „Oberkellner sucht Stellung. Bedingung: Zwei-Raum-Wohnung." In der DDR geht das nicht so ohne weiteres, weil Wohnungen Mangelware sind. Ohne Heirat keine Wohnung. Also heiratet er seine Erika, bekommt Stellung und Wohnung in Lindow. 1969 wird Sohn Sebastian geboren. Anfang der achtziger Jahre arbeitet Däbel als Barmixer im FDGB-Ferienheim „Ernst Thälmann" am Rheinsberger-See. Hier lernt er seinen späteren Kompagnon Jürgen Plötz kennen.

Jürgen Plötz, Jahrgang 1961, kommt aus Thüringen. „Ich wollte schon immer Koch werden", sagt der sympathische Mitbesitzer des Ratskellers. Nach einer Lehre in Oberhof ist er dort bis 1982 in einem großen Hotel angestellt. Dann geht er nach Rheinsberg und arbeitet in einem der ältesten Lokale der Stadt, dem „Goldenen Anker". „Wenn man es mit heute vergleicht, hat sich nicht viel in Rheinsberg geändert", sagt er über die schwierige Situation im Gaststättengewerbe. Diese Situation macht ihm zu schaffen. Er geht ins Rheinsberger FDGB-Ferienheim „Ernst Thälmann" und wird bald Abteilungskoch. Hier ist mehr los als im „Goldenen Anker". Plötz muß mit seinen Köchen an manchen

Tagen 1200 Gäste bewirten. Er macht seinen Küchen-meister an der Betriebsakademie. 1986 muß er für eineinhalb Jahre zur NVA . „Ich hab keine Waffe in der Hand gehabt. Es war verplemperte Zeit", meint er. „Wir hatten beide den gleichen Gedanken, uns selbständig zu machen", sagt er über den Beginn seiner geschäftlichen Partnerschaft mit Dieter Däbel.

Nach mehreren Umbauten wird am 18. Mai 1991 der Ratskeller neu eröffnet. Grundlage ist ein Pachtvertrag mit Vorkaufsrecht. Die Verhandlungen mit der Treu-hand ziehen sich über drei Jahre hin. Im September 1994 gibt es immer noch keinen Kaufvertrag, während das Restaurant brummt. Däbel hat den Eindruck, daß man sie hinhalten will, um den Preis der Immobilie nach oben zu treiben. Er wird ungeduldig und informiert eine überregionale Tageszeitung. „Treuhand will meine Millionen nicht", lautet die Überschrift.

„Hundertmal habe ich die Treuhand angerufen. Hun-dertmal wurde ich abgespeist. Ich kann die Sätze nicht mehr hören: ... noch keine Entscheidung, Sachbearbeiter krank. Wir melden uns." Da geschieht ein „Wunder". Am Tag, an dem der Zeitungsartikel erscheint, kommt der Kaufvertrag. Däbel bleibt dennoch skeptisch. „Ab-warten. Der Treuhand traue ich nicht mehr. Erst wenn ich im Grundbuch stehe, werden die Sektkorken knallen. So lange habe ich einen Alptraum. Und der heißt Treuhand." Nun, die Sektkorken können bald darauf knallen. Däbel und Plötz werden Besitzer des Rats-kellers.

Im Herbst 1993 erhalten Däbel und Plötz endlich einen Kaufvertrag. Sie müssen sich verpflichten, fünf Jahre lang das Restaurant zu betreiben. Von Anfang an haben beide den Ehrgeiz, mehr als nur ein Restaurant mit gutbürgerlicher Küche zu sein. Sie fühlen sich der „Preußisch-Brandenburgischen" Küche verpflichtet, bieten Kaiser Wilhelms Kartoffelsüppchen an und Fontanes Leibgericht „Altbrandenburgischer Schmorbraten in Ingwersoße mit Apfelrotkohl und hausgemachtem Kartoffelkloß". Als Nachtisch „Märkische Rote Grütze". Das Gericht soll Fontane bei seinem Besuch im Ratskeller Mitte des 19. Jahrhunderts gegessen haben. Er hat damals aber nur ein „solennes Frühstück" bestellt, wie wir aus seinen „Wanderungen durch die Mark Brandenburg" wissen. Vielleicht ist er noch mal am Abend nach dem Besuch von Schloß und Park Rheinsberg im Ratskeller eingekehrt. Das könnte sein.

1994 legen Däbel und Plötz ein neues Gästebuch an. Es soll die Tradition des Hauses fortführen, die unter Franz Otto begann. Im März des gleichen Jahres kommt Ministerpräsident Manfred Stolpe zu Besuch und schreibt auf die Menükarte, „Es hat großartig geschmeckt. Wir sagen es weiter." Im August 1994 speist Johannes Rau, damals noch Ministerpräsident von Nordrhein-Westfalen, mit seiner Frau Christina im Ratskeller. Auch witzige Eintragungen gibt es. „Monsun hat gewonnen. Wir haben Champagner getrunken. Wir danken Monsun. (Monsun ist ein Pferd!) Galopper des Jahres", unterschreibt Baron von Oppenheim mit Gefolge seinen Eintrag.

Die Besitzer des Ratskellers arbeiten weiter an der intensiven Verbesserung der Küche. Der Erfolg gibt ihnen recht. In der Zeitschrift „Der Feinschmecker" wird der Ratskeller unter den 250 besten Landgasthäusern in Deutschland aufgeführt. „Besondere Attraktion der brandenburgischen Küche sind im Sommer die Flußkrebse. Auch der ‚Rheinsberger Fischtopf' ist nicht zu verachten", heißt es dort.

Im heutigen Gästebuch sind viele bekannte Namen zu finden: die Schriftstellerin Christa Wolf mit ihrem Mann Gerhard, Professor Siegfried Matthus, künst-

lerischer Leiter der Rheinsberger Kammeroper, Bürger-
rechtler Friedrich Schorlemmer, Schauspieler Otto
Sander, der Schriftsteller Georg Lentz neben der Familie
von Knobelsdorff. Einer ihrer Vorfahren hat als Baumeister Schloß Rheinsberg unter Friedrich dem Großen
erneuert.

Dieter Däbel fühlt sich eng mit der preußischen
Geschichte verbunden. Auch Fontane hat es ihm angetan. Der alte Birnbaum aus Däbels Garten steht jetzt im
Obergeschoß des Ratskellers. Zu den „Plaudereien unter
dem Birnbaum" kommen immer viele Gäste und werden
gut von Däbel unterhalten. Er zitiert aus Fontanes
Geschichte „Herr von Ribbeck auf Ribbeck im Havel-
land" und schildert auch den Besuch von Kurt Tucholsky
in Rheinsberg.

„Es war eine richtige Entscheidung, den Ratskeller zu
kaufen", sagt Plötz mit einem gewissen Stolz. Vor drei
Jahren konnte er das erste Mal nach der Wende mit
seiner Frau und den beiden halbwüchsigen Kindern
Urlaub an der Nordsee machen.

Auf der Terrasse

Draußen sitzen, gutes Essen genießen, Spaziergänger
beobachten, Freunden und Bekannten zuwinken, das
kann man nur zur warmen Jahreszeit. Direkt vor dem
Ratskeller ist auf dem Bürgersteig ein großer, freier Platz,
der natürlich nur im Sommer „bespielt" werden kann.
Ich nenne ihn „die Terrasse". Palmen und breit aus-
ladende Sonnenschirme suggerieren südländische Atmosphäre, als ob Strand und Meer nicht weit entfernt seien.
Die Terrasse wie der Ratskeller liegen am Schnittpunkt
von Schloß- und Mühlenstraße.

Wenn im Sommer Rheinsberg brummt, knallen Auto-
reifen auf das Kopfsteinpflaster, fahren Motorräder mit

aufheulendem Motor um die Ecke. Vollbesetzte Reisebusse gleiten gemächlich wie Ozeanriesen vorbei, Pferdekutschen mit Touristen zuckeln vorüber. Das Knallen ihrer Hufe ist eine ganz besondere Melodie. Sie erinnern an die Vergangenheit der Stadt, als man von Berlin mit der Pferdekutsche noch über einen halben Tag brauchte. Ohne die Vergangenheit hätte Rheinsberg keine Gegenwart oder Zukunft.

Von der Terrasse sieht man direkt auf das Standbild des Kronprinzen Friedrich, dahinter das Schloß. Der Garten lädt zum Spaziergang ein. Enten watscheln über den Rasen, hüpfen schnatternd ins Wasser. Der Terrasse direkt gegenüber liegt der Marktplatz mit hohen Kastanien und Buchen. An der ersten Kastanie ist eine kleine Tafel befestigt:

„Liebesspendende glückbringende
Vom Zauber behaftete
Kleine Stadt –
Rheinsberg.
Wir umarmen Dich
Wolf und Claire".

Die Liebeserklärung an Rheinsberg ist wiederum eine Liebeserklärung an den Schriftsteller Kurt Tucholsky und seinen berühmtesten Roman „Rheinsberg – Ein Bilderbuch für Verliebte".

1870, wahrscheinlich zur Gründung des Deutschen Reiches, wurde am Rande des Marktplatzes eine Kastanie gepflanzt. Zu Kaisers Zeiten stand in der Mitte ein Musikpavillon, wo im Sommer dreimal in der Woche Konzerte stattfanden. An den Straßenlaternen sind kleine Halterungen für Fähnchen angebracht, Überbleibsel aus der DDR.

Auf dem Triangelplatz, schräg gegenüber der Terrasse,

steht ein Obelisk mit großen kupfernen Tafeln, die in den letzten beiden Jahren wieder angebracht wurden. Der Obelisk wurde 1765 unter Prinz Heinrich errichtet. Die sogenannte Postsäule gibt Entfernungen zu verschiedenen europäischen Städten an: Stockholm 142 Meilen, Sankt Petersburg 224 Meilen, Berlin 12 Meilen, Potsdam 15 und Paris 156 Meilen. Eine Deutsche Meile war im 18. Jahrhundert 7420,44 Meter. Das waren die wichtigsten Städte in Heinrichs Leben: In Stockholm wohnte seine Schwester Königin Ulrike, in Sankt Petersburg Zarin Katharina die Große (zu ihr hatte Heinrich gute Beziehungen), Berlin als Hauptstadt von Preußen, Potsdam als Sitz des Königs und schließlich Paris, Heinrichs Traumstadt im Land der Sehnsucht.

Der letzte Gast kehrt zurück

Am 28. April 1994 ruft am späten Vormittag ein älterer Mann im Restaurant Ratskeller an.

„Ich möchte den jetzigen Besitzer sprechen."

„Um was geht es denn?" fragt Sebastian Däbel, der Sohn des Chefs.

„Ich habe eine Schuld zu begleichen", erwidert die Stimme am Telefon.

„Was für eine Schuld denn? Haben Sie einen Kellner um die Zeche geprellt?" will Däbel junior wissen.

„Nein, nein!" lacht der Mann. „Obwohl ich damals nicht bezahlt habe. Ja, das stimmt", sagt er so für sich selbst.

„Bitte?"

„Nein, nein. Darum geht es nicht. Es ist eine moralische Wiedergutmachung."

„Mein Vater ist nicht da", antwortet Däbel junior etwas kurz angebunden.

„Dann rufe ich morgen wieder an", sagt der Mann entschlossen und legt auf.

Am nächsten Tag schildert Sebastian seinem Vater das seltsame Gespräch. In dem Moment klingelt das Telefon. Der Mann von gestern ist wieder dran.

„Ist Ihr Vater jetzt da?" Sebastian fragt leise seinen Vater, ob er mit dem Fremden sprechen will.

„Ja, ich verbinde Sie."

„Sie werden mich nicht kennen. Ich bin der letzte Gast im Ratskeller gewesen", sagt er.

„Der letzte Gast? Wie meinen Sie das?" fragt Dieter Däbel mißtrauisch.

„Na ja, das ist schwer zu erklären. Ich würde gerne bei Ihnen mal vorbeikommen." Die beiden Männer ver-abreden sich zum Mittagessen im Ratskeller. Die Stunden bis Mittag vergehen langsam. Däbel kommt dieser Anruf seltsam vor. Er versucht sich zu erinnern, was dieses Telefonat bedeuten könnte. Aber ihm fällt keine plausible Erklärung ein. Seine Unruhe nimmt zu, je näher der Termin rückt. Irgendwie bekommt er ein schlechtes Gewissen. Nur kann er sich das nicht erklären. Warum soll er ein schlechtes Gewissen haben? Vielleicht, weil er den Mann nicht kennt? Er denkt über sein Leben nach. Will ihn jemand erpressen? Aber warum? Er hat keine Leichen im Keller. So glaubt er jedenfalls. Aber man kann ja nie wissen.

Kurz vor ein Uhr betritt ein älterer Mann das Restaurant und verlangt den Chef zu sprechen. Dieter Däbel steht in der Küche und beobachtet den fremden Gast durch die Glasscheiben der Türe. Nein, den Mann hat er noch nie in seinem Leben gesehen. Etwas erleichtert verläßt er seine Deckung und geht in das Restaurant.

„Däbel", stellt er sich vor.

„Hilz. Helmut Hilz", sagt der Mann freundlich. „Der letzte Gast."

„Ich verstehe nicht", meint Däbel irritiert.

„Ich war der letzte Gast am 29. April 1945 im Hotel Ratskeller", erklärt Hilz, „und dabei habe ich eine Karte mitgehen lassen, die ich Ihnen heute wieder zurück-bringen möchte." Er breitet eine alte, zerknitterte Straßenkarte von Deutschland aus. „Die hing damals neben dem Tresen im Hotel. Weil ich nicht aus der Gegend war, habe ich sie mitgehen lassen. Ich mußte mich ja irgendwie orientieren. Verstehen Sie?!"

Jetzt erst begreift Däbel. Er ist gerührt und sagt spontan: „Die Karte erhält einen Ehrenplatz im Ratskeller." Die beiden älteren Herren kommen ins Plaudern und sind sich sympathisch. Helmut Hilz ist nach dem Krieg Lehrer geworden, später Schulleiter. Über seine Kriegs-erfahrungen hat er ein Buch geschrieben, „Wegmarken". Auf einer Veranstaltung liest Hilz daraus älteren Rheinsbergern vor, die vom pazifistischen Grundgedanken des Buches berührt sind.

Sans peur et sans reproche oder
Ohne Furcht und ohne Tadel

Früher Morgen Ende Januar 2002 im brandenburgischen Rheinsberg. In der vergangenen Nacht hat es etwas geschneit. Der Schnee deckt wie leichter Puderzucker die Landschaft zu. Das Rot der Dächer schimmert unter der Schneedecke hervor. Die Sonne ist noch nicht aufgegangen. Häuser und Schloß sind nur schemenhaft zu erkennen. Über dem Griericksee liegt dichter Nebel. Auf der Schloßstraße erste Fahrspuren im Schnee.

Vor der Türe zum Restaurant „Ratskeller" legt Zeitungsausträger Willi Zimmer die neueste Ausgabe der „Märkischen Allgemeinen Zeitung" ab und will schnell weiterfahren. Er hat noch eine große Tour über die Dörfer vor sich. Ausgerechnet heute, am 290. Geburtstag Friedrichs des Großen, am 24. Januar, hat Willi verschlafen. Das ärgert ihn, weil der preußische König für Willi ein Vorbild ist – vor allem was Pünktlichkeit und Disziplin betrifft. Natürlich weiß er nicht, ob der alte Fritz immer pünktlich gewesen ist. Aber zumindest hat er in seinem ganzen Leben ständig Disziplin geübt. So viel ist überliefert.

Den Geburtstag des Königs begeht Willi in jedem Jahr mit der gebotenen Feierlichkeit. Seine Frau backt Kuchen, am Nachmittag kommen Kinder und Enkelkinder. In Rheinsberg ist Willi für seinen Spleen bekannt. Die Einheimischen nennen ihn spöttisch den „alten Wilhelm". Wilhelm ist sein Geburtsname.

Jeden Morgen grüßt Willi auf seiner Zeitungstour das Standbild des jungen Kronprinzen Friedrich, der seit der Wende wieder vor dem Eingang zum Schloßpark gegenüber dem „Ratskeller" steht. Willi hat sich Anfang der neunziger Jahre persönlich für die Neuerrichtung des Denkmals eingesetzt.

1903, in der Kaiserzeit, wurde die Statue erstmals aufgestellt und war bis zum Ende des Zweiten Weltkriegs eines der Rheinsberger Wahrzeichen. Den kommunistischen Machthabern war es ein Dorn im Auge. Der alte Fritz galt schließlich als Inkarnation des Bösen und des preußischen Militarismus. Eines Tages war erst der Degen verschwunden, dann das Standbild. Gerüchte besagen, daß junge Pioniere den Friedrich buchstäblich vom Sockel geholt hätten. Doch keiner wußte etwas Genaues, wollte wohl auch nichts wissen. Über die Jahrzehnte vergaßen die Rheinsberger einfach diese Geschichte und wollten auch nicht mehr an Preußen erinnert werden. Sie widmeten sich dem Aufbau des Sozialismus und kämpften für eine sozialistische Gesellschaft. Bis die Wende kam.

Auch heute morgen möchte Willi Zimmer den jungen Kronprinzen auf dem Sockel grüßen. Plötzlich stutzt Willi und wird unsicher. Er kann die Statue nicht sehen. Aufkommender Wind jagt Nebelschwaden in Richtung des Schlosses und erschwert die Sicht. Um sich zu vergewissern, geht er auf den Eingang des Parks zu und erschrickt sofort: Das Podest ist leer. Hier steht keine Statue mehr. Der junge Friedrich ist verschwunden. Willi geht ein paarmal herum und sucht den Platz ab. Doch nirgendwo steht oder liegt Friedrich. Willi ist außer sich. Wer hat den jungen Kronprinzen weggeschafft?

Inzwischen ist es heller geworden. Hinter den Häusern wandert die Sonne langsam nach oben. Ratlos steht Willi vor dem leeren Podest und beginnt zu frieren. Wut und Hilflosigkeit steigen in ihm hoch. Autos fahren vorbei. Niemand registriert, daß der Kronprinz, Preußens späterer großer König, verschwunden ist.

Fassungslos und den Tränen nahe klingelt Willi auf der Polizeiwache Sturm. Hans Grundiess, ein alter Polizist, Hauptwachtmeister, kurz vor der Pensionierung, ist gerade mal wieder eingeschlafen und kann das Klingeln nicht hören. Sein junger Kollege, Wachtmeister Peter Stolze, hat Kopfhörer aufgesetzt und wiegt den Körper im Takte der Musik.

Seit Jahren ist in Rheinsberg nichts Erwähnenswertes passiert, außer daß der Leiter der Kurt-Tucholsky-Gedenkstätte von einem betrunkenen Jugendlichen zusammengeschlagen wurde. Eine Stadtschreiberin ahnte rechte Umtriebe und schrieb ein Buch darüber. Allerdings blieb die Beweislage dünn. Vermutungen und unbewiesene Behauptungen kennzeichnen den großen Teil des Buches. Auf jeden Fall kam Rheinsberg in die überregionale Presse. Trotzdem gilt die Kleinstadt bei den Polizisten als Ruhekissen. Man reißt die Jahre ab und wird weitgehend in Ruhe gelassen. Der Dienst ist langweilig und ereignislos.

Also, Willi klingelt und klingelt. Niemand hört ihn. Er haut mit den Fäusten an die Türe der Polizeiwache – vergebens. Als Stolze seine Musikkassette wechselt, nimmt er endlich das ungeduldige Hämmern an der Türe wahr und öffnet. Willi stürzt wütend herein.

„Peter, der Kronprinz ist verschwunden!" schreit er wie ein verwundetes Tier. „Jemand hat ihn geklaut!"

„Was für'n Kronprinz?" fragt Stolze gleichgültig. „Wir leben doch in einer Republik! Da gibt's keenen Kronprinz!" versucht er Willi zu belehren.

Der wird aggressiver über so viel Unwissen. „Na, das Standbild vor dem Schloß! Aber was macht die Polizei? Sie pennt, statt uns vor Dieben und Verbrechern zu schützen."

Stolze stößt seinen Kollegen an, der langsam zu sich kommt. „Man wird ja nochmal 'ne kleine Pause machen dürfen!" entschuldigt sich Grundiess. „Im übrigen hört sich das schon wie eine Beamtenbeleidigung an, was du da sagst, Willi!"

Grundiess bequemt sich endlich, Willis Angaben aufzunehmen. Dabei tippt er im Einfingersystem die Aussage in die Schreibmaschine. Alles passiert mit einer Umständlichkeit, die Willis Unmut nur noch steigert. Er kommentiert das nicht weiter. Aber seiner Körperhaltung ist anzumerken, wie es in ihm kocht. Am Schluß unterschreibt er das Protokoll. Die Polizisten setzen bedächtig ihre Mützen auf, fahren langsam mit grünem Polizeiauto und eingeschalteter blauer Sirene in Richtung Schloß. Von der Wache bis zum Schloßplatz sind es etwa zweihundert Meter. Rheinsberger sehen verwundert dem Polizeifahrzeug nach. Im Jahr kommt es vielleicht ein- oder zweimal vor, daß die Polizisten mit großem Getöse durch die Stadt fahren.

Wachtmeister Stolze weiß sofort, wer das gewesen sein könnte. Für so eine Tat kämen nur Jugendliche in Betracht, meint er fachmännisch. Willi Zimmer ist sich da gar nicht so sicher.

„Für mich waren das Leute aus der alten Seilschaft", sagt er mit fester Stimme. „Denen hat das Ganze nicht gepaßt."

Sofort fühlt sich Grundiess angesprochen. „Nu hör mal, Willi, nicht jeder Kommunist war gegen Preußen!"

„Trotzdem!" beharrt Willi. „Die haben gleich nach der Wende gegen das Denkmal protestiert. Und überhaupt", ereifert er sich weiter, „die wollten die Karl-Marx-Straße nicht in Königstraße umbenennen. Die waren strikt dagegen."

„Marx war ja auch ein großer Philosoph", gibt Stolze zu bedenken.

„Es muß nun ja nicht alles nach dem König heißen", wirft Grundiess ein.

„Das hatten wir in unserer kleinen DDR auch. Nur andersrum", sagt Stolze.

„Aha, ihr wart also auch gegen die Umbenennung?!"

„Wir sind keine Königstreuen, sondern Demokraten. Um es klar zu sagen", erwidert Grundiess.

Am Abend wird Kommissar Fritz Pöllnitz aus Neuruppin verständigt. Er nimmt am nächsten Tag die Ermittlungen auf. Pöllnitz, Anfang Fünfzig, ein ruhiger Typ und leidenschaftlicher Pfeifenraucher. Pöllnitz hat alle Bücher von Georges Simenon gelesen und hält sich für einen zweiten Maigret. Öfter macht Pöllnitz eine Bemerkung in Französisch, um seine Bildung zu demonstrieren. Er sagt dann „ça va", „très bien", „à bientôt" oder ähnliches. Auch „Bon jour" und „Au revoir" gehen ihm flott über die Lippen. Die Kollegen nennen ihn spöttisch nur Monsieur „Au revoir".

Zuerst werden mehrere Jugendliche aus Rheinsberg verhört. Alle haben ein Alibi für die vergangene Nacht. Auch in der alten Seilschaft kommt Pöllnitz nicht weiter. Die älteren Herrschaften haben alle in der fraglichen Nacht in ihrem Bett bei oder mit ihren Ehefrauen geschlafen. Der junge Kastellan vom Schloß Rheinsberg, Dr. Detlev von Kameke, kann ebenfalls nicht weiterhelfen. Trotz intensiver Ermittlungen kommt Monsieur „Au revoir" den Tätern nicht auf die Spur.

Polizei und Stadtverwaltung sind ratlos. Die Lokalzeitungen schlachten genüßlich den offensichtlichen Diebstahl aus und setzen einen Privatdetektiv ein, um den Verbleib der Statue des jungen Kronprinzen zu klären. Auch wird eine Belohnung ausgesetzt. Doch alle Anstrengungen bleiben erfolglos. Der Bürgermeister wird langsam nervös und befürchtet einen Rückgang der Touristenzahlen. Schließlich ist das Standbild Friedrichs des Großen auch eine Attraktion von Rheinsberg.

„Gewesen", meint Willi Zimmer zum Bürgermeister.

Beide reagieren erschrocken und beschließen spontan, ein neues Standbild zu errichten. Die Bürger werden aufgerufen, dafür zu spenden. Zu Beginn der Sommersaison 2002 soll der Kronprinz wieder an seinem alten Platz stehen.

Währenddessen laufen die Vorbereitungen für die Feierlichkeiten anläßlich des 200. Todestages von Prinz Heinrich im August 2002 auf Hochtouren weiter. Kastellan von Kameke muß des öfteren Überstunden machen, um die viele Arbeit zu erledigen.

Ende März, kurz nach Frühlingsbeginn, will von Kameke die große Eingangstüre zum Schloß abschließen. Er hat bis nach Mitternacht gearbeitet, ist müde und erschöpft. Die Tür schließt nicht. Ärgerlich darüber drückt er stärker.

„Aua!" haucht jemand leise. „Au!" Dieses Mal etwas stärker.

Von Kameke ist erschrocken. „Ist da jemand?" fragt er unsicher.

„Oui, Monsieur!" sagt die hohe, männliche Stimme.

Der Kastellan versteht gar nichts mehr. Er weiß nicht, wem er die Stimme zuordnen soll, die zudem noch Französisch spricht.

Deutlich ist das pickelige, gepuderte Gesicht eines alten Mannes mit der hochgesteckten Perücke zu erkennen. Die Hautfarbe ist sehr blaß, leichenblaß.

„Bon soir, Monsieur. Je suis Prince Henri de Prusse."

Von Kameke fallen vor Schreck die Schlüssel aus den Händen. Panikartig und schreiend ergreift er die Flucht. Prinz Heinrich muß leise lächeln. Er hebt die Schlüssel auf und verschließt die große Türe von innen.

Im „Ratskeller" brennt noch Licht, obgleich die Lokale in der Stadt meist zwischen 22 und 23 Uhr mangels Kundschaft schließen. Der Kastellan stürzt in das leere Restaurant und trifft auf Wirt Jürgen Säbel und Ermittler Pöllnitz.

„Au revoir", sagt Pöllnitz und will gehen.

„Erstmal einen Calvados!" fordert der Kastellan.

„Seit wann trinkst du Schnaps?" wundert sich der Wirt. Kameke zittert am ganzen Körper.

„Was is'n passiert?" will Säbel wissen. Der Kastellan trinkt schnell den ersten Calvados aus und gleich den nächsten. Gespannt warten Säbel und Pöllnitz auf eine Erklärung.

„Er hat Französisch gesprochen", meint von Kameke. Sein Blick ist in eine unbestimmte Ferne gerichtet.

„Wer?" fragen die Männer.

„Französisch!" wiederholt von Kameke mit fester Stimme und durchdringt sie mit Blicken.

„Französisch", wiederholen Säbel und Pöllnitz ironisch, „hat er gesprochen." Dabei sehen sie sich fragend an.

„Ich bin im Schloß Prinz Heinrich begegnet, dem Bruder Friedrichs des Großen."

Pöllnitz muß sich wegdrehen, weil er sein Lachen nicht verkneifen kann. Der Wirt legt seinen Arm um den Kastellan und fragt spöttisch: „Du weißt, daß der Prinz seit fast 200 Jahren tot ist...?!" Er kommt nicht mehr weiter.

Ärgerlich fällt von Kameke ihm ins Wort: „... ach, laß das!" Er befreit sich aus der Umarmung.

„Vielleicht sind seine Gebeine nicht mehr in Potsdam?!" sinniert er weiter.

„Warum Potsdam?" will Pöllnitz wissen.

„Die wurden ausgelagert, um die Grabstätte herrichten zu können. Vor Heinrichs 200. Todestag, Anfang August 2002, sollen die sterblichen Überreste ihren alten Platz in der Pyramide im Rheinsberger Schloßgarten finden", erklärt von Kameke geduldig. Ihm kommt plötzlich eine Idee. „Ich fahre morgen nach Potsdam – zur Schlösserverwaltung.

„Jetzt schlafen Sie erstmal richtig aus!" meint Pöllnitz

freundlich und geht. „Sie scheinen mir überarbeitet. Au revoir!"

Nach einer schlaflosen Nacht fährt von Kameke am nächsten Morgen nach Potsdam. Er findet heraus, daß die Gebeine des Prinzen Heinrich gut verschlossen im Arsenal des Neuen Palais lagern. Es gibt nur zwei Schlüssel zur Eingangstür. Einen Schlüssel haben die Mitarbeiter des privaten Sicherheitsdienstes und den anderen bewahrt Dr. Paul Giersbach, der Direktor der Preußischen Schlösser und Gärten, im Panzerschrank auf. Die Männer vom Sicherheitsdienst bewachen das Arsenal rund um die Uhr. An den Panzerschrank kommt der Direktor nur alleine heran.

Von Kameke erzählt ihm die Geschichte des Schloßgespenstes. Giersbach amüsiert sich „königlich", wie er sagt. Die Erzählung kommt ihm wie eine Spukgeschichte vor. Er lobt allerdings die ausschweifende Phantasie des Kastellans. „Sie hätten Schriftsteller werden sollen", meint er wohlwollend.

„Da hätten Sie Ihre Phantasie austoben können! Aber als Kastellan … " Giersbach bricht jäh ab. Er möchte seinen Angestellten nicht beleidigen. Von Kameke reagiert gekränkt. „Schreiben Sie mit Ihren Kollegen weiter am Ausstellungskatalog. Und halten Sie sich strikt an die Fakten! Keine Märchen!" gibt er dem Kastellan mit auf den Weg.

„Ich bin Historiker", antwortet von Kameke gekränkt.

„Eben, eben, Kollege!" klopft ihm Giersbach väterlich auf die Schulter.

Die Wochen vergehen. Von Kameke hat die nächtliche Begegnung mit Prinz Heinrich fast vergessen. Manchmal denkt er, in jener Nacht eine Halluzination gehabt zu haben. Wahrscheinlich war er doch überarbeitet, wie Pöllnitz neulich im „Ratskeller" meinte.

Anfang April ist das Wetter unerwartet frühlingshaft in

Rheinsberg. Die Kastanien schlagen aus, die Luft wird zarter, geschmeidiger. Die Rheinsberger werten das als ein gutes Zeichen für die bevorstehenden Feierlichkeiten. Alle fiebern dem 3. August 2002 entgegen, dem 200. Todestag von Prinz Heinrich. Das Schnattern der Enten auf dem Grienericksee nimmt an Intensität und Lebhaftigkeit zu. Das Standbild des jungen Kronprinzen bleibt verschwunden. In der Zwischenzeit haben die Rheinsberger Geld gesammelt, um spätestens Ende Juli eine neue Statue aufstellen zu können. Die Summe reicht nicht. Vor allem hat man sich wegen der neuen Währung, des Euro, vertan.

An einem Abend Ende April. Es ist kurz vor Mitternacht, als von Kameke den letzten Artikel für den Ausstellungskatalog zu Ende redigiert hat. Jetzt endlich ist das gesamte Buch fertig. Sichtlich stolz und zufrieden steht er auf und öffnet weit die Fenster. Draußen ist es still. Von Kameke atmet tief und anhaltend die klare Luft ein. Das grelle Licht der Schloßbeleuchtung flackert auf dem Wasser des Kanals. Vom nahgelegenen Glockenturm der evangelischen Kirche schlägt die Uhr zwölfmal. Von Kameke ist in die Nachtstimmung verliebt. Am Himmel funkeln Sterne, der Mond ist eine dünne Sichel. Er glaubt, eine Sternschnuppe zu sehen und wünscht sich spontan etwas. Plötzlich spürt er einen kalten Luftzug auf seiner Haut, will sich umdrehen.

„Nun, was haben Sie sich gewünscht?" fragt eine männliche Stimme hinter ihm.

„Dann geht der Wunsch nicht in Erfüllung!" entgegnet der Kastellan mit fester Stimme und verharrt in seiner Haltung.

„Ich weiß, ich weiß, junger Mann! Dennoch ist es gut für einen Herrscher zu wissen, was seine Untertanen denken. Geheimnisse sind gefährlich und können den Staat unterminieren."

Von Kameke dreht sich abrupt um und erkennt Prinz Heinrich wieder. Er ist vollkommen in Schwarz gekleidet. Das rosafarbene Make-up des dezent geschminkten Gesichts mit den grell-roten Lippen sind unübersehbare Farbtupfer, die der Gestalt Leben einhauchen. Ansonsten würde er wie eine Leiche aussehen, die mal nur eben aus der Gruft entstiegen ist, um den Lebenden einen Schrecken einzujagen.

„Was möchten Sie, Prinz Heinrich?"

Der Prinz ist überrascht, daß er sofort wiedererkannt wird und flüchtet sich aus Verlegenheit ins Französische. „Moi?" Dabei fängt er laut an zu lachen. „Moi?"

„Sie möchten doch was von mir, sonst würden Sie nicht hier sein?!" insistiert von Kameke.

„Oui, Monsieur de Kameke, je souhaiterais quelques changements au château de Rheinsberg!" „Beaucoup!" setzt er trotzig nach.

In dem Moment entsinnt sich der Kastellan eines Satzes, den er in seiner Schulzeit auswendig gelernt hat. Damals vor über dreißig Jahren in der DDR. Künstler und Wissenschaftler der kommunistischen Partei Frankreichs waren in Ost-Berlin zu Besuch. Die Genossen konnten nur Französisch. Von Kameke nur Deutsch und Russisch. „Excusez-moi, Monsieur le Prince Henri de Prusse, je ne parle pas français!" Sichtlich stolz über sich wartet er gespannt auf eine Reaktion.

Prinz Heinrich ist offenbar überrascht und beginnt wieder laut zu lachen. „Das hat er vortrefflich gesagt!" erwidert der Prinz. Dabei kommt Bewegung in die starre Gestalt. Die hohe Perücke droht hinunterzufallen. „Mein Gesinde sprach auch kein Wort Französisch! Und trotzdem haben wir uns verständigen können. À propos, warum hat er nicht Französisch in der Schule gelernt?"

Der Kastellan wird verlegen, druckst herum. „Französisch, die Franzosen waren in Deutschland über

150 Jahre nicht sehr beliebt, um es vornehm auszudrücken."

„Pourquoi, Monsieur?" fragt der Prinz verständnislos.

„Sehen Sie, nach der Französischen Revolution ..." Von Kameke kommt nicht mehr weiter.

Prinz Heinrich erschrickt. Sein leicht geschminktes Gesicht ist aschfahl geworden. „Schweig' er! Schweig' er!" schreit Heinrich außer sich und ballt die Faust. Er dreht sich ab, um seinen Schmerz zu verbergen. Die Augen füllen sich mit Tränen. Prinz Heinrich steht einen Moment abgewendet da und fängt sich dann.

Erschrocken ist der Kastellan einen Schritt zurückgetreten und reagiert verlegen.

„Mon ami, Malesherbes et mon amis le roi Louis XVI. Alle hat Monsieur Guillotin auf dem Gewissen."

Der Kastellan versteht den Namen nicht und fragt unsicher nach.

„Guillotin?"

„Oui, Monsieur de Kameke. Kennt er nicht die Guillotine?" „Natürlich." „Die Revolution hat alle meine Freunde geköpft. Für nichts."

Der Kastellan versucht den persönlichen Schmerz zu verstehen. Dennoch wagt er einen kleinen Einwand. „Freiheit, Gleichheit, Brüderlichkeit ..." Er kommt nicht mehr weiter.

Der Prinz ist nun vollkommen außer sich und steigert sich in seinem Zorn, daß der Kastellan meint, das Fensterglas würde zerspringen. Ein kalter Atem weht zu ihm hinüber. Verwesung und Tod sind zu riechen. Der Odem vergangener Jahrhunderte. Der Kastellan hat Mühe, sich nicht abwenden zu müssen. Es raubt ihm den Atem.

„Höre er, alle lebten sans peur et sans réproche!"

Von Kameke versteht nicht.

„Sans peur et sans reproche. Ohne Furcht und ohne Tadel. Das war das Credo meines Lebens! Das war das

Credo des preußischen Adels!!" Seine Stimme gleitet ins Tremolo, kickst beinahe. „Genug!" setzt er mit tiefer werdender Stimme nach. Völlig unvermittelt fragt Heinrich dann, „warum wurde 1927 mein 125. Todestag nicht gefeiert? Erklär' er mir das!?"

Von Kameke muß überlegen. „1927?"

„Oui!"

Der Prinz wartet gespannt auf eine Antwort.

„Ich kann das nicht auf Anhieb sagen. Ich vermute aber, daß es wenige Jahre nach dem Sturz der Monarchie nicht möglich gewesen ist, einen preußischen Prinzen zu feiern. Immerhin lebten die Menschen in einer Republik. Man hatte andere Sorgen: der verlorene Krieg, Massenarbeitslosigkeit ..."

„... schon gut! Schon gut!" fällt Heinrich dem Kastellan ins Wort. „Und was war 1952, mein 150. Todestag und 1977?" fragt Heinrich mit schärfer werdender Stimme.

„Was soll da gewesen sein?" will der Kastellan ahnungslos wissen

„Mein 175. Todestag!"

Von Kameke muß lachen. „In der kommunistischen DDR war es ein Ding der Unmöglichkeit, den Todestag eines preußischen Prinzen zu feiern ..."

„... nicht irgendeines preußischen Prinzen ..." unterbricht ihn Heinrich erneut.

„... ja, ich verstehe", entgegnet von Kameke ruhig.

„Aber mit meinem Bruder Friedrich II. hat man sich beschäftigt."

„Das war etwas vollkommen anderes ..."

„... ja, mon frère hieß ja auch der Große", sagt Heinrich ironisch und gekränkt. „Ohne meine militärischen Erfolge im Siebenjährigen Krieg wäre er ein Nichts gewesen. Ein Nichts! Preußen wäre schon Mitte des 18. Jahrhunderts von der Landkarte verschwunden", sagt Heinrich lauter werdend. „Beinahe fünfzig Jahre habe ich hier im Schloß Rheinsberg gelebt. Aber dem Pöbel zeigt man das Arbeitszimmer meines Bruders und rühmt seine Leistungen..."

„... das trifft nicht mehr so ausschließlich zu!" widerspricht ihm von Kameke. „Seit einiger Zeit werden Seine Königliche Hoheit durchaus erwähnt ..."

Prinz Heinrich lacht schrill: „.. erwähnt?! Erwähnt! Eine späte Erkenntnis, Monsieur de Kameke! Und deshalb habe ich das Standbild meines Bruders vor dem Schloß entfernen lassen. Mein Standbild muß in Zukunft dort stehen!" fordert er. Er werde die ständige Nichtachtung seiner Person nicht mehr hinnehmen, ergänzt der Prinz.

Der Kastellan ist sprachlos. „Eure Königliche Hoheit, waren das?! Ganz Rheinsberg sucht seit Wochen den jungen Friedrich!" Beinahe muß er lachen, hält sich aber zurück. Von Kameke beginnt etwas von der Seele des Prinzen zu verstehen, begreift die jahrzehntelangen Demütigungen. Verletzungen, die tiefe Narben hinterlassen haben. Der Kastellan begreift die innere Unruhe und Rastlosigkeit. Mit einem Mal weiß er, daß Heinrich nur Ruhe finden wird, wenn ihm zweihundert Jahre nach dem Tod aufrichtiger Respekt entgegengebracht wird.

„Am 3. August 2002 wird die Ausstellung ‚Prinz Heinrich – ein Europäer in Rheinsberg' eröffnet. Damit wird man Eurer Königlichen Hoheit und Eurer historischen Bedeutung gerecht."

Heinrich bleibt skeptisch und besteht auf seiner Forderung, daß sein Standbild vor dem Eingang des Schlosses aufgestellt werden soll, ansonsten werde es bei der Eröffnungsfeier Probleme geben. Der Kastellan verspricht sich dafür einzusetzen.

Dem zuständigen Gremium der Schlösserverwaltung trägt der Kastellan die Forderungen von Prinz Heinrich vor. Die Damen und Herren lachen von Kameke aus.

„Sie sind wohl vollkommen übergeschnappt!" erwidert sein Chef Giersbach. „Herr von Kameke, Sie hätten doch Dichter werden sollen!" Heinrichs Bitte wird rundherum abgelehnt.

Von Kameke weiß nicht, wie er diese unerfreuliche Nachricht Prinz Heinrich übermitteln soll. Er überlegt hin und her. Aber es fällt ihm nichts Überzeugendes ein. Im Archiv findet er einen alten Zeitungsartikel von der Feier zum hundertjährigen Todestag des Prinzen im Jahr 1902. Das bringt von Kameke auf eine Idee.

Wochen später. Von Kameke hat immer wieder darauf gewartet, daß Prinz Heinrich erscheint. Doch nichts ist geschehen. Der Kastellan wird langsam unruhig. Die Ungewißheit macht ihm zu schaffen.

An einem späten Freitagabend im Juni kontrolliert von Kameke den Fortgang der Renovierungsarbeiten im Schloß und kommt ins ehemalige Schlafzimmer von Prinz Heinrich. Der Kastellan ist sehr müde und will sich nur einen Moment ausruhen. Er legt sich ins Bett und schläft ein.

Nach Mitternacht wird er durch ein lautes Geräusch unsanft geweckt. Prinz Heinrich steht im Türrahmen. Von Kameke reagiert verlegen und springt schnell auf.

„Bleiben Sie, Monsieur de Kameke, wo Sie sind. Sie haben sich Ihre Ruhe verdient. Nun, was haben Sie erreicht?"

Der Kastellan wird nervös und rot im Gesicht. Krampfhaft überlegt er, wie er die schlechte Nachricht dem Prinzen überbringen kann.

„Oui, Monsieur Prince Henri, wir haben eine Lösung gefunden."

„Lassen Sie hören!"

„Sie werden einen gebührenden Platz im Schloßgarten bekommen ..."

„... non. Monsieur, nicht im Schloßgarten, sondern vor dem Schloß, dort wo mein Bruder stand", fordert Heinrich.

„Geben Sie mir Zeit ..."

„... die haben wir nicht."

Von Kameke geht nicht darauf ein und zitiert ein paar Verszeilen aus dem Gedächtnis.

„Wir alle sprechen heut' an seines Grabes Rande
Voll Andacht und voll Dank ein inniges Gebet,
Und rufen es hinaus in uns're märk'schen Lande:
‚Sein Geist lebt in uns, ist sein Staub auch längst verweht.'"

Heinrich ist tief berührt von dem kleinen Gedicht. Diese Reaktion hatte von Kameke erhofft.

„Das wurde auf Ihrem 100. Todestag verlesen – im Jahr 1902."

„Das war die schönste Feier. Schöner als jede Feier zu meinen Lebzeiten."

Von Kameke setzt nach.

„Ihr Geist, verehrte Königliche Hoheit, ist in uns. Nur das zählt!"

„Mag sein, aber das Volk will zu jemandem aufblicken. Deshalb will ich vor dem Schloß stehen!" beharrt Heinrich.

„Eure Königliche Hoheit, ich will mich dafür einsetzen!"

Prinz Heinrich ist plötzlich wieder verschwunden. Von Kameke glaubt, Selbstgespräche geführt zu haben. Er wagt es nicht, seinen Chef noch mal darauf anzusprechen und läßt die Angelegenheit auf sich beruhen.

Am 3. August 2002 löst sich während der Eröffnungsveranstaltung ein Kronleuchter und droht auf den Chef der Stiftung Preußische Schlösser und Gärten zu fallen. Geistesgegenwärtig kann Giersbach entkommen.

Später lacht keiner mehr, als der Kastellan erneut

Heinrichs Forderung vorträgt. Schließlich habe er beinahe fünfzig Jahre im Schloß gewohnt. Man einigt sich auf einen Kompromiß. Das Standbild Friedrich des Großen bleibt vor dem Eingang des Schlosses Rheinsberg stehen. Die Statue des Prinzen Heinrich wird im Schloßgarten aufgestellt. So geschieht es. In den Sockel wird die Inschrift gemeißelt: „Sans peur et sans réproche!" Danach hat sich Prinz Heinrich nie mehr öffentlich offenbart.

Remusinsel

Der Anruf

Kurz vor Mitternacht, am 29. Dezember 1998, wird der Journalist Alwin Backheuer (35) angerufen. Eine unbekannte männliche Stimme teilt mit, jemand sei im Rheinsberger See ertrunken. Ob er nicht kommen könne? Er will nachfragen. In dem Moment hat der Unbekannte schon eingehängt. Ratlos hält Alwin den Hörer in der Hand und legt auf. Auf dem Nachttisch ist die kleine Lampe angeschaltet. Durch das laute Klingeln des Telefons ist auch Helma (32), Alwins Frau, aufgewacht. Die beiden sind seit acht Jahren verheiratet und haben zwei kleine Kinder, Samuel (3) und Kamilla (5). Die Familie lebt in einem Haus am Rande von Rheinsberg in der Mark Brandenburg.

„Wer war das?" möchte Helma wissen.

„Keine Ahnung. Hat eingehängt. Vielleicht so'n Depp, der mich nachts aus dem Bett holt, nur um mich zu ärgern. Manche Zeitgenossen machen sich ja einen Spaß aus so was. Berufsrisiko", sagt er gleichmütig und macht die Lampe aus. Alwin arbeitet als Lokalreporter bei der „Brandenburgischen Stimme", eine Regionalzeitung in der alten Grafschaft Ruppin. In seiner Redaktion laufen alle Nachrichten über Rheinsberg und die angrenzenden Dörfer zusammen.

Er versucht wieder einzuschlafen. Das gelingt nicht. Der Anruf rumort in seinem Kopf. Wer könnte es gewesen sein? Vor allem um Mitternacht? Wäre das vielleicht eine Geschichte für die Zeitung? Was ist, wenn der Unbekannte schon früher die Konkurrenz informiert hat? Dann sind die am Drücker und bringen die Story. Oder die überregionale Presse? Er würde dumm vor seinem Chef stehen, um sich zu rechtfertigen. Alwin hört schon die Vorwürfe und dreht sich vorsichtig im Bett auf die andere Seite, um seine Frau nicht zu stören.

„Na, Sie sind mir einer?! Sowas ist Ihnen durch die Lappen gegangen. Haben Sie gar kein Gespür für Geschichten? Und Sie wollen mal 'nen großer Journalist werden?!"

„Kannst Du nicht schlafen?" unterbricht Helma seine Überlegungen.

Alwin antwortet nicht und überlegt weiter. „Warum ruft der Typ mich nachts an? Will er mir 'nen Vorteil verschaffen? Wenn ja, warum? Oder ist alles nur 'ne Finte?"

Mit einem Satz springt er aus dem Bett. Das ist seine Entscheidung. „Ich muß noch mal weg."

„... um diese Zeit?"

„Ja, um diese Zeit!" blafft er seine Frau aggressiv an.

Ihre Fragerei kann er manchmal nicht ertragen. Sie muß alles wissen. Wann er mit der Arbeit fertig ist, nach Hause kommt oder was für Kollegen er hat. Auch für seine Kolleginnen interessiert sie sich. Manchmal zu detailliert, wie er meint. Alwin kommt sich vollkommen kontrolliert vor. Es gibt Tage, da sehnt er sich nach der Junggesellenzeit zurück. Damals konnte er machen, was er wollte. Vor allem war er niemandem zur Rechenschaft verpflichtet. Dabei liebt er seine Frau und die Kinder. Nur Helmas ständige Kontrollen gehen ihm auf die Nerven. Deshalb gibt es öfter Streit. Am Ende solcher Auseinandersetzungen versöhnen sich die beiden immer. Das gehört zum Ritual. Sie gesteht ihm dann ihre chronische Eifersucht, die oft selbstzerstörerische Züge trägt. Und er akzeptiert den Vorwurf, zu empfindlich zu sein. In solchen Momenten liebt er sie am stärksten, wegen der zugegebenen Schwäche.

Sie macht schnell die kleine Lampe an. „Das ist doch nicht dein Ernst?"

Er zieht sich wortlos an. „Doch. Ich erzähl' es dir

später. Es geht um eine Geschichte für die Zeitung!" sagt er und küßt sie.

„Wann kommst du zurück?"

„Das kann ich noch nicht sagen."

„Bist du zum Frühstück wieder da?"

„Höchstwahrscheinlich."

„Und wenn nicht? Was soll ich den Kindern sagen?"

„Laß dir was einfallen."

Alwin holt aus der Dunkelkammer Fotoapparat, Blitzlichtgerät und einige Kleinbildfilme. Vorsichtshalber steckt er auch die Polaroid-Kamera in den Fotokoffer. Beim Gang zum Auto fällt ihm ein, die Stablampe mitzunehmen. Sie gibt etwa auf zehn Meter einen hellen Lichtkegel. Durch die dunklen Fenster in der Küche beobachtet Helma ihren Mann bei der Abfahrt.

Das Haus der Familie Backheuer liegt in einer ruhigen Seitenstraße an der Stadtgrenze von Rheinsberg. Es ist ein kleines Neubaugebiet, das unmittelbar an den beginnenden Wald grenzt und nach der Wende erschlossen wurde. Neben Lehrern und dem Kantor der Kirche mit ihren Familien wohnen hier auch Berliner, die ihren Lebensabend verbringen. Vereinzelt auch „Wessis", wie die Rheinsberger noch immer sagen, obgleich Deutschland seit zwölf Jahren wiedervereint ist. Das ist weniger diskriminierend gemeint, als mehr den Unterschied betonend.

Von seinem Haus hat Alwin es nicht weit bis zur Redaktion in der Königstraße, vielleicht drei, vier Minuten mit dem Auto. Die Nacht ist kalt. In den letzten Tagen hat es etwas geschneit. Wie Puderzucker hat der Schnee die Landschaft bedeckt. Die Straße ist stellenweise glatt, aber frei vom Schnee. Nur am Rande der Fahrbahn ist Schnee liegengeblieben, der schmutzig aussieht. Es ist niemand unterwegs. Meistens stirbt das Leben auf den Straßen von Rheinsberg bei Eintritt der

Dunkelheit. Im Sommer etwa gegen acht Uhr abends, im Winter bereits am späten Nachmittag, um vier oder fünf Uhr. Dann werden buchstäblich die Bürgersteige hochgeklappt.

Eine schwarze Katze kreuzt seinen Weg. Er ist nicht abergläubisch, beachtet sie nicht weiter. Alwin schaltet das Radio ein. Er liebt Pop- und Rockmusik aus den sechziger und siebziger Jahren. Songs aus der sogenannten Woodstock-Ära spielt Radio „Lost World" sehr viel, Alwins Lieblingssender. Damals hat er heimlich den RIAS gehört, der von West-Berlin aus in die DDR sendete. Sein Hit ist „Lost in a lost world" von den Moody Blues. Vor allem aber mag er die erotische Stimme der Moderatorin Julia, die an fünf Tagen in der Woche nur nachts Songs ansagt und Telefonate mit Hörern führt. Sie gibt Tips und Ratschläge. Manche erzählen ihre Lebensgeschichte. Für Nachtsüchtige ist Julia so etwas wie ein lebender Kummerkasten. Manchmal bleibt Alwin abends länger unter einem Vorwand in der Redaktion, nur um sie anrufen zu können. Bisher hat es nicht geklappt. Er ist immer wie elektrisiert, ihre Stimme im Lautsprecher zu hören. Alwin biegt in die Durchgangsstraße ein, die zur Königstraße führt. Im Fahren versucht er über Handy Julia anzurufen. Die Nummer ist besetzt.

In einem alten, renovierten Gebäude, schräg gegenüber dem Hotel „Deutsches Haus", sind die Redaktionsräume der „Brandenburgische Stimme" untergebracht. Bis 1943 war hier Redaktion und Druckerei der „Rheinsberger Zeitung", die nach dem Krieg nicht neugegründet wurde. Heute wird in Rheinsberg nur die Lokalseite für die „Brandenburgischen Stimme" produziert, die in Neuruppin verlegt und gedruckt wird.

Alwin geht schnell in die Redaktion. Eventuell hat der Anrufer ihm ein Fax geschickt, oder etwas auf dem

Anrufbeantworter hinterlassen. Doch es gibt keine Nachricht. Er probiert noch mal Radio „Lost World" telefonisch zu erreichen. Es ist erneut besetzt. Ihm bleibt nichts anderes übrig, als im Auto Julias Stimme nur über das Radio zu hören. Sie sagt einen Song von der Pop-Gruppe „Canned Heat" an.

„Hi, ihr Nachtschwärmer, eine gute Nacht mit viel Musik", flüstert sie durch den Äther, „ruft mich an, wenn ihr plaudern wollt. Ich bin bis sechs auf Sendung."

Lost in a Lost World

Alwin fährt zum ehemaligen FDGB-Freizeitgelände und parkt sein Auto am Ufer des Rheinsberger Sees. Bis zur Wende verbrachten hier in jedem Sommer Tausende von DDR-Bürgern ihren Urlaub. Sie schliefen im zwölfstöckigen Hotel „Ernst Thälmann" und aßen in den Restaurants der flachen Plattenbauten. Alwin hat einmal Urlaub im „Thälmann"-Haus verbracht. Daran hat er keine guten Erinnerungen. Anfang der neunziger Jahre wurde alles geschlossen. Gebäude und Gelände verfielen. Glasscheiben gingen reihenweise zu Bruch. Türen und Fensterrahmen wurden herausgerissen. Das Werk von sich langweilenden Jugendlichen, die nach der Einheit Deutschlands keine Lehrstelle bekamen. Was nicht niet- und nagelfest war, transportierten Diebe ab.

Alwin nimmt die Stablampe und den Fotoapparat. Es ist stockfinster. Trotz des hellen Scheins der Lampe hat er große Mühe, sich zu orientieren. Langsam nähert er sich dem Wasser, im Rücken die Hotelanlage „Ernst Thälmann". Das Hochhaus könnte auch ein Wachturm sein. Alwin dreht sich einige Male um, weil er sich beobachtet fühlt. War da nicht jemand? Aber es ist nur die ungewohnte Dunkelheit, die ihm zu schaffen macht. Plötzlich sind pfeifende Geräusche zu hören. Ganz nah fliegt etwas vorbei. Vögel können es nicht sein. Sofort denkt er an Fledermäuse. Halten die keinen Winterschlaf? Das leise Plätschern der Wellen beruhigt seine angespannten Nerven wieder. Warum bin ich zuerst hierher gefahren? Zu dieser Jahreszeit badet kein Mensch im See. Das ist völlig klar. Allerdings soll es ein paar Unentwegte geben, die sich bei klirrender Kälte abhärten.

Langsam entsteht die Geschichte in seinem Kopf: Auf der dünnen Eisdecke des Rheinsberger Sees ist heute nacht ein Betrunkener eingebrochen. Eine Gruppe von Jugendlichen hatte vielleicht eine Mutprobe von ihm verlangt. Als der Junge um Hilfe rief, haben sie es mit der Angst zu tun bekommen und sind geflohen. Keiner wollte ihn bei dieser Kälte retten. Die übliche Geschichte, denkt er. Einer der jungen Leute hat Verantwortung gezeigt und mich angerufen. So könnte es gewesen sein.

Alwin geht langsam am Strand entlang. Die Stablampe leuchtet den braunen Sand ab, tastet sich vor. Der Strand ist etwa hundert Meter breit und dreißig Meter lang. Er geht vor und zurück. Sehr langsam. Sehr sorgfältig. Es ist nichts zu finden, auch auf dem Wasser nicht. An einigen Stellen blitzt die dünne Eisdecke auf, als das Licht der Stablampe sie anstrahlt. Systematisch schwenkt er sie von links nach rechts. Er will seine Untersuchung beenden, als ihm am äußersten Rande des Strands etwas auffällt. Von weitem sieht es wie ein Kleinkind aus, das auf dem Bauch liegt. Sein Herz beginnt schneller zu klopfen. Eine heiße Spur? Im Gehen formuliert er schon die Schlagzeile: „Kleinkind im Rheinsberger See ertrunken". Zögernd nähert er sich. Der helle Schein der Stablampe erfaßt den Gegenstand auf dem Boden. Es sieht tatsächlich wie ein Baby aus, mit dem Gesicht nach unten. Schneereste bedecken den Körper. Das Kleid ist aus

Wolle. Jetzt habe ich endlich meine Geschichte, denkt er und beginnt zu buddeln. Schnell wird ihm klar, daß es nur eine große Puppe ist, die ein Kind im Sommer vergessen hat. Enttäuscht dreht er sie auf den Rücken. „Mama!" plärrt sie. Die Augen klimpern. Wütend schmeißt er sie ins Wasser. „Mama!" plärrt sie noch mal. „Halt die Schnauze!" ruft er zornig.

Mit einem Mal beginnt er zu lachen. Ein höhnisches Gelächter, das ihm hilft mit der Situation besser fertigzuwerden. Alles Unfug, diese Geschichte. Man wollte mich zum Narren halten. Er geht zum Auto, fest entschlossen zurückzufahren. Beim Anfahren merkt er, daß sein Vorderreifen platt ist. Wütend wechselt er den Reifen, was in der Dunkelheit mit einer Stablampe zeitraubend ist. Beim Radwechsel kommt ihm eine andere Idee. Sollte wirklich jemand ertrunken sein, könnte die Geschichte vielleicht so gehen:

Ein Mann hat im Streit seine Frau umgebracht. Darüber war er so erschrocken, daß er die Leiche in den See geworfen hat. Dort schwimmt sie jetzt irgendwo. Seine moralischen Skrupel haben ihn veranlaßt, den Journalisten Backheuer anzurufen. Könnte sein. Der Gedanke an einen Mord ist ihm unbehaglich. Auch macht er angst. Bevor er wieder ins Auto steigt, vergewissert er sich, ob niemand im Fond sitzt.

Zur Beruhigung schaltet er das Autoradio ein und verläßt das Freizeitgelände. Julias Stimme vom Radio „Lost World" versöhnt ihn mit der mißlichen Situation. Sie klingt erotischer denn je. Sein erneuter Versuch, sie telefonisch zu erreichen, scheitert wieder einmal. Alwin hat die Nase voll und will endlich nach Hause. Aber der mögliche Mord beschäftigt ihn, als das Auto wieder die Hauptstraße erreicht. Kurz entschlossen wendet er und fährt stadtauswärts Richtung Flecken Zechlin. Hinter dem Ortsschild Rheinsberg nimmt er den unbefestigten sandigen Weg, der zu seiner Datscha oberhalb des Böberecken-Sees führt. Ein kleines Blockhaus am Rande des Waldes, in dem er mit seiner Familie die Wochenenden im Sommer und auch Ferien verbringt. Im kleinen Schuppen hat er nach der Wende eine Pistole versteckt. Ein altes Stück aus seiner Zeit als Soldat der Nationalen Volksarmee der DDR. Er wollte die Waffe nicht abgeben, dachte, irgendwann werde ich sie gebrauchen können. Hinter aufgestapelten Holzscheiten holt Alwin einen Plastikbehälter heraus. Darin ist die Pistole mit zwei kleinen Schachteln Munition. Er nimmt alles an sich und füllt Patronen ins Magazin. Jetzt fühlt er eine gewisse Sicherheit und kann die Geschichte vom möglichen Mord neu überdenken. Die Pistole stachelt seinen Mut an, nicht aufzugeben und weiter nach dem angeblich Ertrunkenen zu suchen.

Er klappert andere mögliche Stellen am Rheinsberger See ab, an denen es kleine Buchten oder Strände gibt. Das sind nicht allzu viele, weil der Wald fast immer bis an den See reicht. Eine Leiche müßte der Mörder durch dichtes Unterholz schleppen, um sie ins Wasser werfen zu können. Alleine kann das ein Mann nur schwer bewältigen. Dazu muß er sehr kräftig gebaut sein. Alwin macht einen letzten Versuch und fährt nach Warenthin, etwa fünf, sechs Kilometer mitten durch den Wald auf einer unbefestigten Straße.

Ein Paddelboot

Das Dorf Warenthin liegt direkt am Rheinsberger See und ist im Sommer ein bevorzugter Ort für Urlauber. Es hat mehrere kleine Anlegestellen für Segel- und Motorboote. Die wenigen Häuser der Einheimischen stehen in Sichtweite des Sees. Jede Bewegung am Ufer und im Wasser fällt sofort auf.

Am Horizont ist der Morgen zu ahnen, als Alwin intensiv mit der Stablampe Ufer und Wasser absucht. Er inspiziert jeden einzelnen der Bootsstege, die weit ins Wasser ragen. Nirgendwo ist etwas Verdächtiges zu sehen, geschweige denn eine Leiche. Nur die dünne Eisschicht bedeckt den See. Im Hintergrund die Remusinsel, die wie ein Buckel aus dem Wasser ragt. Alwin ist endlich beruhigt, aber auch ärgerlich. Man hat ihn also doch zum Narren gehalten. Aus der Geschichte für die Zeitung wird nichts

Er will nichts unversucht lassen und geht zum großen Campingplatz „Utpott", nah am Ufer, der bis in den Wald hineinverläuft. Im Sommer der beliebteste Zeltplatz am Rheinsberger See. Wenige Meter neben dem Informationshäuschen werden im Sommer Boote ins Wasser gelassen. Hier ist es sehr flach. Genau an dieser Stelle liegt ein kleines Paddel. In dem Moment wird Alwin hellwach. Ist doch jemand ertrunken? Ein kleines Paddel ist noch keine Story, befindet er und sucht das Ufer noch mal ab. Vielleicht könnte ich doch meine Geschichte bekommen, denkt er.

Das Paddel ist aus Holz und halb abgebrochen. Alwin geht am Ufer entlang Richtung Nordosten und findet zwischen Schilf einen Rucksack. Es ist ein grüner amerikanischer Rucksack, Marke „Eastpak", wie er häufig von Schülern oder Bergsteigern getragen wird. Alwin erfaßt das Jagdfieber. Nervös löst er die Schnüre. In der Seitentasche Personalausweis und ein Buch von Rüdiger Nehberg „Die Kunst zu überleben", über das Verhalten von Menschen in extremen Situationen.

Der Besitzer des Ausweises heißt Thomas Bollinger, 25 Jahre, 1,75 m groß. Er hat hellblondes Haar und ist Brillenträger, soweit das Paßbild eine Annäherung an die Wirklichkeit ist. Als Wohnort wird Berlin-Steglitz angegeben. Alwin notiert sich Name und Adresse. Er fotografiert die Stelle, wo der Rucksack gelegen hat. Inzwischen ist es heller geworden. Die nächtlichen Wolken verziehen sich. Der Himmel wird langsam klar, obgleich es noch diesig ist. Es ist kurz vor acht Uhr. Jetzt bringt Helma unsere Kinder in den Kindergarten, denkt Alwin. Wie gerne hätte er mit der Familie gefrühstückt.

Auf dem Wasser ist plötzlich ein Boot zu sehen. Seine Aufmerksamkeit wird sofort davon in Anspruch genommen. Die aufgehende Sonne beleuchtet ein kleines Paddelboot, das in Schräglage dahintreibt. Daneben bewegt die leichte Strömung einen Rucksack in Richtung Ufer. Jetzt hat er seine Story! Über Handy ruft er aufgeregt die Polizei an.

Die ersten Sonnenstrahlen lassen die Remusinsel verführerisch leuchten, nah und greifbar. Wie eine lockende Einladung, der man nur schwer widerstehen kann. Alwin beobachtet, wie die Sonne immer kräftiger die Insel mit ihrem Licht einhüllt, sie scheinbar über dem Wasser schweben läßt. Mit einem Mal erhebt sich die Insel tatsächlich über den See und schwebt wie eine fliegende Untertasse. Sie sieht grün aus wie im Sommer. Die Insel wirkt wie ein Magnet und schreit: „Komm! Komm!" Eine Verführung, der man nur schwer widerstehen kann. Plötzlich blitzt und funkelt es auf der schwebenden Insel, langsam heller werdend und zitternd. Es ist, als ob in einem Spiegel die Reflexion der Sonnenstrahlen einen mehrzackigen Stern bildet. Minuten später ändert sich das Bild. Ein Lichtstrahl trifft eine Stelle am Ufer, direkt neben Alwin. Er geht dorthin, als hinter ihm eine Stimme sagt:

„Morjen, Alwin!" brummt Werner, ein junger Polizist. „Was is'n los?"

Alwin erschrickt und dreht sich um. Hinter ihm ist der Streifenwagen eingetroffen. Zwei verschlafene Polizisten stehen gähnend vor ihrem Dienstauto. Alwin kennt die beiden in seiner Eigenschaft als Lokaljournalist. Sie duzen sich. Alwin reibt sich die Augen. Die Remusinsel liegt still und unberührt im Rheinsberger See.

„Morjen, Werner!" Werner ist auch ein Schulfreund.

Alwin erzählt vom ominösen Anruf. Auch die ergebnislose Suche verschweigt er nicht.

„Journalisten sind ja halbe Kriminalisten", sagt Werner anerkennend.

Die Polizisten stellen fest, daß die Angelegenheit in den Bereich der Wasserschutzpolizei fällt. Die Kollegen werden über Funk informiert. Alwin ruft seine Frau an und teilt mit, daß er bald nach Hause kommen werde. Sie habe sich große Sorgen gemacht. Wo er denn sei?

„Ich bin in Warenthin. Am Rheinsberger See. Wahrscheinlich ist jemand ertrunken."

Sie will nähere Einzelheiten wissen.

„Erzähl ich dir später."

Nach einer Stunde dreht ein Boot der Wasserschutzpolizei bei. Das kleine Paddelboot wird an Land gehievt. Man vermutet, daß möglicherweise die zwei seitlichen Risse das Boot zum Kentern gebracht haben.

„Vielleicht hat die dünne Eisschicht das Boot aufgeschlitzt?" sagt ein Beamter.

„Und dabei sind sie ertrunken?" fragt Alwin.

„Schon möglich."

Stunden später beginnen fünf Beamte der Wasserschutzpolizei mit großem Schlauchboot die Suche nach möglichen Überlebenden. Systematisch fahren sie das Gewässer ab. So scheint es. Schnell wird ihnen bewußt, daß sie den Bereich der Suche eingrenzen müssen. Der See ist einfach zu groß, die Anhaltspunkte zu vage. Die Polizisten ziehen auf der Geländekarte ein Dreieck, dessen Spitze auf Warenthin zeigt und die Unterseite an die Remusinsel grenzt. Dieses Gebiet wird intensiv abgesucht. Die Polizisten vermuten, die Remusinsel könnte bei dem Fall eine gewisse Rolle gespielt haben. Über Strömung und Windrichtung in der vergangenen Nacht weiß man noch nichts Genaues. Sie sind entscheidend für mögliche Thesen, wie der Unfall passiert sein könnte. Das Wasser ist auch am späten Vormittag an mehreren Stellen noch leicht gefroren.

Alwin informiert Chefredakteur Pit Breuer von der „Brandenburgischen Stimme" in Neuruppin und fährt nach Hause. Helma ist froh, ihren Mann wiederzusehen und erfährt die ganze Geschichte, beginnend vom mysteriösen Anruf und der anfangs erfolglosen Suche nach einem Leichnam. Erschöpft schläft Alwin beim Frühstück ein. Sie streichelt ihm über den Kopf und ist sichtlich entspannt. Ihre Eifersucht war unbegründet. Später legt er sich auf die Couch im Wohnzimmer und schläft weiter.

Kurz vor Mittag klingelt das Telefon. Pit Breuer will die Paddel-Geschichte noch heute bekommen. Sie soll morgen auf die Titelseite, läßt er über Helma ausrichten. Die Nachricht stimmt sie begeistert und weckt ihren Mann.

„Auf die Titelseite?!" Er kann es nicht glauben.

Unter großem zeitlichen Druck schreibt Alwin die Geschichte. „Fortsetzung folgt", setzt er keck darunter.

Eine Freundin der Vermißten

Einige Tage später macht sich Alwin auf den Weg nach Berlin, um mehr über die Paddler zu erfahren. In Steglitz wohnt Sandra Wiesinger, eine Freundin von Thomas Bollinger, dessen Ausweis im Rucksack war. Die beiden leben zusammen. Sie weiß noch nichts von einem möglichen Unfall. Sandra ist ungläubig, aber keineswegs beunruhigt.

„Thomas und sein Freund Ulrich Bäke sind an sich keine Neulinge auf dem Wasser. Die haben schon mehrere Bootstouren in Deutschland und im Ausland unternommen", erzählt sie.

„Aber im Winter?" gibt Alwin zu bedenken.

„Ja, auch. Gerade. Uli hat Fischwirtschaft studiert und promoviert. Also, er kennt sich auf dem Wasser aus."

„Und Bollinger?"

„Der ist Doktorand, hat Philosophie gemacht."

„Haben Sie 'nen Bild von Bäke?"

„Ja."

Sandra zeigt in der Küche ein Foto, das einen großen Mann mit leichtem Vollbart und dunkelblondem Haar zeigt. Er lacht in die Kamera inmitten seiner Freunde.

„Hier, das ist Uli! Netter Kerl, immer zu Späßen aufgelegt. Thomas und Uli sind sehr lebenslustig, übersprudelnd von Optimismus."

„Wußten Sie von der Bootsfahrt?"

„Ja. Sie haben sich telefonisch noch am 27. Dezember bei mir gemeldet. Nach Sylvester wollten sie wieder in Berlin sein. Wir hatten schon einen Kinoabend für den 3. Januar geplant."

Sandra steht auf, sieht aus dem Fenster. Sie ist nachdenklich geworden. Draußen ein schmutzig grauer Winternachmittag in der Großstadt. Die Straßenlaternen werden eingeschaltet. Ein trostloser Himmel, der Sandra nicht gerade heiter stimmt. Alwin macht sich Notizen, steht auf. Beide beobachten schweigend am Fenster, wie die Dämmerung von der Stadt Besitz ergreift.

„Mir fällt ein: Thomas hat zum Jahreswechsel diesmal nicht seine Eltern angerufen. Das macht er sonst in jedem Jahr. Ob den beiden was zugestoßen ist?"

„Vielleicht."

Alwin erzählt vom mysteriösen Anruf um Mitternacht.

„Der Typ hat etwas gewußt, der Sie angerufen hat", behauptet Sandra.

„Haben Sie mal was von der Remusinsel gehört?"

„Was soll'n das sein ?"

„Im Rheinsberger See eine Insel. Voller Geheimnisse und Legenden."

„Und was haben Tommi und Uli damit zu tun?"

„In der Nähe der Remusinsel wurde das Boot gefunden und die Rucksäcke", sagt Alwin ruhig.

Er läßt eine ratlose Sandra zurück. Draußen ist es dunkel. Auf dem Weg ins Zentrum der Stadt blinkt zwischen großen farbigen, grellen Werbeflächen die Schrift „Radio Lost World". Alwin ruft von seinem Handy im Sender an und triumphiert. Die Leitung ist frei. Die Frau am Telefon sagt, daß Julia erst gegen 22 Uhr ihren Dienst antrete. Enttäuscht legt er auf. Natürlich wußte er das.

Am nächsten Morgen erscheint auf der Titelseite der „Brandenburgischen Stimme" Alwins Artikel mit der Schlagzeile „Zwei Männer spurlos verschwunden". Am Nachmittag klingelt in der Redaktion das Telefon. Eine Zugschaffnerin teilt mit, sie habe den Vermißten Fahrkarten verkauft und sich mit ihnen über die geplante Paddeltour unterhalten.

Die Beamten der Wasserschutzpolizei suchen den ganzen Tag im See nach möglichen Leichen – ohne Ergebnis. Auch mit dem eingesetzten Hubschrauber wird nichts Auffälliges entdeckt. Alwin fährt mehrere Stunden auf dem Wasser mit, um die Polizei bei der Arbeit zu beobachten. Am Abend meint ein Beamter:

„Wir gehen davon aus, daß ein Unfall passiert ist und die beiden Vermißten irgendwo im See liegen. Manche Leichen gibt der See erst nach zehn, zwölf Jahren frei."

Der alte Fischer

Alwin hört sich in Rheinsberg um, ob die beiden Paddler in der Stadt gesehen worden seien. Keiner weiß etwas Genaues. Auch zum alten Fischer geht er. Im Volksmund heißt Hanns Reinsch nur der alte Fischer. Er ist Anfang Siebzig und gleich nach der Wende pensioniert worden. In der DDR gehörte Hanns zum Kollektiv der Fischer. Hanns ist ein eigenartiger Kauz. Ein Sonderling, wie manche Rheinsberger meinen. Aber liebenswert und nicht mehr zur neuen Welt gehörend, die 1990 in Rheinsberg einzog. Mit dem alten Leben hat er abgeschlossen, und ein neues wollte er nicht mehr beginnen. „Ich bin zu alt!" ist sein häufigster Ausspruch. Deshalb lebt er immer noch in der Zwischenzeit, die wahrscheinlich bis an sein Lebensende dauern wird.

Alwin trifft Hanns nicht im Haus an, das nur wenige hundert Meter entfernt vom Grienericksee liegt. Seit dem Tod seiner Frau lebt er alleine. Die Kinder wohnen in Süddeutschland und kümmern sich nicht um ihren Vater. Alwin geht zum Ufer, wo in einem großen Schuppen offen zur Seeseite Ruder- und Paddelboote lagern. Im Winter ist Hanns mit dem Ausbessern der Boote beschäftigt, um die Langeweile zu vertreiben.

Als gebürtiger Rheinsberger kennt Alwin den alten Fischer, solange er denken kann. Hanns hat ihn im Sommer oft mit auf den See genommen. Er hat ihm Tricks beim Fischen beigebracht, auch einiges über Wasser und Windverhältnisse. Durch ihn weiß Alwin viel über Strömungen des Wassers. Mit Hanns verbindet er eine schöne Zeit als Kind und Heranwachsender. Alwin erinnert sich noch, wie Hanns oft von der Remusinsel erzählt hat mit seinen Geheimnissen und Märchen. Vor allem über den Fluch, der auf der Insel liegt. Wieviel davon Seemannsgarn war oder nicht, konnte Alwin nie ergründen. Die Erzählungen haben in ihm einen tiefen Eindruck hinterlassen.

Als Jugendlicher wollte er öfter auf die Remusinsel fahren, um herauszubekommen, was tatsächlich dort ist.

Er sah sich schon als Entdecker, eines der letzten unbekannten Stückchen Erde zu erschließen. Man mußte nicht hinaus in die Fremde, um neue Welten zu erkunden. Hier, in der Heimat, auf dem Rheinsberger See war das Unbekannte. Das Abenteuer hatte ihn immer wieder gereizt.

Alwin war in der Schule aufgeregt, als er die Sagen des Odysseus las. Odysseus, der festgebunden auf dem Schiff dem ständigen Lockruf der Sirenen widerstand. Die Remusinsel war in gewisser Weise Alwins Sirene. Aber immer hatte ihn irgend etwas davon abgehalten, hinüberzusetzen und das Abenteuer zu beginnen. Wahrscheinlich die Angst, daß die Wahrheit zu unheimlich für ihn sein könnte. So waren die Jahre vergangen. Aber die starke Sehnsucht war geblieben, eines Tages das Geheimnis der Remusinsel zu erforschen. Dieses Verlangen wurde jetzt wieder stärker, als er die Geschichte von den Vermißten recherchierte.

Er spricht mit Hanns, der auch im Winter versucht Fische zu fangen. Anfangs ist er wortkarg und möchte nichts sagen. Alwin ist schon Jahre nicht mehr bei ihm gewesen. Das Vertrauen von damals ist nicht so schnell wieder herzustellen. Das spürt er sofort bei der Begrüßung. Nur langsam wird Hanns, der ein tiefes Mißtrauen gegenüber der Presse hat, gesprächiger. Daran ändert sich auch nichts, obwohl er Alwin lange kennt.

Als geschickter Journalist kann er allerdings mit Menschen gut umgehen und bringt fast jeden zum Sprechen. Der Fischer beginnt langsam zu reden.

„Aber meinen Namen nennste nicht, ne?!" fordert er.

„Nee, is unwichtig, Hanns", beruhigt ihn Alwin. Es ist das zweite Mal, daß Alwin ihn bei seinen Vornamen nennt. Das schafft langsam wieder eine gewisse Vertrautheit.

„Also, wie war das?"

„Das Paddelboot hab' ich am Nachmittag jesehen."

„An welchem Tag?"

„Warte mal, Alwin." Hanns überlegt einen Moment. „Det muß der 28. gewesen sein, ja, der 28. Dezember ..."

„... weißt du das genau?"

„Ja, hundertprozentig, Alwin. Denn an'm Nachmittag wollte ich auch rausfahren. Aber es war Wind anjesacht."

„Wurde es dann windig?"

„Ja, 'ne schöne steife Brise", lacht Hanns. „Der Wetterbericht haute mal hin, was 'ne Seltenheit is. Und am nächsten Tag auch."

„Woher kamen die Paddler?"

„Die Männer müssen bei die Schloßinsel mit'm Boot jekommen sein und in den Kanal jepaddelt."

„Zum Rheinsberger See?"

„Jawoll! Die haben noch jegrüßt."

„Und dann?"

„Nisch weiter."

„Meinst du, die waren auf der Remusinsel?"

„Det habe ich in'ne Zeitung jelesen. Ob's stimmt? Wat wollen die bei die Kälte auf die Insel? Sach mal!"

„Das Geheimnis erkunden."

Hanns lacht dröhnend. „Wat für'n Jeheimnis?"

„Das weißt du doch besser als ich. Und was is'n mit dem Fluch?"

„Tja, wenn ich dat wüßte, Alwin. Da haben sich schon klügere Köppe dran ausprobiert und nischt jefunden. Ich weiß nur, daß bisher keiner zurückjekommen is, der auf die Insel war."

Hanns wird nachdenklich und sieht auf den Grienericksee. Von hier ist die Remusinsel nicht zu sehen, weil der Kanal den Grienericksee mit dem Rheinsberger See verbindet. Alwin folgt seinem Blick. Beide sind schweigsam.

Auf der Pressekonferenz

Mitte Januar 1999 wird für einige Tage die Suche auf dem See eingestellt, da starker Frost die Arbeit behindert. Eine zwei Zentimeter dicke Eisschicht hat sich gebildet. Die Kriminalpolizei recherchiert das Umfeld der verschwundenen Männer an ihrem Berliner Wohnort. „Beide lebten in gesicherten Verhältnissen. Es gibt keinerlei Hinweise auf ein Täuschungsmanöver", heißt es in dem Bericht.

Auf der Pressekonferenz wird der bisherige Stand der Ermittlungen erläutert. Es interessieren sich ausschließlich Lokaljournalisten für den Fall. Deshalb sind nur vier Reporter anwesend. Die kriminaltechnischen Untersuchungen haben ergeben, daß die Risse im Paddelboot vom Eis stammen.

„Daran gibt es keinen Zweifel!" sagt der verantwortliche Kriminalkommissar. „Die Paddler könnten zum Beispiel auf der Remusinsel übernachtet haben ..."

„... und warum?" fragt Alwin.

„... tja, wir haben so eine These. Die mußten auf der Remusinsel übernachten ..."

„... aber warum?" möchte ein Journalist wissen

„Weil der Wind ihnen an diesem Tag zu schaffen machte. Vielleicht hofften sie auf bessere Windverhältnisse für den nächsten Tag. Und außerdem hat Fischer Hanns Reinsch am 27. oder 28. Dezember ein Zelt auf der Remusinsel gesehen. Der See war am Morgen noch frei – keine Eisschicht. Aber in der Nacht bildete sich eine dünne Eisschicht. Die Männer wollten wohl zum Ufer bei Warenthin paddeln. Doch das Eis schlitzte das kleine Boot wie eine Rasierklinge auf. Hinzu kam der Wind."

Alwin ärgert sich über Hanns, der ihm verschwiegen hat, daß die Männer auf der Insel übernachtet haben.

Was bezweckt er damit? Will Hanns ihn fernhalten von der Insel? Hat er etwas versteckt? Will er verhindern, daß das Geheimnis gelöst wird?

„... aber sie waren doch erfahrene Paddler?!" wirft Alwin spontan ein.

„... mag sein. Aber es war purer Leichtsinn", entgegnet der Beamte.

„Halten Sie es für möglich, daß sie auf der Remusinsel etwas gesucht haben?"

„Was denn? Gold oder was?!" amüsiert sich der Beamte.

„Warum hieß das Boot ‚Remus'? Das muß doch einen Grund haben?"

„Das ist uns nicht bekannt. Es ist auch unerheblich", antwortet der Beamte unwirsch.

Alwin läßt nicht locker.

„Jedermann weiß, daß der Name eines Bootes nicht zufällig gewählt wird. Man gibt dem Boot keinen beliebigen Namen sondern einen ganz bestimmten. Der Name ist Programm ..."

„... ich sehe, Sie kennen sich aus", lacht der Beamte. „Wir ermitteln nur den möglicherweise kriminellen Hintergrund des Falles. Alles andere ist nicht unser Ding!"

Dem Geheimnis auf der Spur

Am nächsten Morgen ist der Rheinsberger See gegen Mittag eisfrei. Die Wasserschutzpolizei setzt ihre Suche nach den Leichen fort. Sie hält sich streng an das Dreieck, das sie von Warenthin über den See bis zur Remusinsel auf der Karte gezogen hat. Taucher werden eingesetzt. Das Wasser hat eine Temperatur von zwei Grad. Die Anzüge aus Neopren halten den Wärmeverlust der Taucher in Grenzen. Bevor sie in den See steigen, wird ein Echolot eingesetzt. Der See ist in der Mitte des Dreiecks dreißig Meter tief. Die Männer können nur bis zu fünfzehn Meter tauchen. Man vermutet die Leichen innerhalb des Dreiecks, zwischen Kies und Schlamm. Der Einsatz des Hubschraubers verläuft ebenfalls nicht erfolgreich. Es wird nichts von Bedeutung gefunden.

Alwin ist während der Suche nach den Toten oft dabei, macht sich Notizen und versucht Gespräche mit Beamten zu führen. Die Polizisten werden mit fortschreitender Arbeit maulfauler. Am Schluß haben sie Redeverbot, von höchster Stelle angeordnet. Alwin läßt die Sache nicht auf sich beruhen und forscht weiter nach möglichen Ursachen des Todes der beiden Paddler.

Er fährt nach Berlin, um mit Sandra Wiesinger zu reden, der Freundin von Thomas Bollinger. An sich möchte sie Alwin nicht noch einmal in die Wohnung lassen. Die Presse schreibe heute so viele Lügen, die man nur schwer wieder aus der Welt schaffen könne. Doch sie läßt sich beschwatzen. Es geht nur um einen Punkt, nämlich um den Namen des Paddelbootes „Remus".

„Warum hat Ihr Freund das Boot so genannt?"

„Ich kann es nicht sagen ..." Alwin sieht ihr in die Augen und weiß, daß sie nicht die Wahrheit sagt.

„... aber er muß doch einen Grund dafür gehabt haben?!"

„Kann schon sein."

„Es gibt die Remusinsel auf dem Rheinsberger See, um die sich alle möglichen Legenden ranken. Keiner weiß was Genaues", erklärt Alwin.

Er kommt nicht weiter und verabschiedet sich. Sandra nennt ihm noch die Philosophische Fakultät der Humboldt-Universität, an der Bollinger studiert hat. Vielleicht wüßten die etwas Näheres. Er beginnt im Freundeskreis der beiden Paddler nachzuforschen. Über die Universität bekommt Alwin unter vielen Schwierigkeiten einige

Namen von Freunden heraus. Nach mehreren ergebnislosen Gesprächen stößt er endlich auf einen jungen Mann, der nach Aussagen der anderen am meisten über die beiden Paddler weiß.

Hans Memling (25) ist Student der Philosophie und lebt in Berlin–Kreuzberg. Er ist überrascht, als Alwin vor der Wohnungstür steht. Sein kriminalistischer Instinkt sagt Alwin, daß er auf der richtigen Fährte ist.

„Alwin Backheuer, ich bin Journalist!" stellt er sich mit Visitenkarte vor.

Memling will sofort die Türe schließen. Doch Alwin klemmt schnell den Fuß dazwischen.

„Das sind die, die alles verdrehen", sagt Memling verachtungsvoll.

„Ich bin kein Sensationsreporter, sondern arbeite für eine Regionalzeitung."

„Aha, ein seriöser Mann also", antwortet Memling ironisch.

„Hören Sie mich einen Moment an! Ich komme wegen Thomas Bollinger und Ulrich Bäke, die ertrunken sind ..."

„... dazu kann ich nichts sagen!"

„Wirklich nicht? Sie haben die beiden doch gut gekannt. Thomas war ihr bester Freund!"

„Dann wissen Sie auch schon alles."

„Herr Memling, haben Sie schon mal den Namen Remusinsel gehört?"

Es entsteht eine verlegene Pause. Alwin sieht ihm in die Augen und weiß, daß Memling etwas sagen wird. Aber noch hat er nicht gewonnen.

„Ich kann Ihnen nichts dazu sagen", versucht Memling erneut abzublocken.

„Herr Memling, nochmal – Sie sind der beste Freund von Bollinger. Ihnen hat er bestimmt von der Tour erzählt!"

Memling merkt, daß der Journalist hartnäckig ist und gibt zögernd nach.

„Kommen Sie rein!"

Bei einem Kaffee erfährt Alwin Einzelheiten, die er bisher nur vermutet hatte.

„Ja, ich weiß, daß Thomas und Uli zur Remusinsel wollten. Sie haben sich lange damit beschäftigt. Mit den Legenden, die es gibt und den Märchen ..."

„... und auch mit seinem Fluch?" unterbricht Alwin.

„Ja, auch damit."

„Dann wissen Sie also Bescheid?!"

Memling nickt wissend.

„Wir sind dem Geheimnis auf der Spur, haben sie immer wieder gesagt. Und jetzt werden wir es lüften."

„Welches Geheimnis?"

Memling lacht und zuckt mit der Schulter. „Sie haben ein Geheimnis aus dem Geheimnis gemacht. Ich weiß es nicht. Der Trip zur Remusinsel sollte den endgültigen Beweis für den Wahrheitsgehalt der Legende bringen."

„Ich verstehe nicht."

„Na ja, daß dort Remus, der Gründer Roms, beerdigt sein soll."

Alwin beginnt zu lachen. „So einen Unsinn habe ich schon lange nicht mehr gehört. Der Gründer Roms?"

„Ja, jedenfalls Thomas und Uli ließen sich nicht davon abbringen. Sie beriefen sich auf Schliemann. Der habe aufgrund einer Sage Troja entdeckt."

Mit vielem hatte Alwin gerechnet, aber nicht mit einer völlig durchgeknallten Geschichte. Er bezweifelt, ob Memling die Wahrheit sagt. Etwas verstört geht Alwin. Im Treppenhaus ruft Memling hinterher:

„Uli meinte, im Archiv von Rheinsberg gibt's 'ne kleine Akte über Remus."

Auf dem Nachhauseweg denkt Alwin über das Gespräch nach. Je länger er überlegt, desto klarer wird ihm, daß Memling ihn zum Narren halten wollte. Mißmutig kommt er in Rheinsberg an.

Am nächsten Tag muß er nach Neuruppin zu Pit Breuer, seinem Chefredakteur. Er will wissen, was die Recherche in Berlin ergeben hat. Alwin berichtet wahrheitsgetreu und auch von seinen Zweifeln an der angeblichen Grabstätte von Remus. Breuer kommt schnell zum Thema.

„Viel gebracht hat's ja nicht, hatte mir mehr davon versprochen. Aber das Geheimnis mit Remus ist doch ganz hübsch. Wenn Sie den wahren Grund für die Paddeltour herausbekommen, sind Sie mein Mann, Backheuer!" fordert Breuer ihn heraus.

„Wie meinen Sie?"

„Ich mache Sie dann zum Chef für die Lokalseite!"

Alwin sieht ihn überrascht an.

„Mensch, Backheuer, nutzen Sie die Chance! Sie kriegen mehr Gehalt und 'nen Dienstwagen! Also, ich höre von Ihnen."

Etwas verwirrt fährt Alwin nach Rheinsberg zurück. Helma ist stolz auf ihren Mann, als er von dem Angebot erzählt. Heute ist Kindergeburtstag. Der kleine Samuel wird vier Jahre. Viele Kinder sind mit ihren Eltern gekommen. Es gibt ein großes Fest mit vielen Überraschungen, Kuchen und Kakao. Alwin ist glücklich und gelöst. Auch über die Tatsache, daß sich sein Einsatz bei der Paddler-Geschichte gelohnt hat. Abends denkt er mit Helma über die gemeinsame Zukunft nach. Vielleicht ist im Sommer eine Urlaubsreise möglich, wenn er mehr Geld bekommt. Glücklich und zufrieden schlafen die beiden ein.

Am nächsten Morgen sucht Alwin im Schloß-Archiv nach Unterlagen über die Remusinsel und findet einen Brief vom 7. April 1737 von Friedrich dem Großen an den französischen Schriftsteller und Philosophen Voltaire:

„Vor etlichen Jahren entdeckte man im Vatikan eine Handschrift mit der Geschichte von Romulus und Remus, ganz anders erzählt, als wir sie kennen. Diese Handschrift legt dar, daß Remus der Verfolgung durch seinen Bruder entkam und sich in die nördlichen Provinzen Germaniens, an die Gestade der Elbe flüchtete, um vor der eifersüchtigen Raserei in Sicherheit zu sein; daß er dort an einem großen See eine Stadt baute; und daß er nach seinem Tod auf einer Insel begraben wurde, die wie ein Berg aus dem See aufragt. Vor vier Jahren waren nun im Auftrag des Papstes zwei Mönche hier, um die Siedlung, die Remus gegründet hatte, auszukundschaften. Nach der Beschreibung, die ich eben gab, befanden sie, daß es Remusberg, was Mons Remus bedeutet, sein mußte. Um die Gebeine des Remus zu finden, haben die braven Patres die Insel von einem Ende zum anderen umwühlen lassen, um die sterblichen Überreste des Remus aufzuspüren. Sei's, daß sie nicht sorgfältig genug einbalsamiert worden waren, sei's, daß die Zeit, die alles zerstört, sie in Staub verwandelt hat, Tatsache ist, daß man nichts fand."

Hans Memling von der Universität hat Alwin also nicht verladen. Das Geheimnis der Remusinsel ist bis heute nicht gelöst worden. Die beiden Paddler haben es auch nicht geschafft. Gibt es wirklich einen Fluch?

Fahrt zur Remusinsel

Vor Arbeitsbeginn fährt Alwin manchmal nach Warenthin und fixiert vom Ufer die Remusinsel. Im Winter sieht sie gar nicht geheimnisvoll aus: wie ein großer, grauer Stein liegt sie auf der schmutzig grauen Wasseroberfläche. In den folgenden Tagen kreisen seine Gedanken nur um die Insel. Er glaubt nicht an den Fluch. Das hört sich nach einer alten Sage an, wo um Mitternacht Schloßgespenster die Lebenden verunsichern. Alles in der Welt kann mit dem Verstand erklärt und gelöst werden. Das ist Alwins feste Meinung. Der Verstand hat die Macht, nicht Magie, Zauberei oder Okkultismus. Sein Ehrgeiz wird motiviert, wenn er an die versprochene Beförderung zum Lokalchef der Zeitung denkt. Diese Aufgabe würde ihn reizen und wäre ein kleiner Schritt auf dem Weg nach oben in der Hierarchie der „Brandenburger Stimme".

Allmählich wird ihm klar, er muß der Remusinsel das ewige Geheimnis entreißen, muß herausbekommen, ob es einen Fluch gibt. Er kann nicht bis zum Sommer warten, um die Geschichte mit den zwei Paddlern erfolgreich abzuschließen. Außerdem kommt für eine solche Tour nur ein Ruderboot des alten Fischers in Frage. Hanns ist ängstlich und will ihm nicht behilflich sein. Alwin versucht ihn zu überzeugen, daß er das Boot für seine Zeitungsgeschichte über die Paddler braucht. Er will nur Fotos auf dem Rheinsberger See machen. Hanns gibt seinen Widerstand auf, als Alwin etwas Geld bietet.

„Aber nur, wenn du nicht auf die Remusinsel gehst", fordert der Alte.

„Das mußt du mir versprechen!" besteht er.

Zögernd schlägt Alwin ein.

„Sieh mir in die Augen!" fordert Hanns.

Alwin weicht seinem Blick nicht aus. „Ich werde mich in respektvoller Entfernung von der Remusinsel aufhalten!" Er kommt sich schäbig bei der vorsätzlichen Lüge vor. Aber es gibt keine andere Wahl.

Seiner Frau und den Kindern erzählt Alwin nichts von seinem Vorhaben, als er sich am frühen Nachmittag im Februar 2000 mit dem Ruderboot auf den Weg zur Remusinsel macht. Es werde heute etwas später werden, sagt er beiläufig. Neben Fotoausrüstung, Stablampe, einem kleinen Spaten und dem Handy nimmt er auch die Pistole mit. Ihm ist ein bißchen mulmig zumute. Nur das

Geräusch der Ruder ist zu hören. Sonst ist es still. Der Himmel ist klar. Die Temperatur wenige Grade über Null.

Langsam nähert sich die Remusinsel mit ihren kleinen Buchten, die früher Ankerplätze waren. Seine Unruhe steigert sich, als er anlegt und das Boot festmacht. Es fällt ihm schwer, durch das Gestrüpp ins Innere der Insel zu gelangen. Kleine Wege schlängeln sich in vielen Windungen bis auf den höchsten Punkt. Von hier hat er einen sehr begrenzten Rundblick auf Warenthin und den See, weil Bäume die Sicht einengen. Die Insel ist verwildert. Bäume werden von Schlingpflanzen fast erdrückt. Überall morsches Gehölz, das laut bei seinen Schritten kracht. Baumstämme liegen übereinander und faulen vor sich hin. Alwins Fuß stößt an alte Steine, die auf einem Haufen liegen. Er untersucht sie näher. Nichts Auffälliges ist festzustellen. In der Nähe stehen Reste einer kleinen Mauer, von Moos und Efeu überwachsen. Alwin erkundet weiter die Insel.

Im dichten Gestrüpp zwischen verfaultem Holz und verwesenden Blättern findet er einen großen umgestürzten Stein. Alleine kann er ihn nicht bewegen. Er sieht wie ein Grabstein aus. Die Sonne steht schon tief, als er zu graben beginnt. Neben dem Stein versucht er im leicht gefrorenen Boden Löcher zu schaufeln. Eine mühselige und zeitraubende Arbeit. Bald geht die Sonne unter. Es wird langsam kühler. Auch das Licht läßt nach. Ein leiser Wind kommt auf, den Alwin nicht weiter beachtet. Er ist nur auf seine Arbeit konzentriert. Als es fast dunkel ist, sind die Löcher groß genug, um mit einem Stock den Stein umdrehen zu können. Beim Wenden bricht krachend der dicke Ast auseinander.

Alwin ist erschöpft, seine Hände zittern. Auf dem Stein ist eine lateinische Inschrift angebracht. Im Schein der Stablampe kann Alwin mühsam den Text entziffern.

Er versteht nur so viel, daß hier Remus, der Gründer Roms, beerdigt ist. Alwin schreibt den ganzen Text ab und macht einige Fotos. Er schreit wie ein Wahnsinniger und tanzt um den Stein. „Ich hab's geschafft! Ich hab's geschafft!" schreit er.

In seiner Freude will er seine Frau anrufen. Aber er unterläßt es. Das könnte Probleme geben. Er sieht auf die Uhr. Es geht auf zehn zu, höchste Zeit, sofort zurückzurudern. Vorher macht er noch mehrere Polaroid–Fotos mit Selbstauslöser und stellt sich dabei stolz vor den Grabstein.

In Siegerlaune ruft er bei „Radio Lost World" an. Er kann gar nicht fassen, daß die Moderatorin Julia gleich dran ist. Alwin erzählt ihr die Geschichte vom Fluch der Remusinsel. Julia findet das interessant.

„Und was möchtest du hören, Alwin?" fragt sie.

„Lost in a lost world", erwidert er schnell.

„Also, Freunde, die Moody Blues für Alwin aus Rheinsberg." Ihre Stimme überkugelt sich fast.

„Ich kann Dich nur über mein Handy hören."

„Okay, ich blende die Musik ein, so daß Du sie hören kannst", sagt Julia.

Alwin wartet gespannt auf den Anfang der Musik. In dem Moment, als „Lost in lost world" beginnt, singt er inbrünstig den Song mit. Er kennt den Text genau und hat das Musikstück ungezählte Male mitgesungen. Alwin ist rundum glücklich und zufrieden. Jetzt wird er der Zeitung eine spannende Geschichte liefern können. Es geht aufwärts in seinem Leben, wenn er Lokalchef wird, und freut sich auf seine Frau und die Kinder. Er bedankt sich bei Julia und beendet das Telefonat.

Mit dem kleinen Ruderboot macht er sich siegessicher auf den Rückweg nach Rheinsberg. In seinem Rucksack ist alles gut verstaut. Der leichte Wind ist stärker geworden und verursacht kleine Wellen. Alwin kann nicht genau das Dorf Warenthin am Ufer sehen und rudert in eine Richtung, die er für richtig hält. Der Wellengang wird heftiger. Das Boot beginnt bedrohlich zu schaukeln.

Schließlich kann sich Alwin nicht mehr gegen die hohen Wellen stemmen und kippt mit seinem Boot um. Verzweifelt versucht er zu schwimmen. Doch die Wellen schlagen über ihm zusammen, die Strömung zieht ihn nach unten.

Am nächsten Morgen hat sich der See beruhigt. Die Sonne kommt hervor und taucht das dahintreibende leere Ruderboot in orangefarbene Strahlen. Ein Spaziergänger findet am Ufer von Warenthin ein Polaroid-Foto: Alwin lachend und siegesgewiß vor dem Grabstein von Remus, dem Gründer Roms. Nach zwölf Jahren gibt der Rheinsberger See drei Leichen preis: die beiden Paddler und Alwin Backheuer.

Im verwunschenen Garten

Das Ende der Nacht

Früher Morgen im Spätsommer. Die Nacht ist noch spürbar. Die Stimmung zwischen beginnendem Tag und endender Nacht. Zwischenzeit. Es geht auf Herbst zu. Der Geruch von Stroh schwebt in der Luft. Das Schloß liegt noch im Schatten. Über dem Grienericksee liegt dichter, weißer Nebel. Nur die Lachmöwen auf den Bojen sind erkennbar. Entferntes Entengeschnatter, das vom Nebel fast verschluckt wird. Das gegenüberliegende Ufer ist nicht zu erkennen. Kein Obelisk. Kein Wald. Im Garten des Schlosses Spinnweben. Kunstvoll gewebte Netze mit Tauperlen. Meistens sind sie verlassen. Tau auf den Gräsern. Noch ist es still. Die Stunde zwischen Traum und Tag. Der Kampf zwischen Vergangenheit und Gegenwart. Zwischen Dunkelheit und Licht.

Das Karussell

„He, laß das! Laß das! Halt mich nicht fest!" schreit böse der kleine Junge zum größeren. „Ich bin groß genug."

Der größere Junge will ihn halten, damit der Kleine nicht hinunterfällt. Doch er wehrt sich heftig und reitet um so eifriger auf dem Pferd. Hoch und runter schaukelt es. Die schnelle Bewegung haucht dem Pferd Leben ein. Es wehrt sich gegen die Zügel und droht den kleinen Reiter abzuwerfen. Das Pferd beschleunigt die Geschwindigkeit und gehorcht nicht. Der Fahrtwind zerzaust das Haar der beiden Jungen. Ihre Gesichter sind gerötet. Die Mähne des Pferdes fliegt im Wind, sein langer Schwanz schlägt nach verschiedenen Richtungen aus. Der Kleine trampelt vor Vergnügen.

Vier bunt bemalte Holzpferde drehen sich mit dem Karussell und um die eigene Achse. In einem Tempo, daß mir beim Zusehen schwindelig wird. Die Jungen tragen dunkelblaue Bundhosen, helle Kniestrümpfe, braune Halbschuhe mit Schnallen und lange Leinenhemden mit weiten Ärmeln, die der Fahrtwind mächtig aufbläst. Der Kleine ist etwa sechs Jahre, der Große zwei, vielleicht drei Jahre älter.

„Warum wiehert es nicht?! Es soll wiehern!" fordert der Kleine laut. In dem Moment wiehert das Pferd. Der Junge kreischt vor Vergnügen.

Neben dem Karussell sind große Fackeln in den Boden gerammt und beleuchten die Szene. Dunkle Wolken der Nacht beherrschen noch den Himmel, obgleich am Horizont bereits orangefarbenes Licht zu erkennen ist. Die Sonne wird bald aufgehen, der Morgen beginnen. Vor dem Karussell spielt ein kleiner, alter Mann auf der Violine ein klassisches Musikstück, das in seiner Langsamkeit im absoluten Gegensatz zur Geschwindigkeit des Karussells steht. Der Mann ist intensiv in das Spiel vertieft und nimmt die Umwelt nicht wahr. Er trägt einen silbergrauen Überrock, so etwas wie ein Negligé. Die frisch gepuderte Perücke ist mit Lockenwicklern versehen, kunstvoll zusammengezwirbelte Streifen aus Zeitungspapier. Der Kopf wird von einem großen runden Hut bedeckt.

„Spiel schneller, spiel schneller!" schreit der Kleine ungeduldig.

Der Alte spielt ungerührt langsam weiter. Er scheint ihn nicht zu hören.

Das Karussell dreht Runde um Runde. Plötzlich geht ein Ruck durch den Körper des Alten. Es ist, als ob die Aufforderung des kleinen Jungen ihn jetzt erreicht hat. Sein Spiel beginnt an Tempo zuzunehmen. Der Rhythmus der Musik und die Rasanz der Bewegung des

Karussells gleichen sich an. Mit einem Mal scheint es so, als ob die schneller werdende Melodie die Bewegung des Karussells bestimmt. Finger und Bogen flitzen über die Saiten der Violine. Die Töne klettern höher und höher. Das Karussell wird schneller und schneller. Der Mann gerät ins Schwitzen.

Dem Kleinen macht es großen Spaß. Er strahlt über das ganze Gesicht und blickt in den Himmel. Der Nebel beginnt sich langsam aufzulösen. Die Sonne treibt die Wolken vor sich her. Spiegelglatte Wasseroberfläche auf dem See. Das Wasser wirkt wie handgezogenes Glas. Nur vereinzelt kleine Bewegungen.

„Sieh mal, auch der Himmel dreht sich!" schreit er wie ein Entdecker. „Alles dreht sich, die Bäume, die Sonne, der Park ...!"

„... die drehen sich doch nicht! Mensch, bist Du doof!" widerspricht der ältere Junge heftig.

„Doch die Sonne dreht sich!" läßt der Kleine nicht locker, als die ersten Strahlen zu sehen sind.

„Ja", bestätigt ein kleines Mädchen, das zwischen den beiden Jungen ebenfalls auf einem hölzernen Pferd sitzt. Sie entdeckt etwas und kreischt vor Vergnügen. „Das Schloß dreht sich im Kreis, alles ..." Sie muß aufpassen, daß ihr Kleid nicht zu weit nach oben fliegt. Ihre langen, schwarzen Haare sind zu zwei kleinen Zöpfen geflochten. Das kindliche Gesicht drückt Freude und Ernst an der Sache aus. Sie ist über vier Jahre. In ihrem Eifer will sie dem kleinen Bruder nicht nachstehen.

Der ältere Junge tippt an den Kopf. „Ihr seid beide blöd! Das Schloß steht fest auf der Erde. Und außerdem wiehert ein hölzernes Pferd nicht." Er macht eine abwertende Geste mit der Hand. „Ach, ihr seid noch zu klein, um das zu verstehen!" Er ist beleidigt über soviel Dummheit.

Mir wird es zu laut. Ich gehe weiter. Auch ist mir kalt.

Das Karussell ist im Orangerieparterre des Schloßgartens aufgebaut, zwischen Billardbrücken und der breiten Sphinx-Treppe. Auf den quadratischen Rasenflächen stehen zwei große Sandstein-Figuren.

Das schnelle klassische Musikstück geht in ein Duett über. Ich kann nicht sehen, wo der Gesang herkommt und stolpere in einen Laubengang, ein Labyrinth aus dichtgewachsenen Buchenhecken. Es scheint leicht aufwärts zu führen. Zwischen dem Laubwerk ist die abgestumpfte Pyramide des Grabmals von Prinz Heinrich zu sehen.

Ich gehe langsam weiter in Richtung der Sänger, das heißt, wo sie vermutlich sein könnten. Das Ende des Laubganges ist erreicht. Im Zwielicht stehen zwei Sänger auf einer kleinen Freilichtbühne, die links und rechts von Buchenhecken begrenzt wird. Die hellgekleideten Künstler singen mit verbundenen Augen und bewegen sich torkelnd aufeinander zu. Beide Sänger sind mit Händen an einem langen Strick gefesselt, an dem sie verzweifelt zerren. Der Strick führt zu einem großen Baumstumpf mitten auf der Bühne. Moos hat sich angesetzt.

Kurz, bevor die Sänger sich berühren, weichen sie erschrocken einige Schritte zurück, um sich wieder von neuem dem anderen singend zu nähern. Sie können nicht zusammenkommen. Wie zwei Königskinder, denen die Erfüllung versagt bleibt. Ihre gefesselten Körper versuchen Zärtlichkeit auszudrücken, ohne die Hände gebrauchen zu können. Die Gestik der Sänger allein hat schon etwas Ergreifendes. Doch die melancholische Musik unterstützt die Szene eindringlich. Sie singen in französischer Sprache.

„Dieux! Qui me poursuivez, Dieux! Auteurs de mes crimes, de l'enfer sous mes pas entr'ouvrez les abimes; ses supli ces pour moi seront encor trop doux, ses suplices pour moi seront encor trop doux, seront encor trop douz!"

„Ihr, die ihr mich verfolgt, schuldig mich werden ließet, reißet auf unter mir nun das Tor der Verdammnis; selbst die grausamste Qual wird milde für mich sein, selbst die grausamste Qual wird milde für mich sein, wird milde für mich sein!"

Vor der Freilichtbühne wird ein Orchester mit acht Musikern von einem Mann dirigiert. Alle sind schwarz-gekleidet. Im kleinen Orchestergraben halten Diener in vornehmen Uniformen große brennende Fackeln. Auf der Bühne ein Spalier von großen Kerzen, die der Szene einen unwirklichen Charakter geben. Direkt vor der Bühne sitzt das Publikum. Der Schein der brennenden Kerzen und die zunehmenden rötlichen Sonnenstrahlen blenden mich. Das Publikum erinnert an eine Hofge-sellschaft des 18. Jahrhunderts. Die Damen in farbigen Seidenkleidern mit raffinierten Dekolletés und grell-geschminkten Gesichtern, die Männer im Samtwams, Bundhosen, weißen Kniestrümpfen und Perücken. Ich schlendere weiter.

Im Ananas-Haus

Zwischen herbstlich gefärbten Buchen steht im frühen Morgenlicht ein kleines Gebäude. Von weitem ist nicht zu erkennen, was es sein könnte. Neugierig nähere ich mich. Kurz hinter einer Wegbiegung stoße ich auf das Gewächshaus zwischen hohen Buchen und Eichen. Vielleicht hat es jemand hier versteckt, um sich vor der Welt und dem Leben zurückziehen zu können. Deutlich sind die kleinen Glasfenster zu sehen, die sich zu einer großen Fläche vereinen, unterteilt durch eiserne Rahmen. Von außen kann ich nicht erkennen, was im Glashaus angebaut wird. Die Fenster sind beschlagen.

Innen empfängt mich tropische Hitze, daß ich den Atem anhalten muß. Überall große Ananas-Stauden. Die Früchte sind gut gewachsen. Unvorstellbar hier mitten in Brandenburg. War der Besitzer des Gewächshauses in Afrika und stillt hier seine Sehnsucht? Ist er ein Nachfahre von Fürst Pückler-Muskau, der eine schwarze Geliebte hatte? Sie starb an Heimweh auf Schloß Branitz. Ich möchte eine Ananas probieren. Kein Mensch ist zu sehen, aber auch kein Messer, um eine Frucht abschneiden zu können.

Am Ende einer langen Reihe von Ananas-Stauden sitzt eine junge Frau auf einem Stuhl. Ich schleiche mich unbemerkt näher. Sie schreibt in ein rot-schwarzes Büchlein. Vor ihr ein Tintenfäßchen, in das der Federhalter eintaucht und hastig Buchstaben zu Papier bringt. Das Kratzen der Feder ist zu hören. Es könnte ein Tagebuch sein. Ihr schönes Gesicht wird von langem blonden Haar eingerahmt. Die grau-grünen Augen sind melancholisch, die Mundwinkel etwas heruntergezogen. Das dunkle Kleid fällt in vielen Falten bis auf den Boden. Ein junger Mann erscheint. Er hat einen kleinen Blumenstrauß in der Hand und geht langsam auf die Frau zu, die ihn noch nicht sehen kann. Meine Neugier treibt mich noch näher. Aus sicherem Versteck kann ich sie gut beobachten.

Der Mann trägt die blaue Ausgehuniform eines preußischen Grenadiers mit rotem Kragen, silbernen Knöpfen, Schulterstücken und aufgenähten Stulpen. Auffallend ist seine Körpergröße und das schöne Profil. Es erinnert mich an griechische Gesichter aus der Antike, klassisch und ebenmäßig. Er hat braunes Haar und blaue Augen, die Optimismus und Jugendlichkeit ausstrahlen. Auch Neugier auf die Welt und die Menschen. Zweifellos eine sympathische Erscheinung, in Gesellschaft nicht zu übersehen.

Seltsamerweise trägt er keine Perücke. Als sie ihn kommen sieht, wird schnell das Büchlein in eine Nische gelegt. Sie steht erschrocken auf. Dabei fällt der Federhalter zu Boden, das Tintenfaß stürzt um. Sie beachtet es nicht weiter, ist ganz auf den Mann konzentriert. Der unerwartete Auftritt ist ihr unangenehm. Ihr ist anzusehen, daß sie mehr als nur ein oberflächliches Interesse für den Mann hat. Es scheint, als ob sie eine Rolle spielt, die Rolle der beherrschten Frau, die ihre Gefühle vollkommen kontrolliert. Eine Frau, die innen vor Leidenschaft brennt und außen Gleichgültigkeit zeigt. Ihre wachsende Unsicherheit versucht sie hinter einer Maske aus Desinteresse und Kälte zu verbergen. Dabei muß sie schauspielerisches Können aufbieten, um ihm nicht das Gefühl zu geben, sie würde etwas für ihn empfinden. Ansonsten ist sie verloren.

Ihr Verstand ist auf das äußerste angespannt und kontrolliert mit aller Macht das Gefühl. Das Herz rast. Sie würde es ihm am liebsten zu Füßen legen. Doch damit würden die Probleme vollkommen aus der Kontrolle geraten. Keiner der Beteiligten kann sich das leisten. Sie weiß auch, daß alles von ihr abhängt.

Sein Auftritt hat zunächst etwas Schüchternes. Er überreicht ihr Blumen und einen kleinen Brief. Sie bedankt sich freundlich und atmet flüchtig den Duft ein.

„Eure Königliche Hoheit wollten erst heute mittag kommen!"

„Lassen Sie das! Nennen Sie mich nur Prinz. Ich bin doch Ihr Prinz, Fräulein von Pannewitz?!" sagt er mit einer gewissen Bestimmtheit und wartet nicht die Antwort ab.

„Und Sie sind meine Prinzessin! Das wissen Sie!" fügt er schnell hinzu.

Sie schlägt die Augen nieder, wagt ihn nicht anzusehen. Mit dieser Eröffnung hatte sie nicht gerechnet. Mit einer Abwehr beginnt sie den Dialog, obgleich sie gar keinen Dialog führen will. Ihr ist aber klar, daß sie keine andere Wahl hat.

„Ich muß sehr bitten, Eure Königliche Hoheit sind mit einer wirklichen Prinzessin verheiratet ..." Dabei versucht sie keine Gefühle zu zeigen. Ihre Hände sind feucht. Mit dem Taschentuch versucht sie Abhilfe zu schaffen.

„Ach was, Fräulein von Pannewitz! Ich liebe meine Frau nicht. Auch das wissen Sie. Mit neunzehn Jahren mußte ich mich vermählen. Auf Befehl meines Vaters. ‚Staatsräson!' nennt man so etwas", sagt er bitter.

„Alles hat seinen Preis!" sagt sie kühl.

„Weil ich der Prinz von Preußen bin?"

Sie geht nicht darauf ein, um das Gespräch abzukürzen. „Ich bin nur eine kleine Hofdame ..."

„... Sie sind die Dame meines Herzens, Fräulein von Pannewitz. Meine Gedanken weilen ständig bei Ihnen."

Er kniet vor ihr nieder wie ein Ritter vor seiner Angebeteten, um für sie in die Schlacht zu ziehen. Vorher muß er noch die Weihe empfangen. Er muß wissen, ob sich sein Einsatz lohnt. Ob ihm nach siegreichem Kampf die Gunst der Dame gehören wird. Nur, gegen wen kämpft er? Gegen ihre scheinbare Ablehnung, um sie zu gewinnen?

„Stehen Sie auf! Es wirkt lächerlich!" antwortet sie abweisend. Dabei muß sie sich wegdrehen, um ihre Gefühle zu verbergen. Sie ist dem Weinen nah. Der Prinz will ihre Hand küssen. Panische Angst vor körperlicher Berührung bestimmt ihr Handeln. Sie steht mit dem Rücken ihm gegenüber. Seine kniende Haltung hat etwas Bittendes, worin sich Schwäche und Unterlegenheit ausdrücken. Aber auch etwas Forderndes. Gerade das letztere wird ihr deutlich bewußt und reizt zum Widerspruch.

„Lassen Sie das!" sagt Fräulein von Pannewitz scharf. „Wenn uns hier jemand entdeckt? Was sollen die Leute von mir denken?!" Sie entzieht ihm geschickt und schnell die Hand. „Ich habe meinen guten Ruf zu verteidigen."

„Wann lesen Sie meinen Brief?"

Sie dreht sich wieder um. „Wenn ich alleine bin. Lassen Sie mich endlich allein!"

„Wollen Sie das?"

„Ja." Sie spürt, daß sie den Prinzen verletzen muß, um ihn loszuwerden. Sie muß ihm weh tun. Im Augenblick ist das ihre einzige Möglichkeit, aus der Situation herauszukommen. Was danach passiert, wird sich finden.

„Am Morgen keinen Brief und keine Blumen von Ihnen zu erhalten. Keine Heimlichkeiten und kein Versteckspiel, weil es nichts zu verbergen gilt. Einfach in Ruhe gelassen zu werden. Das stelle ich mir schön vor und entspannend. Ach, ich hasse das alles. Dieses unwirkliche Leben, den Schein. Es ist wie auf der Bühne."

Gleichzeitig fügt sie ihm mit jedem Satz eine neue Wunde hinzu. Es sind auch ihre Wunden. Sie verletzt auch ihr Gefühl. Während des Monologs hat sie bewußt den Blick in unbestimmte Ferne gerichtet. Jetzt sieht sie ihm genau in die Augen, obgleich es ihr schwerfällt, seinem Blick standzuhalten. Er hat etwas Zwingendes, fast schon Magisches. Bisher hat sie immer verloren und mußte ausweichen. Es ist ein Zweikampf. Wer länger aushält, bleibt Sieger. Sie hält dem festen Blick Stand und holt zum letzten Schlag aus.

„Eure Königliche Hoheit, geben Sie mich auf!" Das ist ein Appell. Fräulein von Pannewitz glaubt, ihn mit ihrem Ausbruch endgültig zu verlieren. Sie hofft es inständig und klammert sich an diesen Satz. Ohne zu bedenken, daß ihre Leidenschaft immer stärker geworden ist, je mehr sie sich in ihre scheinbaren Aggressionen hineingeredet hat. Das merkt sie anfangs nicht. Erst, als es zu spät ist, stellt sie bestürzt fest, daß ihre Anklage im Grunde eine einzigartige Liebeserklärung war. Der durchdringende Blick, der seine Gefühle offenbart, ist die eindeutige Antwort auf ihre Angriffe. In dem Moment wird ihr klar, daß er sie liebt. Sie ahnt, daß der Kampf verloren sein könnte.

Er sieht seine Stunde gekommen. „Ihre Auge sprechen die Wahrheit", stellt er fest.

Die kühle Bemerkung wirft sie fast um. Jetzt begreift sie die Nutzlosigkeit ihres leidenschaftlichen Ausbruchs, der das Gegenteil bewirkt hat. Ihre Unsicherheit steigert sich. Sie sitzt in der Falle. Zu ihren Füßen liegt ein Taschentuch. Er hebt es auf. „Gehört das Ihnen?"

Sie nickt. „Bitte geben Sie mir es wieder", sagt sie flehentlich.

Er schnuppert daran und entschließt sich, es zu behalten. „Ein schöner Duft. So sind Sie mir körperlich nah." Sie streckt ihre Hand aus, will ihm das Taschentuch entreißen. Er steht auf und macht ein Spiel daraus.

„Holen Sie sich das Taschentuch!" sagt er und rennt weg. Sie läuft hinter ihm her. Er bleibt stehen und wedelt mit dem Taschentuch direkt vor ihrer Nase herum. Sie bekommt es beinahe zu fassen. Er läuft weiter. Bald ist sie außer Atem. Auf einem Stuhl ruht sie einen Moment aus, weiß nicht, in welche Richtung der Prinz gelaufen ist. Nur seine Rufe sind zu hören. „Holen Sie sich das Taschentuch!" fordert er sie aufs neue heraus.

Sie steht auf und läuft in Richtung des Ausgangs. Plötzlich steht der Prinz hinter einer Ananas-Staude ihr gegenüber. Es gibt keine Möglichkeit auszuweichen. Darüber ist sie verwirrt und streckt ihre Hand aus. Sie bekommt das Taschentuch zu fassen. Er zieht sie langsam zu sich heran. Sie spürt, wie sie der eigenen, zunehmenden Schwäche nichts mehr entgegensetzen kann. Alle ihre Bemühungen, ihn abzuschütteln, sind umsonst gewesen. Langsam umfaßt er ihren Körper und küßt sie liebevoll auf den Mund. Ihre Haltung ist starr, keineswegs auf die Zärtlichkeit eingehend. Sie läßt es mit sich geschehen. Aber lange hält sie die eigene Gleichgültigkeit nicht durch. In einer plötzlichen Aufwallung umarmt sie ihn wild und erwidert stürmisch den Kuß. Die Leidenschaft überrascht ihn. Entfernt ist Pferdegetrappel zu hören. Der Prinz löst sich von ihr.

„Man erwartet mich." „Prinzessin!" fügt er lächelnd hinzu. Er gibt ihr das Taschentuch und geht schnell. Der Sieg gehört ihm. Zurück bleibt eine verwirrte Verliererin, die alles gegeben hat. Ein großes Messer liegt auf der Erde. Sie nimmt es auf, zögert und spielt mit der Klinge. Kurzentschlossen schneidet sie eine Ananas ab. Draußen ist Geschrei zu hören. Pferdekutschen fahren auf dem Kopfsteinpflaster vor. Hufe knallen. Entfernte „Vivat"-Rufe dringen ins Ananas-Haus. Fräulein von Pannewitz verläßt das Gewächshaus und lächelt. Es ist auch das verzweifelte Lächeln einer Gewinnerin, die alles verloren hat. Obgleich sie nicht verlieren wollte.

Ich gehe auf der breiten Mittelallee, der sogenannten Leuchtturm-Allee, bis zum Hauptportal. Zwischen der Mitte des Eingangs ragt entfernt die Spitze des Leuchtturms in den morgendlichen Himmel. Direkt vor mir begrenzen zwei korinthische Säulen im Halbkreis den Eingang zum Schloßgarten. Zwischen ihnen die Figuren der Flora und Pomona. Auf dem Gebälk steinerne Vasen mit Blumen und Putten. Niedrige Balustraden vollenden den Halbkreis des Portals.

Auf der breiten Durchgangsstraße, außerhalb des Schloßgartens, fahren mehrere Pferdekutschen vom Flecken Zechlin kommend in Richtung Altstadt. An der Spitze ein kleiner Wagen, in dem Musiker tüchtig aufspielen. Junge, hübsche Landmädchen sitzen in den mit

Blumen und Grün geschmückten Wagen. Die Diener sind als Bauern maskiert, in Jacken von weißem Bracheni und Hüten mit Blumen und Bändern. Die Mädchen schreien und amüsieren sich. „Vivat, Seine Königliche Hoheit, Kronprinz August Wilhelm! Vivat, Ihre Königliche Hoheit, Kronprinzessin Luise!" schreien sie. Jetzt sehe ich das Prinzenpaar in der Kutsche.

Es ist also August Wilhelm, der Mann aus dem Ananas-Haus, mit der gleichen Uniform, aber auf dem Kopf eine Perücke. Der Prinz lächelt seiner neben ihm sitzenden Frau zu. Ein offizielles Lächeln, ohne Wärme und Verbindlichkeit. Luise ist eine hübsche Frau, die trotz des heiteren Wesens freudlos wirkt. August Wilhelm und Luise scheinen in etwa gleichaltrig zu sein.

Blumen werden in die Kutsche geworfen. Das Paar winkt freundlich den Menschen zu, die am Straßenrand stehen und die Thronfolger hochleben lassen. Die Kutschen entfernen sich schnell. Bald ist die Straße leer. Die Menge löst sich auf.

Ganz leise zerstören helle Klingelgeräusche die eintretende Stille. Lang und anhaltend. Direkt hinter der Einfassungsmauer steht im Inneren des Schloßgartens ein kleines chinesisches Haus auf acht Säulen, die zu Palmen umgestaltet sind. Fassade, Dach und Türen sind vergoldet. An der unteren Dachkante hängen ringsum Glöckchen, die sich hin- und herbewegen. Die Sonnenstrahlen bringen sie zum Leuchten. Eine vergoldete Mandarinfigur hockt auf der Spitze des Daches und lächelt geheimnisvoll. Der goldene Sonnenschirm reflektiert das Licht, das einen goldenen Fleck auf dem grünen Rasen zeichnet. Kleine Vögel baden darin. Sie genießen die Wärme, recken und strecken sich. Ihr aufgeregtes Zwitschern vermischt sich mit dem leisen Klang der Glöckchen. Im Schnabel eines Vogels zappelt ein kleiner Regenwurm.

Vor dem Eingang stehen zwei als Chinesen verkleidete Diener mit weißen Handschuhen. Ihre Gesichtsmienen sind gleichgültig. Breitbeinig versperren sie den Eingang. Trotzdem kann ich hindurchschlüpfen. Niemand beachtet mich. Das Innere ist im Stil eines chinesischen Teehauses gestaltet. An niedrigen, farbigen Tischen hocken Männer auf glänzenden Seidenkissen im Halbkreis um einen Mann geschart, der leicht erhöht auf einem großen Kissen in der Mitte des Raumes Platz genommen hat. Auf den Knien ein aufgeschlagenes Buch. Er ist der Vorleser. Die Männer sind im Stil des ausgehenden achtzehnten Jahrhunderts gekleidet: langes, farbiges Samtwams mit aufgesetzten Ärmeln, weiße Hemden, vielfach mit gerafften Falten, Bundhose, Kniestrümpfe und Lackschuhe. Alle tragen eine Perücke, die meisten mit Zopf, der bis auf die Schulter reicht. Die Gesichter sind gepudert und auch geschminkt.

In die Tische sind kostbare Intarsien eingelassen, in Kupfer gestochene Abbildungen von Tieren oder Pflanzen. Diener gehen herum und reichen grünen Tee in dünnen Schälchen. Dazu gibt es Zucker. Ihr Gang hat etwas Würdevolles. Der Vorleser nippt vom Tee und vertieft sich wieder in das Buch. Als er weiterlesen will, unterbricht ihn ein kleiner, gutgebauter, hübscher Mann, etwa Anfang Zwanzig. Seine femininen Bewegungen sind nicht zu übersehen. Sein Französisch klingt affektiert, obwohl er ohne Akzent spricht.

„Pardon! Monsieur Touissant, excusez-moi, bevor Sie weiterlesen."

Der hübsche Mann wendet sich seinem Nachbarn zu, einem alten siebzigjährigen Mann mit hoher Perücke. Sein Gesicht ist weiß gepudert, die Lippen stark rötlich geschminkt. Das linke Auge schielt etwas. Auf den ersten Blick wirkt er abstoßend. Im Verlauf des Gesprächs gewinnt er zunehmend durch geistvolle Bemerkungen und Witz. „Eure Königliche Hoheit, Prince Henri! Je ne sais pas, welcher König sein Land glücklicher macht. Ein milder und friedliebender oder einer, der durch Kriege und Waffentaten glänzen will."

„Nur durch große Taten kann ein König berühmt werden, Monsieur La Roche-Aymon", wirft der Angesprochene ein.

„Wenn Sie gestatten. Ich muß Ihnen widersprechen. Meist wird nur die persönliche Eitelkeit des Königs befriedigt. Das Land hat oft nichts davon. Frieden macht ein Land glücklicher. Ein leutseliger und friedliebender König ist für die Menschen besser als ein Held." Am Schluß streichelt La Roche-Aymon mit der Hand über den Oberschenkel des Prinzen. Als ob er durch die Zärtlichkeit seinen Widerspruch abschwächen will. Der Prinz erwidert flüchtig die Geste.

„Gleichwohl muß ein König Härte zeigen, sonst wird er vom Volk nicht ernstgenommen, Messieurs", bekräftigt Henri.

„Aber wie war es damals in Sachsen, Henri?" will ein anderer Mann wissen, der neben la Roche-Aymon sitzt. Er scheint um einiges jünger als der Prinz zu sein.

„Pardon, Ferdinand?" Henri beugt sich vor, um ihn besser akustisch verstehen zu können.

„Im Siebenjährigen Krieg?" will Ferdinand wissen.

„Ach, das ist lange her...", versucht Henri abzuwimmeln.

„... mag sein. Aber es ist ein gutes Beispiel!" insistiert Ferdinand.

„Bon. Es war einmal ..." beginnt Henri lachend.

„... mein lieber Bruder, erzählen Sie!" ermuntert Ferdinand ihn.

„Messieurs, es war das siebte Kriegsjahr. Ich stand mit meiner Armee tief in Sachsen. Und die Sachsen wollten nichts an die preußische Kriegskasse zahlen. Unser König verlangte Exekutionen, um Proviant und Kontributionen zu erpressen. Ich war dagegen. Nicht um der unglücklichen Sachsen willen, sondern aus Rücksicht auf unser eigenes Heer müßten wir das Land schonender behandeln, schrieb ich dem König. Er lehnte entschieden ab. In drei Wochen würde er alles in Ordnung bringen, wenn er selbst kommen könnte, hieß es. An die höheren Offiziere erging der Befehl, die Exekutionen zu verdoppeln, nichts und niemanden zu schonen. Keine Konzessionen! Lieferungen und Geld einzutreiben um jeden Preis. Was sollte ich tun? Es war ein Befehl des Königs. Ich reichte mein Abschiedsgesuch ein ..." erzählt Henri.

„... und hat er akzeptiert?" fragt Ferdinand.

„Nein. Die gegenwärtigen Umstände würden es unmöglich gestatten, mich von meinem Posten zu entbinden", schrieb er.

Ferdinand ergänzt die Geschichte um andere Einzelheiten.

„Mein Bruder Henri konnte also keine Milde walten lassen. Die Sachsen mochten ihn, weil er bekannt war für seine humane Gesinnung ..."

Unwirsch unterbricht Henri. „... als wir die Exekutionen verdoppeln mußten, begannen die Sachsen uns zu hassen. Ich wurde bald der verhaßteste Mann im ganzen Lande. Friedrichs Härte hat mich die Sympathie gekostet ..." sagt Henri resignativ.

„... Ihren Ruf als Menschenfreund zerstört, aber Preußen gerettet ..." wirft Touissant ein, der aufmerksam zugehört hat. Er kommt nicht weiter mit seinem Satz, als Ferdinand ihn unterbricht.

„... vor allem den Ruhm Friedrichs des Großen gemehrt! Ein harter und unnachgiebiger König zu sein!"

Die Männer schweigen, wohl ein Zeichen des Einverständnisses. Als die Pause unangenehm lang zu werden droht, beginnt Touissant wieder aus dem Buch vorzulesen. Seine dunkle, sympathische Stimme wird vom hellen Klappern der Teetassen begleitet, die auf die Unterteller gestellt werden. Manche schlürfen bedächtig das heiße Getränk, hängen ihren Gedanken nach oder hören dem Vorleser zu.

„Quelques jours après, Gordon lui demanda: ‚Que pensez-vous donc de l'âme, de la manière dont nous recevons nos idées, de notre volonté, de la grâce, du libre arbitre?‘ [...]

„Einige Tage danach fragte ihn Gordon: ‚Was denken Sie über die Seele, über die Art, wie wir unsere Ideen empfangen, über den Willen und die Gnade, über den freien Willen?‘ – ‚Nichts‘, entgegnete der Freimütige. ‚Wenn ich dazu einen Gedanken habe, so meine ich, daß wir alle so wie die Sterne und die Elemente unter der Macht des Ewigen Wesens leben, daß jenes alles in uns bewirkt und wir nur kleine Räder der unermeßlichen Maschinerie sind, deren Seele es ist; es wirkt nach den allgemeinen Gesetzen und nicht aufgrund besonderer Anlässe. Soviel scheint mir erkennbar; das übrige liegt für mich in unergründlichem Dunkel.‘“
Mein Blick wandert von den Männern nach draußen. Zwischen hohen Buchen und Tannen amüsiert sich die Hofgesellschaft im Schloßgarten und macht großes Geschrei. Mich interessiert die Szene. Ich gehe nach draußen. Am Rande des Ackers wird das Kronprinzenpaar vor eine kleine Laubhütte geführt, umringt von einer Schafherde. Ein poetisches ländliches Bild wie bei Pesne, dem königlichen Hofmaler des 18. Jahrhunderts. Die Landmädchen singen ein fröhliches Lied. Der Prinzessin werden farbige Bänder um den Hals gelegt.
Kurz darauf wird eine chinesische Gesandtschaft gemeldet, die um Audienz beim Kronprinzenpaar bittet.

Der ganze Hof setzt sich in Bewegung, voran Kronprinz August Wilhelm und seine Frau Luise, Kammerdiener, Hofdamen und die ganze Dienerschaft. Sie gehen in den Spiegelsaal, der prächtig mit Blumen und preußischen Fahnen geschmückt ist.

Auf dem Grienericksee schaukeln kleine Boote mit Laternen zum diesseitigen Ufer und nähern sich dem hölzernen Leuchtturm, der hinter der Feldsteingrotte steht. Die zehn Boote sind nach chinesischer Art bemalt, darunter ein recht großes. Darin steht eine Sängerin und schmettert ihre Arie in den Morgen. Die Boote kommen näher und legen am Ufer an. Der Gesandte wird von vier Chinesen aus seinem Gefolge getragen. Er ist prächtig gekleidet.

Die chinesische Delegation begibt sich zum Schloß in den Spiegelsaal. Als der Gesandte das Kronprinzenpaar sieht, macht er tiefe Verbeugungen, die sein Gefolge jedesmal mit Musik begleitet, bis er an die Stufen des Thrones gelangt ist. Nun beginnt seine chinesische Rede, die sein Dolmetscher folgendermaßen übersetzt:

„Wie im Lenz die Rose blüht, wie die Sonne die Erde beleuchtet, wie der Mond dem Wanderer als Fackel dient, so blüht, erleuchtet und regiert mein erhabener Herr seine Reiche, seine Völker und Staaten. Es ist der sehr große, hell leuchtende Kaiser Tschingtschang von China. Von ihm erhalten Sie Seide, das Porzellan und die Affen. Sie glauben nun wohl, daß ich gekommen bin, um ein Bündnis zu schließen. O nein! Oder um fremde Sitten und Gebräuche kennenzulernen. Nein! Oder um schöne Frauen zu sehen. Ja!"

August Wilhelm feixt bei der Rede und macht den Spaß mit, als er ernst antwortet:

„Ich bin sehr erfreut über Ihren Besuch. Auch im Namen seiner Majestät des Königs heiße ich Sie herzlich im Königreich Preußen willkommen. Seine Majestät ist für die Freundschaft des Kaisers Tschingtschang sehr empfänglich. Die Frauen des Königreichs werden sich nicht wenig geschmeichelt fühlen, wenn sie erfahren, daß ihre Reize seine Neugierde erregen; aber um sie zu freien, darauf müssen sie verzichten."

Nach den Ansprachen überreicht der chinesische Gesandte seine Geschenke: schönes Schreibwerkzeug aus altem Lack und Schalen aus demselben Material. Der Kronprinz läßt einen kostbaren vergoldeten Spiegel überreichen.

Ich verlasse den Spiegelsaal und überquere den Innenhof. Musik dringt durch die geschlossenen Fenster des Spiegelsaals. Etwas vom Glanz fällt durch die handgezogenen Glasscheiben auf den Hof. Die Hofgesellschaft tanzt und amüsiert sich.

Die Billard-Brücke liegt im Morgenlicht verlassen da. Dahinter das grüne Orangerie-Parterre mit Sphinx-Treppe. Ich will zum sogenannten Salon, einem kleinen runden Pavillon inmitten eines Rondells. Auf dem Weg dorthin fällt mir eine Büste auf, die am Rande eines runden Platzes steht.

Auf einem Sockel ist eine große Marmor-Urne mit lateinischer Inschrift. Die Übersetzung lautet: „Dieser Marmor bewahrt die Asche August Wilhelms Prinz von Preußen, geboren den 9. August 1722, gestorben den 12. Juni 1758." Der Vase gegenüber auf einer schlanken Säule die lebensgroße Büste des Prinzen aus Marmor, auch mit lateinischer Inschrift. Frei übersetzt: „So schaute aus das liebenswürdige Antlitz eines Mannes, der am meisten schätzte die Tugend, die Wahrheit und das Vaterland."

Zwischen zart grünenden Buchenhecken funkelt etwas Rötliches in der Sonne. Vielleicht eine Glas- oder Tonscherbe oder abgesplitterter Stein. Beim Näherkommen vermischt sich das Rötliche mit Grünspan. Unter einem umgestürzten großen Stein, von Moos überwachsen, scheint ein metallischer Gegenstand zu liegen. Es könnte ein kupfernes Gefäß oder Behälter sein mit der Patina vergangener Zeiten. Der Stein ist schwer zu bewegen. Ich breche unter großem Kraftaufwand einen starken Ast aus einer Buche und versuche den Stein hochzustemmen. Kurz bevor der Ast auseinanderbricht, kann ich den Stein ein bißchen bewegen. Die kupferne Kassette ist deutlich zu erkennen

In mühsamer Arbeit gelingt es mir mit vielen Tricks die Kassette herauszuholen. Das Schloß an der Stirnseite ist durchgerostet. Es ist also möglich, die Kassette zu öffnen. Ich zögere. Gibt es darin ein Geheimnis? Vielleicht alte Münzen oder Schmuck? Ich überwinde meine Scheu und öffne langsam den Deckel. In der Kassette liegt ein rot-schwarzes Büchlein, mit einer dicken Lehmschicht überzogen und von Würmern angefressen. Auf dem Umschlag steht „Erinnerungen an meine große Liebe". Darf ich das Buch lesen, in dem zweifellos intime Einzelheiten aus dem Leben eines Menschen ausgebreitet werden? Die Person hat die Kassette hier sicherlich vergraben. Aber warum gerade an dieser Stelle? Ich verstehe es nicht.

Zögernd schlage ich das Büchlein auf. Das Papier knistert widerspenstig. Einige Seiten haben sich aufgelöst, andere zerbröseln beim Umblättern. Aber der Großteil ist gut erhalten. Die klare Handschrift ist schwer zu entziffern, weil der Text in Sütterlin geschrieben wurde. Doch darin bin ich ein bißchen geübt. Dennoch dauert es eine Weile, bis ich mich hineingelesen habe. Es sind Geständnisse einer Frau, die über ihre starken Gefühle zu einem Mann Rechenschaft ablegt. Manches klingt melodramatisch, aber die Ehrlichkeit ist interessant.

„Immer von neuem faßte ich den festen Entschluß, das wachsende Gefühl für den Prinzen aus meinem Herzen zu reißen; ich wollte mich um jeden Preis von seinem Einfluß und seiner zunehmenden Macht über mich befreien; ich wollte um jeden Preis diese Schwäche in mir überwinden – Tage und tagelang verbannte ich mich selbst in mein Zimmer, um ihn nicht zu sehen; ich vermied, ja ich floh seine Nähe, ich begegnete ihm nie anders als mit Unfreundlichkeit und Härte und suchte ihn mit Willen gegen mich zu erzürnen. Und als ihn dies alles nicht abschreckte, habe ich ihn mit Thränen gebeten und beschworen, mich aufzugeben und mich zu vergessen – es war alles umsonst. Er hat nie aufgehört, mich zu lieben bis an sein Ende. Von Natur stürmisch und unvorsichtig war er gar nicht imstande, seine Gefühle zu verbergen, und fast glaube ich, daß es ihm einen Trost gewährte oder eine Art Reiz für ihn hatte, sie nicht zu verheimlichen. Es war, als setze er einen Stolz darein, sie vor aller Welt zu bekennen, wenigstens verbarg er weder seinen Schmerz noch seine Liebe, und dies Benehmen, das vielleicht aus der Stärke oder der Hoffnungslosigkeit beider entsprang und mich zuweilen unwiderstehlich ergriff und rührte, war leider ganz dazu gemacht, um den guten Ruf eines jungen Mädchens in die größte Gefahr zu bringen. Jeder Morgen brachte mir einen Brief oder ein Billet von ihm, und nichts konnte ihn von dem einzigen Gedanken zerstreuen, der ihn beherrschte und ihn unglücklich machte. Ich konnte es damals nicht übers Herz bringen, den Hof zu verlassen, wo meine Stellung eine so angenehme und jedermann so gut für mich war, und doch mußte ich es! Ach, die unselige Leidenschaft des Prinzen hat mein ganzes Leben verdorben und hat es mit Kummer erfüllt.“

Zum Schluß schreibt sie: „Meine Lage am Hof war mittlerweile eine sehr schwierige geworden. Der Prinz verlangte immer stürmischer von mir das Versprechen, denselben nicht zu verlassen und wiederholte mir fort und fort seine Anträge. Er wollte alles auf der Welt für mich thun; aber konnte und durfte ich es annehmen?"

Es sind die Bekenntnisse von Frau Sophie Gräfin Voss, einer geborenen von Pannewitz, Hofdame. Sie schreibt über ihre große Liebe zum künftigen preußischen Thronfolger August Wilhelm, der verheiratet war. In den Erinnerungen wird ihre Ausweglosigkeit deutlich. Sie verläßt 1750 den preußischen Hof und heiratet ihren Vetter Johann Ernst von Voß. Sie liebt ihn nicht. Ihren ersten Sohn nennt sie August Wilhelm. Ihr Sohn stirbt mit sieben Jahren aufgrund eines Unfalls. Das erste Enkelkind ihres zweiten Sohnes nennt sie wiederum August Wilhelm. Eine Liebe, die ihr ganzes Leben bestimmt hat. Geprägt vom Verzicht und Standesdünkel.

Der Tag bricht an

Der Tag ist angebrochen. Ein Fuchs trottet vorbei und verschwindet im Gestrüpp. Enten fliegen schnatternd auf. Einsame Wege, die zum Salon führen. Von der Sphinx-Treppe ist Kindergeschrei zu hören und laute Musik, wie sie auf Rummelplätzen gespielt wird. Ich gehe in Richtung der Geräusche. Sie werden lauter und lauter bis zur Unerträglichkeit. Ich muß mir die Ohren zuhalten. Dann stehe ich auf dem Orangerie-Parterre. Der Platz liegt am Schnittpunkt des Weges, der von Ost nach West führt. Ich bin im Zentrum der Geräusche: Das Karussell dreht sich mit rasanter Geschwindigkeit, wird schneller und schneller. Kinder kreischen laut, bis sie schreien und ihre Rufe ängstlich werden. Ich will helfen, sehe niemand. Wo sind die Kinder? Wo ist das Karussell? Es muß doch hier sein. Ich höre nicht nur Schreie und Geräusche. Ich fühle sie mit meinem Körper, der unter der Lautstärke vibriert. Jetzt bekomme ich Angst und will schreien. Aber ich bringe keinen Ton heraus. Meine Kehle ist trocken, die Stimme versagt. Gestern habe ich doch noch gesprochen? Habe ich meine Stimme verloren? Mit einem Mal bricht alles zusammen. Es ist absolut still. Die Sonne beleuchtet den kleinen runden Platz. Er ist leer. Niemand ist da. Die Sonne steht hoch über dem Schloß.

Stoß ins Herz

Die Nachricht

Es war ein stickig-heißer Tag im August des Jahres 1797. Seit Wochen brütete Brandenburg unter einer Hitze wie seit Jahrzehnten nicht mehr. Die Bauern fürchteten um ihre Ernte, die auf dem Halm zu vertrocknen drohte. Bedingt durch die anhaltende Hitze war das Getreide zu früh gereift und die Körner zu klein geraten. Der fehlende Regen hatte ihr Wachstum beeinträchtigt. Trotzdem hofften die Bauern immer noch auf eine Besserung der Qualität des Getreides und warteten ab. Aber allmählich wurde ihnen klar, daß es sinnlos war, die Ernte weiterhin aufzuschieben. In den nächsten Tagen mußten die Arbeiten beginnen.

Schon in den frühen Morgenstunden flimmerte die Hitze in den Gassen und kleinen Straßen von Rheinsberg. Spätestens beim Mittagsläuten verschwanden alle Bewohner fluchtartig in ihren Häusern und verrammelten wie im Süden Fenster und Türen, um die Hitze nicht hineinzulassen. Auch Wasser war knapp geworden, die Brunnen waren ausgetrocknet. Jeden Abend ging der flehentliche Blick der Brandenburger zum Himmel, um Regen herbeizuzaubern. Bisher vergeblich.

An einem solchen Tag ließ sich Antoine mit einem kleinen Boot zur Remusinsel im Rheinsberger See fahren. Graf Antoine de la Roche-Aymon, gebürtiger Franzose, Anfang Zwanzig, war ein gutaussehender Mann mit grau-grünen Augen. Seine Schönheit, Ge-wandtheit und die feinen Manieren fesselten jeden, der mit ihm zu tun hatte. Heute war ihm die innere Unruhe anzusehen, die er nach außen zu verbergen suchte. Seine angespannte Körperhaltung war Ausdruck intensiver Überlegungen, die er auf der Rückfahrt im Boot anstellte.

An sich sollte er nur zusätzlichen Wein in der Schloß-kellerei für die Gäste besorgen, so lautete der Auftrag. Kurz vor der geplanten Rückkehr erreichte ihn im Schloß die erschütternde Nachricht. Fassungslos und gelähmt stand er lange da, unfähig zu irgendeiner Handlung, bis ihn die Tragweite und das Ausmaß der Meldung langsam erfaßten. Er vergewisserte sich noch mal am Ort des Geschehens, daß die Nachricht tatsächlich der Wirklichkeit entsprach. Sofort ließ er das Nötige veranlassen und hoffte, daß seine Weisungen vor den Augen des Prinzen Anerkennung finden würden. Sicher war das nicht.

Er kannte das launenhafte Wesen seines Herrn, das Antoine als wankelmütig bezeichnete. In gewissen Situationen war es gefährlich, ihm zu widersprechen. Der Prinz wollte provozieren und ging manchmal auch über Leichen. Wenn ein Mensch ihm nicht mehr in den Kram paßte, hatte er verspielt, gnadenlos verspielt. So war es vermutlich auch hier gewesen, dachte Antoine, als er sich der Remusinsel näherte. Lainville hatte verspielt, die Gunst verspielt. Wann bin ich dran? fragte sich Antoine. Die Gunst des Prinzen Heinrich wird nicht lebenslang währen. Werde ich auch in dieser Art und Weise wie Lainville enden? Im Moment konnte Antoine keine schlüssige Antwort darauf finden. Dafür war das Bild noch zu frisch, das sich in seinen Kopf fraß, Schritt für Schritt einprägte. Langsam kroch es wie eine gefährliche Schlange in ihn hinein. Er hoffte, sie würde keine unwiederbringlichen Zerstörungen hinterlassen.

Leichter aufkommender Wind trug Gesang über den See. Der Sänger beendete seine französische Arie aus einer Oper von Gluck, die heftig beklatscht wurde. Vom Ufer konnte Antoine das laute Geplänkel der Hofgesellschaft hören, das aufreizende und gickernde Lachen einer bestimmten Künstlerin, deren Penetranz ihm zuwider war.

„Das hat er gut vorgetragen", rief eine männliche Stimme auf Französisch. Er wußte, das war die Stimme des Prinzen Heinrich. Eine sonore, sympathische Stimme, sofort erkennbar unter vielen und an seinem leichten Akzent.

„Bravo! Bravo! Wenn ich doch so musikalisch wäre ...", rief der Prinz.

„Eure Königliche Hoheit haben andere Qualitäten ...", entgegnete eine männliche Stimme.

„... gewiß, gewiß!"

Antoine machte sich auf den Weg zur Spitze des kleinen Hügels. Unmittelbar am Ufer schlängelten sich schmale Wege entlang. Von Nordosten und Südwesten führten Pfade in vielen Windungen bis zum Gipfel. Der Diener trug im Korb mehrere Flaschen Rotwein, die ihm beim Tragen sichtlich Mühe bereiteten. Er kam schnell ins Schwitzen und außer Atem, bedingt auch durch seine korpulente Figur. Das Hemd klebte am Rücken. Antoine nahm davon nicht sonderlich Notiz und war viel zu sehr mit sich selbst beschäftigt. Er kam zwar auch atemlos an, nicht so sehr wegen des kleinen Fußweges, der aufwärts führte, sondern vielmehr wegen seiner Gedanken an die Nachricht, die er zu überbringen hatte. Antoine war bisher nichts Überzeugendes eingefallen, wie er das anstellen sollte.

Unter Sonnenschirmen saß die Hofgesellschaft an kleinen runden Tischen und war mit dem Essen fertig. Vor ihnen Teller mit Essensresten, daneben geleerte Gläser mit Spuren von Rotwein. Die Tischgesellschaft bestand überwiegend aus Männern, die sich offenbar gut untereinander kannten. Bei einigen war der intime Charakter ihrer Beziehungen unverkennbar. Sie hielten einander die Hände und verschlangen sich mit Blicken. Das Essen, der Wein und vor allem die Hitze versetzten sie in übermütige und manche auch in schläfrige Stimmung. Die wenigen Damen der Gesellschaft bewegten ihre Fächer hastig und unablässig, um sich etwas abzukühlen, die Männer gebrauchten Servietten. Es herrschte eine ausgelassene Stimmung, die der Heiterkeit des sonnigen Tages entsprach.

Die livrierten Diener reichten Kaffee. Hinter ihnen stand ein kleiner zweistöckiger chinesischer Pavillon. Von der obersten Etage hatte man einen herrlichen Panoramablick auf Rheinsberg mit Schloß und Kirchturm, die Försterei Boberow, auf Seen und Wälder. Ein Platz zum Träumen, Dichten und Komponieren. Der Prinz zog sich im Sommer öfter hierher zurück, um an seinen Erinnerungen zu schreiben. Er wollte ganz allein sein und sich vollkommen auf die schriftstellerische Arbeit konzentrieren. Niemand durfte ihn dabei stören. Es war ein Platz weit weg von der Welt, obgleich Rheinsberg allein für sich schon Abgeschiedenheit und Ruhe bedeutete.

Einige Männer hatten die Perücken abgelegt, so daß ihr schütteres Haar zum Vorschein kam oder der kräftige Haarwuchs der Jungen. Dadurch sahen sie männlicher und attraktiver aus. Ein Mann, Mitte Dreißig, hatte seine langen Haare hinten zu einem Knoten gebunden. Allein das Ablegen der Perücken war Ausdruck der familiären Atmosphäre der Gesellschaft. Man kannte sich gut und hatte nichts zu verbergen.

Prinz Heinrich saß auf einem gepolsterten Stuhl und war wie lange nicht mehr gelöst. Sichtlich genoß er den Nachmittag unter Freunden. Die Unterhaltungen wurden nur in französischer Sprache geführt.

„Ich hoffe, daß der heutige Tag nie enden möge", rief er übermütig. „‚Wer ohne Freundschaft lebt, würde nicht verstehen, glücklich zu sein, wenn er auch das Glück und die Götter für sich haben würde', so ist es im Tempel der Freundschaft eingraviert", sagte er. „Trinken wir auf die Freundschaft! Sie ist die wahre Natur des Menschen." Heinrich erhob sich, um anzustoßen. Das Glas war leer.

In dem Moment bemerkte er den Diener und Antoine.

„Warum kommt er so spät?" rief er launig den beiden entgegen.

Antoine wollte antworten, kam aber nicht dazu.

„Öffne er den Wein! Aber schnell. Wir sind durstig!" befahl Heinrich.

Die anderen Diener bemühten sich, seine Wünsche rasch zu erfüllen. Kurz hintereinander knallten die Korken, was mit großer Zustimmung aufgenommen wurde. Heinrich wartete nicht ab, bis alle Gäste Wein bekamen. Das typische Verhalten eines Menschen, der lange Jahre allein gelebt hatte, ohne Rücksicht auf andere zu nehmen. Aber auch eines Mannes, der sich seiner Macht und Stellung bewußt war. Heinrich erhob das Glas und stieß mit den Gästen an.

„À votre santé!"

Die Gläser klangen hell. Das Geräusch zitterte etwas in der Luft und löste sich auf.

„Antoine, mach' er nicht so ein ernstes Gesicht! Wir befinden uns im Sommer, nicht im Totenmonat November!"

Antoine zuckte beim Wort „Totenmonat" zusammen, versuchte krampfhaft zu lächeln. Heinrich spürte, daß Antoine etwas im Inneren bewegte und wollte nicht nachfragen. Er war in zu guter Stimmung, um tiefschürfenden Dingen Raum zu geben.

„Antoine, c'est une belle journée!" versuchte Heinrich ihn aufzuheitern. „Et vous êtes un bel homme, jeune et charmant. La jeunesse dorée", lachte er ausgelassen.

Antoine fühlte sich von den Komplimenten umschmeichelt, reagierte aber zurückhaltend und höflich. Eine Art Höflichkeit, die nur versuchte die Form zu wahren, ohne zu verletzen. Er war nicht sicher, ob seine

Reaktion richtig vom Prinzen verstanden wurde. Diese Unsicherheit machte ihn nervös und fahrig in seinen Bewegungen.

„Er besitzt die Zukunft. Bring er mir meine Violine!" sagte Heinrich.

Ein Musiker aus dem kleinen Orchester reichte das Instrument hinüber. Der Prinz begann zu spielen, anfangs vorsichtig tastend, weil er das Stück auswendig nicht ganz beherrschte, dann sicherer werdend und am eigenen Spiel berauschend. Er schloß die Augen und konzentrierte sich nur auf das Musikstück, dessen Rhythmus langsam begann und sich steigerte. Heinrich wußte an einer Stelle plötzlich nicht mehr weiter und fing sich wieder. Alle hörten aufmerksam zu. Den Musikern war anzumerken, daß Heinrich offensichtlich falsch spielte. Aber sie waren zu abhängig von der Gunst des Mäzens, ihn darauf aufmerksam zu machen.

Antoines innere Unruhe wuchs, je länger Heinrich spielte. Mögliche Alternativen dachte er durch, wann und wie er dem Prinzen die Nachricht überbringen sollte. Auf keinen Fall durfte er die heitere, ausgelassene Stimmung beunruhigen oder gar zerstören. Das hätte ihm Heinrich nie verziehen. Vielleicht war der Höhepunkt des Tages erreicht. Und man würde sich bald auf den Heimweg nach Rheinsberg begeben. Antoine ließ sich Rotwein einschenken. Schnell war das erste Glas leer. Der Diener goß bereitwillig nach.

Die Sonne stand tief im Westen. Am Horizont zogen vereinzelt Regenwolken auf. Es sah nach Gewitter aus. Bisher hatte niemand die Veränderungen am Himmel beachtet, weil alle aufmerksam Heinrich zuhörten. Erst, als sich ganz entfernt ein leises Grollen vernehmen ließ, schreckte die Hofgesellschaft auf.

„Ein Gewitter! Wir müssen sofort zurück!" meinten einige aufgeregt.

Heinrich versuchte davon unberührt weiterzuspielen. Doch die Angst vor dem Gewitter war stärker. Er mußte sein Spiel auf der Violine beenden und bekam großen Applaus. Die Gesellschaft begann sich in allgemeiner Hektik aufzulösen. Schmutziges Geschirr, Besteck und Weinflaschen wurden von den Dienern in die Körbe gepackt, mit denen sie der Hofgesellschaft hinterherliefen, die sich am Ufer versammelt hatte. Das Grollen des Gewitters hörte sich immer lauter an. Leichter Wind kam auf, der kalte Luft mitbrachte. Etwas verängstigt drängten Frauen und Männer in die Boote. Hastig legten sie ab. Die kräftigen Arme der Bootsleute bewegten schnell und gleichmäßig die Paddel. Schwarze Regenwolken ballten sich bedrohlich zusammen.

„Endlich Regen!" sagte eine Hofdame begeistert.

„Hoffentlich kommen wir noch trocken nach Hause!" hielt ein junger Mann entgegen.

Das nahende Gewitter war endlich das, worauf Antoine gehofft, wenn nicht gar gewartet hatte. Er stand neben Heinrich im Boot und sah nach vorne. Alle schwiegen, nur die Geräusche des heranziehenden Gewitters und das Eintauchen der Paddel waren zu hören. Antoine wußte, daß man in einer guten Stunde die Schloßinsel erreichen würde. Aber hier im Boot konnte er Heinrich unmöglich sagen, was Schreckliches passiert sei. Alle würden zuhören, Heinrich sich zu Recht kompromittiert fühlen. Antoine wußte keine Lösung des Problems. Bevor der Prinz das Schloß erreichte, mußte er endlich die Neuigkeit erfahren. So viel war sicher.

Heinrich legte den Arm um Antoine, der sich nicht gegen die Zärtlichkeit sträubte und ihn gewähren ließ. Aber seine passive Haltung machte nachdenklich.

„Was hat er?" fragte der Prinz.

„Es ist nichts", versuchte Antoine unbefangen zu antworten.

Die knappe Erwiderung konnte Heinrich nicht deuten. Der Himmel verdunkelte sich weiter. Der zeitliche Abstand zwischen Donnergrollen und Blitzen war kürzer geworden, obgleich das Gewitter noch einige Kilometer entfernt war. Die Insassen des Bootes drängten sich eng zusammen wie eine Gruppe von Flüchtlingen, die Angst vor dem Unbekannten hatte. Der Regen war zu riechen. Jeden Augenblick konnte es losgehen. Die Bootsleute legten sich ins Zeug und schwitzten.

Kurz bevor die Schloßinsel erreicht wurde, begann es zu regnen. Erst tröpfchenweise, dann heftiger. Dazu krachte und blitzte es, daß sich alle duckten. Endlich legten die Boote an. Kreischend und hastig sprangen die Menschen heraus und liefen in Richtung des Schlosses. Nur Antoine blieb im strömenden Regen im Boot stehen und kam sich wie ein Versager vor. Er hatte es nicht übers Herz gebracht, dem Prinzen die schlechte Nachricht zu überbringen.

Heinrich lief im Strom der Flüchtenden mit und drehte sich um.

„Antoine, komm!" rief er. In solchen Momenten gebrauchte der Prinz das „Du" als Zeichen der gegenseitigen Sympathie und Freundschaft.

Antoine reagierte nicht und ließ den starken Regen über sich ergehen.

„Komm, Antoine!" rief Heinrich nochmal. Als er keine Reaktion bemerkte, lief er weiter in Richtung Schloß.

In dem Moment stand Antoine auf. Jetzt war ihm Entschlossenheit anzusehen. Er hatte sich endlich entschieden.

„Lainville ist tot!" schrie er.

Heinrich konnte ihn nicht verstehen, weil das Gewitter den Schrei übertönt hatte.

Antoine wartete einen Moment ab, bis das Donnern kurz aufhörte.

„Charles Lainville ist tot", wiederholte Antoine mit so gewaltiger Stimme, daß Heinrich ihn jetzt hörte und stehenblieb.

Zögernd drehte er sich um, konnte die Neuigkeit noch gar nicht begreifen. Unsicher und fragend sah er zu Antoine, der mit dem Kopf nickte.

„Il est mort!" wiederholte Antoine laut.

Der Regen nahm an Dichte wieder zu. Keiner der Männer war fähig, einen Schritt zu tun. Wie gelähmt standen sie da, während die Hofgesellschaft bereits das rettende Schloß erreicht hatte. Es schien, als ob Heinrich nur widerwillig die Nachricht aufnehmen wollte.

Langsam und apathisch ging er durch den Schloßgarten auf Antoine zu, unbeeindruckt vom prasselnden Regen. Antoine ging an Land. Stumm standen sich die beiden gegenüber.

„Lainville ist tot", wiederholte Antoine mechanisch. Etwas leiser fügte er hinzu. „Er hat sich umgebracht."

Heinrich blieb stumm, als ob er Antoine nicht verstanden hatte.

„Nein, das kann nicht sein!" sagte Heinrich, um sich Mut zuzusprechen. „Das stimmt nicht!"

Antoine ging nicht auf die Äußerung ein und sah ihm nur in die Augen, als wollte er etwas entdecken. Etwas, das im Widerspruch zur apathischen Reaktion stand.

Das Donnern nahm wieder an Stärke zu. Der Abstand zwischen den einzelnen Blitzen war kürzer geworden. Das Unwetter beeindruckte die Männer nicht. Heinrich nahm seine Perücke ab. Schwere Regentropfen knallten auf den kahlen Kopf mit dünnem Haar. Die Kleidung der beiden war mit Wasser vollgesogen. Der Regen hatte das geschminkte Gesicht von Heinrich abgewaschen. Es wirkte so, als ob dahinter das wahre Gesicht des alten Mannes zum Vorschein gekommen war. Die kleinen häßlichen Narben und die unreine Hautfarbe stellten nur die Oberfläche dar. Der intensive Regen bewirkte mehr. Er hatte die Seele freigelegt, unbarmherzig und kalt.

Die Vorstellung war zu Ende. Die Schauspieler konnten nach Hause gehen.

„Und warum sagst Du mir das jetzt erst?" fragte Heinrich ruhig.

„Wann hätte ich es sagen sollen? Wann?" war die verzweifelte Reaktion.

Heinrich begriff sofort und begann loszuschreien: „Charles, warum läßt er mich im Stich?"

Heinrich setzte sich auf eine Bank, direkt am Wasser, zog Schuhe und Strümpfe aus und sah abwesend auf den Grienericksee.

„Wo ist Lainville jetzt?" wollte Heinrich wissen.

Antoine deutete nur mit dem Kopf in Richtung des Glockenturms der evangelischen Kirche. Heinrich folgte dem Blick.

„Dort drüben?"

Antoine nickte stumm.

In einer plötzlichen Aufwallung schmiß sich Heinrich an Antoine und umarmte ihn leidenschaftlich. Der heftige Gefühlsausbruch warf Antoine beinahe um. Seine Arme hingen herunter. Er konnte die Umarmung nicht erwidern. Heinrich ließ nicht nach, klammerte sich an ihn und fing bitterlich an zu weinen. Antoine war gerührt und erwiderte langsam und stetig die Zärtlichkeit. In dem Moment war der Prinz ihm so nahe wie noch nie seit ihrem Kennenlernen vor drei Jahren. Antoine spürte, daß er ihn liebte, bedingungslos und mit Leidenschaft. In dieser Haltung standen die Männer im Regen, während die Bootsleute sich entfernten. Das Gewitter hatte auch Dunkelheit mitgebracht. Im Schloß waren Kerzen angezündet worden. An einigen Fenstern drängten sich neugierig Dienerschaft und Gäste, um die

Szene im Schloßgarten zu beobachten. Zwei Diener wurden mit Schirmen nach draußen geschickt.

Heinrich löste sich aus der Umarmung und ging schnell in Richtung der Kirche. Antoine folgte ihm. Die Diener hielten die Schirme hoch, um die beiden vor weiterem Regen zu schützen, was von Heinrich herrisch abgelehnt wurde. Antoine ließ einen Diener gewähren und nahm die Hilfe an.

Der Abschied

In der evangelischen St. Laurentius-Kirche war es dunkel. Nur die aufflackernden Blitze beleuchteten schlagartig das Innere der Kirche. Zwei hohe Kerzen am Fuße eines offenen Sargs gaben spärliches Licht. Wenige Meter vor dem Altar stand auf großem Fuß das Taufbecken in Form eines achteckigen Pokals. Auf den Reliefkacheln waren Stationen aus dem Leben Jesu zu sehen.

Wenige Meter vor dem Taufbecken lag im offenen Holzsarg der Leichnam von Lainville. Er trug ein Theaterkostüm und war nicht geschminkt. Durch die Verbände an den Handgelenken war Blut gesickert. Sein blasses Gesicht erschreckte Heinrich, so daß er entsetzt zurückwich. Antoine stand neben ihm.

„Laß er ihn schminken!" fuhr Heinrich ihn an. „Sofort! Ich kann das nicht ertragen."

Antoine nickte kurz und verließ schnell die Kirche.

„Was hat er mir angetan?" schrie Heinrich und ging unruhig auf und ab. In ihm begann es zu arbeiten. Mit Ausnahme des Sarges nahm er überhaupt nichts wahr.

„Hat er insgeheim seine Klage an mich gerichtet? Aber auch an die Schmerzen gedacht, die er mich kosten wird?"

Er blieb stehen, ohne sich dem Sarg zu nähern. „Was

will er? Mir schaden? Ist es Haß oder Liebe, was ihn treibt? Warum hat er mich allein gelassen? Mit ihm stirbt ein Teil meines Lebens. Hat er das bedacht? Vor Scham müßte er versinken. Solch ein Verhalten läßt sich nicht verzeihen! Warum antwortet er nicht?!"

Heinrich begann zu lachen, hysterisch und gefährlich.

„Er kann nicht mehr antworten. Er schweigt wie auch im Leben", schrie er. „Ich habe ihn mehr geliebt als Ferdinand, meinen Bruder. Weiß er das?!"

Draußen war das Krachen des Donners schwächer geworden.

„Du hast alle überstrahlt wie der hellste Stern am Himmel. Was waren wir dagegen?"

Die nasse Kleidung hing wie ein Sack am Körper, so daß Heinrich zu frieren begann. Die Verzweiflung packte ihn, er zitterte und setzte sich auf eine Holzbank neben dem Toten. Von der Kleidung tropfte unablässig das Wasser auf den Steinboden, wo sich eine kleine Pfütze bildete.

„Hab' ich ihm nicht meine Gunst erwiesen?" fragte er kleinlaut. „War es nicht genug?"

Den letzten Satz hörte Antoine noch mit, als er mit einem Mann kommt, der Lainvilles Gesicht zu schminken beginnt. Antoine hat trockene Kleidung mitgebracht. Dankbar zieht sich der Prinz um. Der Maskenbildner schminkt das Gesicht orangefarben, das dadurch ein künstliches Aussehen erhält und starrer wirkt als das ungeschminkte. Die Lippen werden mit grellem Rot nachgezogen, ebenso die Augenbrauen mit schwarzem Stift. Der Mann verrichtet die Arbeit schnell und umsichtig. Man spürt den Routinier. Am Schluß wird das Gesicht abgepudert. Der Mann geht und bekommt von Antoine Trinkgeld.

„Lainville hat nicht mehr Theater spielen können ..." gibt Antoine zu bedenken.

„... will er sagen, daß ich schuld bin ?"

Heinrich hat sich wieder für die distanzierte Form der Anrede entschieden, um Abstand zu wahren.

Antoine hütet sich, die Frage direkt zu beantworten und weicht aus: „Das bedeutet Liebesentzug für einen Schauspieler."

„Unsinn", beginnt sich Heinrich zu erregen. „Ich stand oft Monate nicht auf der Bühne ..."

„... er ist der Fürst!" sagt Antoine mit Nachdruck. „Und er als Chef des Theaters hat Lainville nicht besetzt, sondern zurückgesetzt", stellt Antoine sachlich fest.

Diese Wahrheit will Heinrich nicht hören und sagt nur knapp: „Geh' er!"

Antoine nimmt die nassen Kleidungsstücke und verläßt die Kirche. In Heinrich arbeitet es. Der Satz hat ihn getroffen, weil er fürchtet, daß er ein Teil der Wahrheit über den Selbstmord sein könnte. Das schlechte Gewissen kommt zum Vorschein. Er dreht seinen Rücken dem Sarg zu und spricht mehr für sich.

„Was macht ein Mensch, wenn nur Asche bleibt, wo vorher Feuer war? Die Liebe ist wie ein Schmetterling, manche tanzen nur einen Sommer. Sie ist nicht so beständig wie die Freundschaft. Er wird einwenden, Freunde hätten wir noch werden können. Mag sein. Von Schuld will ich mich nicht freisprechen, aber auch ihn nicht."

Heinrich dreht sich um und geht nah an das Gesicht des Toten.

„Mich überkommt Verzweiflung, tiefer Kummer, seh' ich, wie Menschen umgehn miteinander. Ich finde nichts als feige Schmeichelei, Unrecht, Verrat, Gemeinheit, Eigennutz. Ich halt's nicht aus und möcht' in meiner Wut am liebsten losgehn auf die ganze Menschheit", zitiert er. Er beginnt das Gesicht des Toten zu streicheln.

„Erinnert er sich?"

Heinrich nimmt die blutverschmierten Hände und drückt sie an sich.

„Ich habe wohl verstanden."

Er streift kurz über das Theaterkostüm von Lainville.

„,Monsieur Le Misantrope'. Wie oft haben wir zusammen gespielt?!"

Plötzlich ist ihm das „du" herausgerutscht, ohne daß er es bemerkt.

„Und was hast du geantwortet?" Heinrich muß sich konzentrieren.

„Ihr Eifer wird die Welt gewiß nicht ändern; und da Sie Offenheit so reizvoll finden, sag' ich ganz offen, daß Sie diese Krankheit, wo Sie auch sind, zum Komödianten macht. Und daß Ihr Wüten gegen heutige Sitten den meisten Menschen lächerlich erscheint."

Er beginnt zu weinen, erst zaghaft, dann lauter werdend, bis es ins Schluchzen übergeht. Von den Wänden der Kirche wird das Geräusch zurückgeworfen.

„Sind wir alle nur Komödianten?" Heinrich setzt sich erneut auf eine Bank und spricht vor sich hin.

„Ich erinnere mich an deinen ersten Auftritt. Der war nicht im Theater, nein. Der war in meinem Schlafzimmer", lacht Heinrich.

„Damals hatten wir viele Pläne und Träume. Wir waren hungrig aufeinander. Ein Hunger ganz besonderer Art. Der Hunger eines Raubtiers, das wir in uns tragen. Das ganze Leben. Nur wir können es zähmen und bändigen. Wir haben viel zusammen gelacht, uns amüsiert und philosophiert. Du warst der Aufbruch in ein neues Leben."

Er bricht jäh ab, als ob es ihn erschreckte.

„Warum beginnt alles so grandios und scheitert in den Niederungen des Alltags? Warum fliegen wir höher als die Vögel und stürzen tiefer als der Ikarus, Charles?"

Zum ersten Mal hat Heinrich den Vornamen des Toten ausgesprochen, ganz leise und schüchtern.

„Charles, vielleicht war ich auch ruhmsüchtig geblendet von meinen militärischen Erfolgen."

Er überlegt, ob das stimmen könnte.

„Mag sein. Ich wollte hoch hinaus, höher als mein Bruder. Ich wollte es schaffen und unsterblich werden. Doch – er war auserwählt, ich nur berufen. Er ist der ‚Große' und wird die Unsterblichkeit erlangen. In fünfzig Jahren, ach, in dreißig Jahren, wird sich niemand meiner mehr erinnern. Prinz Heinrich von Preußen weiter nichts als eine Fußnote im Geschichtsbuch. Ein Staubkorn nur im Universum. Vielleicht gibt es die Unsterblichkeit der Seele. Aber selbst wenn, ist sie kein Trost. Nur – wer tröstet mich? Warum ein solcher Abschied? Alles ist ein ewiger Abschied. Das ganze Leben. Aber auch Ankunft. Erst am Ende ist es ein Ankommen."

Draußen hat sich das Gewitter verzogen. Trotzdem ist es nicht viel heller geworden, weil es langsam dämmert. Der Kantor und ein kleiner Junge betreten zögernd die Kirche und gehen nach oben zur Empore. Heinrich bemerkt die beiden erschreckt und ruft aggressiv:

„Was will er hier?"

„Üben. Üben wie jeden Tag."

„Dann tu er es!" herrscht Heinrich ihn an.

Der Kantor rückt die Noten zurecht, während der kleine Junge sich auf den Blasebalg stellt. Bevor der Kantor zu spielen beginnt, ruft Heinrich aggressiv nach oben:

„Sag' er, gibt es einen Gott?"

„Da bin ich mir sicher!" antwortet der Kantor mit fester Stimme.

„Wenn es denn einen gäbe, warum läßt er das geschehen?" fragt Heinrich und deutet auf den Leichnam.

Der Kantor fürchtet, einem längeren Gespräch nicht

gewachsen zu sein, und versucht dennoch auf die Äußerung einzugehen.

„Gott ist nicht dafür verantwortlich …"

„… wofür dann?" fällt Heinrich ihm scharf ins Wort.

„Wir können ihn nicht gefügig machen. Er unterliegt nicht unserem Willen, sondern wir dem seinigen."

Heinrich überlegt und gibt ein Zeichen. Der Kantor beginnt auf der Orgel zu spielen. Es ist eine getragene Melodie, die zunehmend heiterer wird. Heinrich beginnt die Musik mit dem Körper aufzunehmen. Er vollführt eine Kreisbewegung um den Sarg. Dabei wird er zunehmend lockerer. Die Musik trägt ihn in eine unbekannte Zukunft, die frei ist von Vergangenheit und Gegenwart. Seine Bewegungen münden in einen Tanz. Er ist der letzte Gunstbeweis an seinen toten Geliebten.

„Die Seele ist ein Feuer"

Kronprinz Friedrich und Schloß Rheinsberg

Fährt der Reisende von Neuruppin „der mecklenburgischen Grenze entgegen", kommt er „durch eine der stillsten Gegenden der Welt", schreibt ein französischer Autor über die Landschaft um Rheinsberg im 18. Jahrhundert. „Im Sand des Weges erstickt der Hufschlag der Pferde. Die Achsen knarren, und die schwer arbeitenden Pferde rütteln den Wagen hin und her. Längs des Weges dehnen sich Kiefernforsten. Ein Wasserfall treibt eine Sägemühle. Holz und Wasser sind der einzige Reichtum der Gegend. Rheinsberg ist der Hauptort einer Gegend, voll stiller Wälder und schlafender Gewässer." Auf sandigen Feldern werden Roggen und Kartoffeln angebaut.

1685, nach Aufhebung des Edikts von Nantes, sind Tausende von Franzosen nach Brandenburg geflüchtet und in die Dienste des Großen Kurfürsten getreten. In der Rheinsberger Einöde gründen Hugenotten eine reformierte Gemeinde. Die Kleinstadt ist fast französisch geworden, als der „Soldatenkönig" Friedrich Wilhelm I. 1734 Amt und Schloß Rheinsberg vom Geheimen Rat Chenevix de Béville kauft und es seinem Sohn, dem Kronprinzen Friedrich, schenkt. Der König übernimmt den größten Teil des Kaufpreises, der Rest wird aus der kargen Mitgift von Friedrichs Frau Elisabeth Christine von Braunschweig-Bevern bestritten. 1733 war er dem Befehl seines Vaters gefolgt und hatte die Prinzessin geheiratet.

Friedrich gefällt Stille und Lieblichkeit der Landschaft, vor allem aber, daß Rheinsberg mindestens eine halbe Tagesreise von Potsdam entfernt liegt, also nicht in unmittelbarer Umgebung seines Vaters. Johann Gottfried Kemmeter beginnt noch 1734 mit dem Umbau des Schlosses. Später holt sich Friedrich den Baumeister

Georg Wenzeslaus von Knobelsdorff. Er legt die Kolonnade zwischen den beiden Türmen an und am Eingang zum Park einen runden Portikus mit korinthischen Säulen, darauf Vasen und Statuen. Im Schloß schmücken Künstler die Wände mit heiteren olympischen Szenen, dazwischen Bilder von Philosophen und Helden der Antike, alles nach dem Geschmack der damaligen Zeit gestaltet und nicht Friedrichs Erfindung. Doch er liebt ihn. Die schäferliche Mythologie stellt neben der Philosophie die Quelle seiner Dichtungen dar. Friedrich verlangt von der Kunst, ob Architektur, Malerei oder Musik, daß sie ihm Vergnügen bereitet. In der Malerei bevorzugt er liebliche Motive, warme und helle Farben. Seine Lieblingsmaler sind Watteau und Lancret. Von ihnen besitzt er einige Bilder. Antoine Pesne wird mit der Ausschmückung des Schlosses beauftragt. Sein Deckenbild im Spiegelsaal „Der Tag vertreibt die Finsternis" versteht man später als Allegorie auf den Regierungsantritt Friedrichs II.

Ende August 1736 zieht der Kronprinz mit seiner Frau im Schloß ein. Ein erster Besuch des Königs ist Grund für ein ländliches Fest, mit Hetzjagd, Fischzug und Vogelschießen die neue Residenz einzuweihen. Danach ist wieder Stille im Schloß. „Ich habe noch nie so glückliche Tage verlebt wie hier", schreibt Friedrich schon nach den ersten drei Monaten seinem alten Freund Suhm. „Ich lebe jetzt wie ein Mensch und ziehe dieses Leben der majestätischen Gewichtigkeit und dem tyrannischen Zwang der Höfe weitaus vor. Ein Leben nach der Elle ist nichts für mich." Doch fehlt es nicht an geregelter Zeiteinteilung. Am Rheinsberger Hof wird zwischen nützlichen und angenehmen Beschäftigungen unterschieden. Zu den nützlichen zählt das Studium der Philosophie, Geschichte und Sprachen, die angenehmen sind Musik, Theaterspiel und Maskeraden.

In Rheinsberg entsteht bewußt eine Gegenwelt zu der seines Vaters. Hier wird nicht exerziert oder gar geprügelt, wie es bei Friedrich Wilhelm I. gang und gäbe ist. Seiner starren und despotischen Haltung setzt Friedrich eine heitere Lebensweise entgegen, die sich auch in der Gestaltung von Schloß und Garten ausdrückt. Nach jahrelangen heftigen Auseinandersetzungen mit seinem Vater hat Friedrich sein Lustschlößchen gefunden, von dem er vermutlich immer geträumt hat. Die bösen Erinnerungen an die Hinrichtung seines Intimfreundes Katte und die Haft in Küstrin werden von einer unbeschwerten Gegenwart abgelöst, die ihn aber nicht blind für die Zukunft macht.

Der Rheinsberger Freundeskreis

In Rheinsberg umgibt sich Friedrich mit einem Freundeskreis, um sich auch geistig auszutauschen. Freunde, die er sorgfältig ausgesucht hat: Freiherr von Bielfeld, ein Hamburger Kaufmann, der ihn in Braunschweig heimlich in den Freimaurerorden eingeführt hat. In einem Brief von Bielfeld heißt es: „Unsere Tage fließen ruhig dahin im Genusse aller Freuden, welche einen gebildeten Geist zusagen können. Götterwein an königlicher Tafel, Musik wie von Engelschören, herrliche Spaziergänge in Park und Wald, Wasserfahrten, geistreiches Gespräch."

Der Hofkaplan der Kronprinzessin ist Jean Des Champs, der Sohn eines nach Mecklenburg geflüchteten Hugenotten. Des Champs hat eine Abhandlung des deutschen Philosophen Wolff ins Französische übersetzt, in der Platons Gedanke weiterentwickelt wird, wonach die Menschen glücklich sein werden, wenn Philosophen sie regieren. Friedrich ist ein Verehrer der Werke von Wolff.

Zu den Freunden gehören unter anderen Dietrich von Keyserlingk, Heinrich August de la Motte Fouqué und Jordan. Keyserlingk aus dem Kurland gebürtig, hat in Königsberg studiert und spricht neben Deutsch auch Französisch, Lateinisch und Griechisch. Die Oden des Horaz wurden von ihm ins Französische übertragen. Er ist musikalisch, ein unermüdlicher Tänzer, leidenschaftlicher Jäger und auch den leiblichen Genüssen zugetan. In einem Atemzug kann er Passagen aus Voltaires „Henriade" und deutsche Verse zitieren. Keyserlingk himmelt den Prinzen an und will, daß alle Welt Friedrich kennen- und liebenlernt. Der Prinz nennt ihn seinen besten Freund, sein Alles. Keyserlingks zurückhaltende und verschwiegene Art schätzt er am meisten.

Friedrich schickt ihn später zu Voltaire, dem er schreibt: „Cäsarion ist leider in Kurland geboren..., aber er ist der Plutarch dieses modernen Boeotiens. Ich empfehle ihn Ihnen aufs beste. Sie können sich ihm völlig anvertrauen. Er besitzt den seltenen Vorzug, geistreich und zugleich verschwiegen zu sein." Pesne hat sein Porträt gemalt: ein breites Trinkergesicht, den Dreispitz verwegen auf den Kopf gestülpt, die Ärmel aufgeknöpft. Die ganze Erscheinung wirkt etwas heruntergekommen. Keyserlingk gießt sich ein riesiges Glas voll. Neben ihm das erlegte Wild, am Boden ein Buch.

Fouqué, 1698 in Haag geboren, ein großes militärisches Talent, hat Friedrich in Küstrin kennengelernt und im Rheinfeldzug 1734 wiedergetroffen. Schloß Rheinsberg wird Sitz des Bayardordens „Sans peur et sans reproche", „Ohne Furcht und ohne Tadel", und Fouqué sein Großmeister. Nur wenige Urkunden sind erhalten. Die Vereinigung hat über die Rheinsberger Jahre hinaus bestanden und auch neue Mitglieder aufgenommen. Noch im hohen Alter rühmt Fouqué in einem Brief an Friedrich die „beständige" Freundschaft, die dieser ihm bewiesen habe. Eine Anerkennung für den „Beständigen" (le Constant). So hieß Friedrich im Bayardorden.

Jordan, 1700 in Berlin als Kind von südfranzösischen Flüchtlingen geboren, hatte lange Reisen durch Frankreich, Holland und England gemacht, dabei auch Voltaire kennengelernt. „Dieser junge, magere Mann, der an Schwindsucht zu leiden und von blinder Glut verzehrt zu werden scheint", spöttelt Voltaire über Jordan.

Bis zum Tod seiner Frau war Jordan Pastor in der Uckermark. Er wird der persönliche Sekretär von Friedrich und sein literarischer Berater. „Kopist und Kritiker in einer Person", scherzt der Kronprinz. Seine französischen Briefe und literarischen Versuche werden Jordan zur Begutachtung und Verbesserung vorgelegt. Doch mehr als Geist und Wissen ist der Charakter Jordans, seine Herzensgüte und Menschenliebe für den Prinzen von Bedeutung. Jordan tritt selbstsicher auf und besitzt die Gabe der leichten und anregenden Unterhaltung. „Friedrich liebte alles an ihm, selbst seine Armut, die das Bild des Philosophen und Gelehrten vollendete", schreibt Ernest Lavisse. Seine Sympathie faßt Friedrich in folgende Verse zusammen:

„... Weiser Jordan, liebenswerter
Noch als Erasmus, ja, wohl noch gelehrter,
Jedoch viel ärmer durch des Schicksals Haß,
Das Reichtum zu erwerben dir versagte:
Nur Bücher hast du, die der Wurm zernagte,
Bist ohne Dach, selbst ohne Tintenfaß."

Wenn Jordan mal einige Tage am Rheinsberger Hof abwesend ist, so erscheint Friedrich diese Zeit zu lang. „Sie sind unentbehrlich", schreibt er an ihn, „die Tafelrunde bedarf Ihrer Philosophie. Bringen Sie uns die ganze Gelehrtheit Ihrer Bibliothek ohne den Staub mit und verlassen Sie sich darauf, empfangen zu werden wie ein uns notwendiger Mensch."

Mit dem Einzug der Freunde wird Schloß Rheinsberg vor allem so etwas wie ein Heiligtum der Freundschaft. Ihr habe er diese Stätte geweiht, erklärt Friedrich. Wer als Gast in Rheinsberg akzeptiert wird, rühmt die vollkommene Freiheit, die er hier genießen kann. Woanders wage er nicht, sein wirkliches Gesicht zu zeigen, meint Friedrich.

Doch manchmal muß er weg, im Frühjahr zu den großen Revuen in Berlin und im Dezember zum Karneval. Mehrmals reist er nach Ostpreußen und Holland. Und überall sehnt er sich „nach der holden, der lieben Einsamkeit".

„Wie froh bin ich, meine Briefe aus Rheinsberg datieren zu können! Mich deucht, ich schreibe Ihnen freieren Herzens, und mein Geist, der sich weniger im Zwange fühlt als sonst, drückt sich mit größerer Leichtigkeit aus", heißt es in einem Brief an Manteuffel. Er war als sächsischer Minister im Dresdener Kabinett ausgeschieden und wieder nach Berlin zurückgekehrt. Insgeheim gilt er als Kundschafter und Berichterstatter des sächsischen Königshofes. Zwischen Manteuffel und dem Kronprinzen entwickelt sich über Jahre hinweg eine rege Korrespondenz über Fragen der Philosophie und der Religion.

Manteuffel nennt sich Junker von Kummerfrei. Deshalb kam Friedrich wohl auf den Gedanken, das bezaubernde Schloß in Potsdam „Sanssouci" zu nennen. Schon von Rheinsberg sagt er: „Dies ist mein Sanssouci." Ergänzend fügt er hinzu: „Man ist fast außer der Welt.[...] Es ist ein Zufluchtsort, eine Stätte des Studiums und der Freundschaft und der Ruhe. Es kommt auf geistige Zufriedenheit und Seelenruhe an, die ich und mein Kloster so fest wie möglich zu begründen suchen."

Kronprinzessin Elisabeth Christine

In Neuruppin befindet sich Friedrichs Garnison. Der militärische Alltag ist monoton: tagsüber Exerzieren und abends geselliges Beisammensein mit dem Offizierscorps. In Rheinsberg bekommt das gesellschaftliche Leben nicht nur eine andere Form, sondern auch einen neuen Inhalt. „Die Frauen breiten einen unbeschreiblichen Reiz über den täglichen Verkehr aus", heißt es in Friedrichs Briefen. „Ganz abgesehen von dem holden Minnedienste, sind sie für die Gesellschaft durchaus unentbehrlich; ohne sie ist jede Unterhaltung matt." Friedrich beginnt sich in Damengesellschaft wohl-zufühlen. Später wird er sich daran nur ungern erinnern. Bei seinem Lob auf die Damen hat er seine Frau aller-dings nicht im Sinn. Dennoch sind die Rheinsberger Jahre der größte Lichtblick in der unfreiwilligen Ehe.

Elisabeth Christine hat nichts Fesselndes oder gar Aufregendes. Es fehlt ihr an Witz und Esprit. Sie sei etwas auf den Mund gefallen, wird am Hof erzählt. Ihre anspruchslose Hingabe und Freundlichkeit kann aber auch Friedrich auf Dauer nicht zurückweisen. Schon vor der Rheinsberger Zeit bekennt er: „Ich müßte der niedrigste Mensch auf dem Erdboden sein, wenn ich meine Frau nicht aufrichtig hochschätzen wollte, denn sie ist das sanfteste Gemüt, so gelehrig, wie sie sich nur denken läßt, und gefällig bis zum Äußersten, so daß sie mir alles an den Augen absieht, womit sie glaubt, mir Freude machen zu können."

Einen Monat nach dem Einzug in Rheinsberg schreibt Friedrich sarkastisch: „Ich teile das Schicksal der Hirsche, die gegenwärtig ihre Brunftzeit haben. In neun

Monaten könnte sich etwas ereignen ..." Seine ehelichen Pflichten erfülle er allerdings mit mangelnder Leidenschaft. „Sie hat einen wunderschönen Leib und ein zuckersüßes Vötzchen", sagt Friedrich anerkennend. Aber einem Vertrauten gegenüber gesteht er später, nie in seine Frau verliebt gewesen zu sein. Elisabeth Christine bezeichnet ihren Mann „als den größten Fürsten der Zeit" und versichert, daß sie „überglücklich" ist, seine Frau sein zu dürfen.

In der ländlichen Abgeschiedenheit von Rheinsberg entwickelt sich ein herzliches Verhältnis zwischen Friedrich und Elisabeth Christine, das natürlich auch von der Macht der Gewohnheit und der Gemeinschaft des täglichen Lebens beeinflußt wird. Manchmal sind die Eheleute tage- oder wochenlang getrennt. Dann schreibt Friedrich täglich an seine Frau und teilt ihr die Reiseerlebnisse mit. „Ich freue mich sehr auf Rheinsberg, und noch mehr auf das Vergnügen, Sie zu umarmen." Eine tiefere Zuneigung kann er dennoch nicht entwickeln. In späteren Jahren, nach Auflösung der gemeinsamen Hofhaltung, hat sich Friedrich keine große Mühe mehr gegeben, seine Gleichgültigkeit der eigenen Frau gegenüber zu verstecken. Die Vereinsamte aber blieb in ihrer Empfindung gleich. Sie hoffte immer wieder, daß sich noch alles zum Guten wenden würde und zehrte von der wehmütigen Erinnerung an die Rheinsberger Jahre, „da ich volle Befriedigung empfand, freundlich aufgenommen von einem Gebieter, den ich zärtlich liebe und für den ich mein Leben hingeben würde".

Der Sommer des Lebens

Die vier Rheinsberger Jahre werden Friedrichs fruchtbarste Studienzeit. Er eignet sich eine spezifische Lernmethode an. Lesen und Schreiben wechseln am Tag miteinander ab. Um vier Uhr steht er auf, liest sechs Stunden und wiederholt das Gelesene in zwei Stunden. Am Nachmittag kehrt er zur Arbeit zurück. Oft liest er bis zwei Uhr nachts. Er versucht, ohne Schlaf auszukommen, und bricht nach vier Tagen den Versuch ab.

Öfter klagt er über seine Gesundheit: Koliken, Magenkrämpfe, Herzbeklemmungen, Kopfweh und Schlaflosigkeit. Dann versucht er gesund zu leben und macht jeden Morgen einen Spaziergang. Einmal denkt er sogar daran, Holz zu sägen.

„Kann er lesen?" so fragt später der „alte" Fritz einen jungen Adjutanten, der erstaunt reagiert. „Lesen heißt denken." Mit Vorliebe vergleicht sich der junge Friedrich wegen seiner Ausdauer mit einem Benediktinermönch. Es gibt Tage, wo er nicht sagen kann, wie das Wetter draußen ist.

„Wenn ich nicht lesen und schreiben kann, bin ich wie die starken Tabakschnupfer, die vor Unruhe sterben und tausendmal mit der Hand in die Tasche fahren, wenn man ihnen die Dose genommen hat", bekennt er. „Die Leser meines zukünftigen Geschichtsschreibers werden nur drei Epochen zu unterscheiden brauchen: Exerzierzeit, Reisezeit und Rheinsberg." Ausdruck seines Lebens in Rheinsberg ist ein Gedicht, geschrieben in französischer Sprache:

„Dort, unterm Himmelsblau, am Fuß der Buchen,
Wird Wolff studiert, wenn auch die Pfaffen fluchen.
Frohsinn und Grazie halten hier ihr Haus;
Auch andere Götter lassen wir nicht aus.
Bald, wenn wir glühn in holdem Überschwang,
Tönt Mars und Pallas unser Hochgesang.
Dann wird ein Trunk dem Bacchus dargebracht,
Und Venus opfern wir im Schoß der Nacht."

Hier bildet sich Friedrich umfassend: Philosophie, Geschichte, alte und neuere Literatur, Mathematik und Physik ziehen ihn abwechselnd an. Vor allem trachtet er nach Aufklärung. Er schreibt philosophische Abhandlungen in Vers und Prosa, moralische und politische Aufsätze und Hunderte von Briefen.

Eine eigene Kapelle aus neunzehn Musikern wird engagiert, darunter die Gebrüder Graun. Der jüngere ist Violinist, Tenor und Komponist. In Rheinsberg schreibt er etwa fünfzig Kantaten, deren Text vom Kronprinzen vorgegeben und ins Italienische übersetzt wird. Beinahe jeden Abend finden Konzerte statt, bei denen Friedrich auf seiner Querflöte spielt. Er ist inzwischen so weit fortgeschritten, daß er eine Sinfonie komponieren kann. In der Musik sucht er auch das intellektuelle Vergnügen, „die Gedanken der Komponisten zu entziffern und zu verstehen". Er liebt die Musik, wenn sie heiter und gefällig ist. Und er liebt sie, wenn sie „der heftigsten und pathetischsten Beredsamkeit" gleicht und „ihre Akkorde die Seele wundersam bewegen und rühren". Musik bedeutet ihm mehr als nur Zeitvertreib. Sie beschwichtigt seine Ungeduld und lindert seinen Kummer. „Wie die Literatur und Philosophie, verhalf auch die Musik Friedrich dazu, sich eine Seele zu schaffen, die seinem Geschick überlegen war, so glänzend dies Geschick auch wurde", schreibt Lavisse.

Am Rheinsberger Hof werden auch Komödien und Tragödien am Theater aufgeführt. Racine und Voltaire sind die Lieblinge. Voltaire ist allerdings der erklärte Favorit.

Der Kronprinz übernimmt manchmal Rollen und verkörpert auch weibliche Figuren, worüber sich die Hofgesellschaft amüsiert.

Eine kleine Druckerei und astronomische Beobachtungsinstrumente werden gekauft.

Im Oktober 1737, ein Jahr nach dem Einzug in Rheinsberg, schreibt er begeistert:

„Ein Hauptmann von der Leibwache des Kaisers Commodus wurde ohne Grund vom Hofe verwiesen. Als er in der Verbannung den Tod vor sich sah, setzte er seine Grabinschrift auf: ‚Hier liegt, der sieben Jahre gelebt hat.' In Wahrheit hatte er 67 Jahre gelebt, aber nur die letzten in der Verborgenheit. Wenn ich heute meine Grabinschrift machte, so würde sie lauten: ‚Hier liegt, der ein Jahr gelebt hat'". Zu diesem Zeitpunkt war Friedrich 25 Jahre alt. Sein Leben beginnt also erst in Rheinsberg.

Der Lebensstil kostet eine Menge Geld. Friedrich muß Schulden machen, obgleich der Vater es verboten hat. Der Kronprinz besorgt sich Kredite vom Kaiser, dem König von England und Polen. Friedrich Wilhelm I. erfährt davon und tobt. Das Verhältnis zwischen Vater und Sohn ist sehr ambivalent und schwankt zwischen Haßausbrüchen und gegenseitigen Annäherungsversuchen.

In Briefen gegenüber dem Vater schlägt Friedrich einen untertänigen, beinahe sklavischen Ton an. In geheimen privaten Briefen dagegen äußert sich Friedrich ehrlich: „Der König hat seinen Haß auf mich in vielfacher Weise geäußert. Wäre ich nicht sein ältester Sohn, ich nähme meinen Abschied und möchte mir lieber mein Brot bettelnd in der Fremde suchen als alle Kränkungen länger erdulden, die ich hier hinunterschlucken muß."

Später schreibt er in einem anderen Brief: „Ich muß meinen eigenen Vater als meinen Todfeind betrachten, der mich unablässig belauern läßt, um den Moment herauszufinden, in dem er mir hinterrücks einen Stoß versetzen kann."

Die Korrespondenz mit Voltaire

Von den Schriften des französischen Aufklärungsphilosophen Pierre Bayle ist Friedrich begeistert, weil dieser die absolute Glaubensfreiheit des Menschen fordert. Bayle, Angehöriger des calvinistischen Bürgertums in Frankreich, tritt als erster Intellektueller für die vollkommene Trennung von Kirche und Staat ein. Der Kronprinz ist begeistert, weil Bayle „dadurch der Religion den Todesstoß versetzt". Über die Bücher von Bayle kommt Friedrich zu Voltaire. Drei Wochen vor dem Einzug in Rheinsberg schreibt Friedrich aus Berlin am 8. August 1736 seinen ersten Brief an Voltaire in Cirey:

„Monsieur, wenngleich ich nicht die Genugtuung habe, Sie persönlich zu kennen, so sind Sie mir doch durch Ihre Werke sehr wohl bekannt. Es sind, wenn ich mich so ausdrücken darf, Schätze des Esprits und Werke, die mit soviel Geschmack und Kunst gearbeitet sind, daß ihre Schönheiten bei jedem Wiederlesen ganz neu erscheinen. Ich vermeinte darin den Charakter ihres ingeniösen Schöpfers wiederzuerkennen, der unserem Jahrhundert und dem menschlichen Geist überhaupt zur Ehre gereicht."

Voltaire antwortet im September 1736 geschmeichelt:

„Es stimmt, nur die wahrhaft guten Könige waren es, die, ganz wie Sie, damit begannen, daß sie sich bildeten, die Menschen zu ergründen suchten, das Wahre liebten, Verfolgung und Aberglauben verabscheuten. [...] Falls die Henriade Ew. Kgl. Hoheit nicht zu mißfallen vermochte, so muß ich der Liebe zur Wahrheit Dank abstatten, dem Ekel vor den Tyrannen und vor den Umstürzlern, den mein Gedicht einflößt. Es ist das Werk eines aufrechten Mannes; es mußte vor einem Fürsten-Philosophen Gnade finden."

Es ist der Beginn einer ungewöhnlichen Korrespondenz,

die erst 1778, mit dem Tod Voltaires, enden wird. Voltaire hat in seinem Heldenepos „La Henriade" den französischen König Heinrich IV. verherrlicht. Friedrich beschäftigt sich intensiv mit Voltaires Werk und dem Gedanken der Toleranz.

„La Henriade" wird ein Lieblingsbuch. „Toleranz ist die schönste Gabe der Menschlichkeit. Wir alle sind voller Schwächen und Irrtümer. Also vergeben wir uns gegenseitig unsere Torheiten Das ist das erste Gebot der Natur!" fordert Voltaire und entspricht damit Friedrichs Vorstellungen von einem aufgeklärten Königtum. „Nur ein gerechter König kann ein großer König sein, wird ihm zur Maxime", schreibt Wolfgang Venohr. „Aber er schließt – am Beispiel Heinrich IV. – noch etwas anderes daraus (und das darf man nicht übersehen!) : Nur ein absolutes, durch keinerlei Schranken gehindertes Königtum hat die Macht und die Kraft, aufgeklärt und vernünftig, gemäßigt und fortschrittlich zu wirken."

Friedrich verehrt in Voltaire aufrichtig den Freigeist und vielseitigen Schriftsteller. Der Kronprinz glaubt auch, die liebenswürdigste Persönlichkeit, den lauteren Charakter und selbstlosen Freund in ihm gefunden zu haben. Mit großer Ungeduld erwartet Friedrich oft Post von Voltaire und schickt seinen Diener dem Postboten entgegen. Vom Fenster beobachtet er, wie der Diener zurückkommt. Wenn die Sendung endlich eintrifft, sucht er unruhig nach der ersehnten Handschrift. Ist ein Brief von Voltaire dabei, zerbricht er ungeduldig das Siegel und liest den Brief zwei-, dreimal hintereinander. Friedrich hat diese Szene Voltaire geschildert. „Ich bin berauscht vor Freude, Überraschung und Dankbarkeit", antwortet dieser.

„Schade, daß Sie geboren sind, um anderswo zu herrschen", schreibt Voltaire. „Das Marquisat Cirey gehört von alters her zu Brandenburg." Voltaire wohnt in

Cirey, nicht weit von der Schweizer Grenze entfernt. Die Lobhudeleien nehmen kein Ende, wenn er dem Kronprinzen schmeichelt, er sei gebildeter als Alcibiades und spiele besser Flöte als Telemach. Friedrich bleibt ihm nichts schuldig und antwortet: „Sie mußten zur Welt kommen, damit ich glücklich würde! Ich glaube, es gibt nur einen Gott und nur einen Voltaire, und dieser Gott bedurfte in diesem Jahrhundert eines Voltaire, um es liebenswert zu machen ... Sie haben ein altes Bild von Raffael gewaschen, gereinigt und restauriert." Friedrich bewundert den Dramatiker und Epiker, den Historiker und Philosophen, den Moralisten und Freigeist. Voltaire ist für ihn das große Licht des Zeitalters der Aufklärung. Voltaire ist überrascht und begeistert, „einen Fürsten zu finden, der an die Menschen denkt", „einen menschgewordenen Monarchen". Aber Friedrich will auch etwas vom Glanze des Ruhms eines Voltaire abbekommen und ihn nachahmen, vielleicht sogar gleichkommen.

Als Schriftsteller ist Friedrich mit Voltaire der Meinung, daß der strenge Ernst in der Literatur eine Krankheit sei. „Ich kenne nichts Schlimmeres als die Langeweile, und ich glaube, man unterrichtet den Leser schlecht, wenn man ihn zum Gähnen bringt", schreibt Friedrich. Er verzweifelt an deutscher Literatur, weil sie für ihn langweilig ist. „Wenn die Deutschen sich eines Gegenstandes bemächtigen, so machen sie ihn schwerfällig. Ihre Bücher sind von erlesener Weitschweifigkeit. Könnte man sie von dieser Schwerfälligkeit heilen und sie mit den Grazien etwas vertrauter machen, so würde ich nicht daran verzweifeln, daß meine Nation große Männer hervorbringt...", schreibt er.

Der geistige Horizont von Friedrich ist vollkommen französisch. Seine Erzieher waren, wie fast alle seine Leute, Franzosen. Mit seiner Mutter, der Königin, und seiner Schwester Wilhelmine spricht er Französisch. Nur mit dem König und der Dienerschaft spricht er Deutsch. Die „Réfugiés" waren Friedrichs Lehrer und hatten ins Exil das Französisch einer bestimmten Zeit und einer gewissen Schicht mitgebracht. In den ersten Schriften von Friedrich kann man das „Réfugié-Französisch" erkennen. Er hat keine Ahnung von Grammatik. Sein Instinkt allein reicht nicht aus, um den Geist der beiden Sprachen zu verstehen. In seinem Französisch gebraucht er deutsche Ausdrücke und Wendungen, ebenso wie im Deutschen französische.

Eine wichtige Beschäftigung in Rheinsberg ist das intensive Erlernen der französischen Sprache, des französischen Stils und Esprits. Sein Lehrer wird Voltaire. Wie Voltaire zu schreiben ist Friedrichs Ehrgeiz. In fast allen Briefen bittet er ihn um Verbesserungen und Ratschläge. Durch wiederholte Übungen und Aufgaben lernt Friedrich schließlich das Französische zu beherrschen. Vor seiner Muttersprache scheint er eine gewisse Scheu zu haben. Er will nicht einmal die Werke des Philosophen Wolff auf deutsch lesen.

Friedrich ist vom Geist des 18. Jahrhunderts erfüllt und hat einen unaufhörlichen Wissensstrieb. Er kennt die Theorien von Newton und Descartes, ordnet Experimente an und macht selbst welche. In einem Turm des Rheinsberger Schlosses richtet er eine Sternwarte und ein physikalisches Labor ein. „Ich tue soviel wie möglich zur Erwerbung der Kenntnisse, die ich besitzen muß, um alle künftigen Pflichten meines Amtes würdig zu erfüllen", lautet sein Credo.

„Das Wirklichste in uns ist das Leben"

Diese Erklärung ist Friedrichs fester Ausgangspunkt in der Beschäftigung mit Fragen der Religion, Philosophie und Politik. Er weiß, daß es verschiedene Regierungsformen gibt und hat gegen keine von ihnen Vorurteile. Von der konstitutionellen Monarchie in England ist er ebenso fasziniert wie von republikanischen Staatsverfassungen, „die durch weise Gesetze die bürgerliche Freiheit schirmen und unter den Mitgliedern der Republik eine Art von Gleichheit herstellen, die sie dem Naturzustande wieder näher bringt". Friedrich meint, alle Staatsformen seien in der Natur begründet.

Er ist vielleicht der einzige König, der seine Theorie vom Absolutismus aufstellen kann, ohne Rücksicht nehmen zu müssen. Preußen sieht Mitte des 18. Jahrhunderts auf eine kurze Geschichte zurück. Traditionen konnten noch nicht entstehen, die die Monarchie beschränkt hätten. „In Preußen gibt es keinen Hochadel, keine hohe Geistlichkeit und keinen reichen Bürgerstand, die seit Jahrhunderten für ihre Herrscher gekämpft, gebetet und gearbeitet hatten." Preußen ist ein Mosaik einzelner Länder, voneinander getrennt, „vom Rhein bis zur Weichsel verstreut, an Geist, Sitten und Vergangenheit verschieden".

Preußen besteht nur in seinem König, der in den Gedanken über das Fürstentum zur Erkenntnis gelangt, daß der Fürst keineswegs „unumschränkter Herrscher über seine Untertanen" ist, „sondern nur ihr erster Diener". Daraus wurde der Satz: „Ich bin der erste Diener meines Staates." Ganz im Gegensatz zum Absolutismus des Sonnenkönigs Ludwig XIV., „L'État c'est moi!" „Der Staat bin ich!"

Anfang 1739 beginnt Friedrich mit dem Schreiben des „Antimachiavell". Es soll seine berühmteste Abhandlung werden. Niccolò Machiavelli hatte 1513 eine politische Schrift mit dem Titel „Il principe" („Der Fürst") veröffentlicht. Im Verlauf von zweihundert Jahren wurde es das wichtigste Buch an den Höfen Europas. Dem Florentiner macht Friedrich den Vorwurf, daß Moral für ihn in der

Politik nicht vorhanden sei. Die Gelehrten sind sich nicht einig, ob es sich bei „Il principe" um „eine Art politischer Leitfaden für skrupellose Herrscher oder um „einen Fürstenspiegel zur Belehrung und Besserung der Monarchen handelt". Friedrich interessiert das nicht und erklärt Machiavell zum Bösewicht. Der Kronprinz „analysiert dessen Widersprüche" und setzt seine eigenen Thesen dagegen, entwirft sozusagen für die europäischen Fürsten „einen politischen Tugendkatalog".

Der „Antimachiavell" ist aber keineswegs ein Tugendbuch. Friedrich erklärt mit unschuldiger Miene, daß Verteidigungskriege berechtigt seien, und daß Kriege „zur Verfechtung gewisser Rechte und Ansprüche nicht minder gerecht sind als jene". Auch Angriffskriege sind aus seiner Sicht „gerecht": "Es ist also besser, daß ein Fürst sich in einen Angriffskrieg einläßt, solange er noch Herr ist, die Wahl zwischen Ölzweig und dem Lorbeerzweig zu treffen, als daß er auf hoffnungslose Zeiten wartet, in denen er seine Versklavung und seinen Untergang nur um ein paar Augenblicke hinausschieben könnte. Ein sicherer Grundsatz sagt, es sei besser, zuvorzukommen, als zuvorgekommen zu werden." Und letztlich unterstützt er auch „Vorbereitungskriege, die die Herrscher aus Klugheit unternehmen"; denn die Klugheit „erheischt, daß man handelt, solange man die Macht dazu hat".

Einerseits schreibt Friedrich, daß die Fürsten „Treu und Glauben der Verträge peinlich beobachten und sie mit der größten Gewissenhaftigkeit erfüllen müßten". Andererseits nimmt er die Forderung wieder zurück und meint, „allerdings gibt es Zwangslagen, wo der Fürst nicht umhin kann, seine Verträge und Allianzen zu brechen". Er läßt sich alle Hintertüren offen. Hier deutet sich bereits seine zukünftige Politik als König an.

Terror und Despotismus sind Friedrich aus eigener Erfahrung zutiefst verhaßt. Auch in diesem Sinne muß man seinen „Antimachiavell" verstehen. Er bekennt sich zu den Ideen der Volksfreiheit und der Menschenrechte. „Im Grunde ist der ‚Antimachiavell' eine hochintelligente Propagandaschrift *für* die Fürsten, *für* das absolute Königtum", schreibt Venohr.

Am Vorabend der Thronbesteigung

Im Februar 1740 weiß König Friedrich Wilhelm I., daß er bald sterben wird. Seine Frau Sophie Dorothea schickt einen Boten nach Rheinsberg, als sich Ende Mai der Gesundheitszustand des Königs rapide verschlimmert. Kronprinz Friedrich ahnt, daß die schöne vierjährige Zeit in Rheinsberg zu Ende geht. Er soll gesagt haben, „die Possen haben nun ein Ende", als er vom bevorstehenden Tod seines Vaters hörte.

Friedrich trifft in Potsdam ein und wird in den folgenden zwei Tagen in die wichtigsten Angelegenheiten des Staates eingeweiht. Nach den Gesprächen sagt er, daß sein Vater genaue Instruktionen in vollkommener Klarheit und mit großer Ruhe gegeben habe. Kein Aufbrausen, kein Wüten mehr. Der sterbende Vater erkennt die hellwache Intelligenz seines ältesten Sohnes an. „Mein Gott", ruft er unter Tränen aus, „ich sterbe zufrieden, da ich einen so würdigen Sohn und Nachfolger hinterlasse." In der Nacht auf Dienstag, den 31. Mai 1740, entsagt Friedrich Wilhelm I. der Regierung und überträgt sie dem Kronprinzen. Die Abdankungsurkunde kann er schon nicht mehr unterschreiben. Der Tod tritt vorher ein. „Er starb", sagt der Kronprinz, der als Friedrich II. den Thron besteigt, „mit der Festigkeit eines Philosophen und mit der Ergebung eines Christen."

An Voltaire schreibt Friedrich II. am 12. Juni 1740:

„Ab jetzt ist das Volk, das ich liebe,
Der einzige Gott, dem ich diene.
Adieu, meine Verse und meine Konzerte,
Alle Freuden, sogar Voltaire;
Meine Pflicht ist mein oberstes Gott.
Welch Sorgen alle in seinem Gefolge!
Welche Last die Krone doch ist!
Wenn dieser Gott zufriedengestellt,
Dann teurer Voltaire, werde in Ihre Arme
Ich eilen, flinker noch als ein Pfeil."

Bibliographie

Materialien aus dem Geheimen Preußischen Staats-
archiv
BPH Rep. 56 I und Rep. 56 II und I. HA Rep. 133

Bücher, Broschüren und Zeitschriften

W. P. und A.M. Adams, Die Amerikanische Revolution
in Augenzeugenberichten, München 1976

Hans Bleckwenn, Entwicklung der Altpreußischen Uniformen, Osnabrück 1971

Hans Bleckwenn und F.G. Melzer, Die Uniformen der
Preussischen Infanterie 1753 – 1786, Osnabrück 1753

Gerhard Böthling, Friedrich der Große und sein Bruder
Heinrich in ihrem Verhältnis als Feldherren, Berlin 1929

Heinrich von Bülow, Prinz Heinrich von Preußen, Kri-
tische Geschichte seiner Feldzüge, Zwei Theile, Berlin
1805

Friedrich Franz von Conring, Ein Offizier Friedrichs des
Großen unter dem Sternenbanner – Steubens amerikanische Sendung, Berlin 1931

E. Countrymen, A People in Revolution, Baltimore
1981

Walter Dinger, Rheinsberger Sagen aus „Märkische
Zeitung", Juli 1932

H. Dippel, Germany and the American Revolution
1770 – 1800, Chapel Hill 1977

F. Mc Donald, The Formation of the American Republic
1776 – 1790, Boston 1965

Wilhelm Ludwig Victor Graf Henckel von Donnersmarck, Erinnerungen aus meinem Leben, Zerbst 1846

C.V. Easum, Prinz Heinrich von Preußen, Göttingen
1958

J. Elliot (Herausgeber), The Debates in the Several State

Conventions on the Adoption the Federal Constitution, 1888

Theodor Fontane, Wanderungen durch die Mark Brandenburg, Frankfurt 1989

Gedenkblatt zum hundertjährigen Todestag des Prinzen Heinrich von Preussen, Bruder Friedrich des Großen, „Sonderausgabe der Rheinsberger Zeitung", 3. August 1902

Johann Ludwig Gleim, Preußische Kriegslieder in den Feldzügen von 1756 und 1757

Von einem Grenadier, Nachdruck Berlin 1906

Christoph Willibad Gluck, Iphigenie in Tauris, Oper in vier Akten, Berlin 1874

Goethes Gedichte in zeitlicher Reihenfolge (Weimar 1775 – 1786), Frankfurt am Main 1982

Gottgetreu, Führer durch Stadt, Schloß und Park Rheinsberg, Rheinsberg 1899

Olaf Groehler, Die Kriege Friedrichs II., Berlin 1990

Andrew Hamilton, Rheinsberg, erschienen 1882/83 in deutscher Sprache

Hennert, „Beschreibung des Lustschlosses und Gartens Seiner Königlichen Hoheit des Prinzen Heinrichs Bruders des Königs, zu Rheinsberg wie auch der Stadt und der Gegend um dieselbe", Berlin 1778

Helmut Hilz, Wegmarken, Aachen 1992

Karl Hoppe, Chronik von Rheinsberg, Neu-Ruppin 1847

J.H. Hutson, Pennsylvania Politics 1746 – 1770, The Movement for Royal Government and Its Consequences, Princeton 1972

Friedrich Kapp, Leben des Amerikanischen Generals Friedrich Wilhelm von Steuben, Berlin 1858

D. Karg, Der Schloßpark von Rheinsberg, Ein Führer durch den Schloßpark und seine Geschichte, Herausgegeben vom Rat der Stadt Rheinsberg, 1981

Christian Graf Krockow, Die preußischen Brüder, München 2000

Christian Graf Krockow, Rheinsberg, München 2000

Richard Krauel, Prinz Heinrich von Preußen in Paris während der Jahre 1784 und 1788 bis 1789, Berlin 1901

B. Krüger, Die Amerikanischen Loyalisten, Frankfurt 1977

Molière, Der Menschenfeind, Stuttgart 1993

Walter von Molo, Der junge Fritz in Rheinsberg, Berlin 1916

Karin Niemann, Prinz Heinrich und Rheinsberg, Berlin/Karwe 1993

Friedrich von Oppeln-Bronikowski, Liebesgeschichten am Preußischen Hofe, Berlin 1928

Charlotte Pangels, Königskinder im Rokoko, München 1976

Ernst Poseck, Preußisches Rokoko, Berlin 1943

Jean Racine, Britannicus, Stuttgart 1993

La Rochefoucauld, Maximen und Reflexionen, Stuttgart 2000

La Rochefoucauld, Spiegel des Herzens, Zürich 1988

Herbert Schambach (u.a. Herausgeber), Dokumente zur Geschichte der Vereinigten Staaten von Nordamerika, Berlin 1993

Schloß Rheinsberg, Text: Claudia Sommer, Detlef Fuchs, Herausgegeben von der Stiftung Preussische Schlösser und Gärten Berlin-Brandenburg, Potsdam 2001,

Der Schlossgarten in Rheinsberg, Text: Michael Seiler, Herausgegeben von der Stiftung Preussische Schlösser und Gärten Berlin-Brandenburg, Potsdam 1998

Karl Eduard Schmidt-Lötzen, Dreißig Jahre am Hofe Friedrich des Großen, Aus den Tagebüchern des Reichsgrafen Ernst Ahasverus Heinrich von Lehndorff, Gotha 1907. Nachträge. Band I., Gotha 1910; Nachträge.

Band II., Gotha 1913

Richard Schmitt, Prinz Heinrich von Preußen als Feldherr im Siebenjährigen Kriege, Greifswald 1885, Diss.

Kurd Wolfgang von Schöning, Der Siebenjährige Krieg, Potsdam 1852

Albert Soboul, Die Große Französische Revolution, Frankfurt 1988

Walter Teßner, Stadtchronik, Rheinsberg 1928

Dieudonné Thiébault, Friedrich der Große, seine Familie, seine Freunde und sein Hof oder zwanzig Jahre meines Aufenthaltes in Berlin, Leipzig 1828

Kurt Tucholsky, Rheinsberg, Ein Bilderbuch für Verliebte, Hamburg 2001

Kurt Tucholsky, Schnipsel, Erweitere Neuausgabe, Herausgegeben von Wolfgang Hering und Hartmut Urban, Hamburg 1995

Kurt Tucholsky, Gesammelte Werke, Hamburg 1975

Voltaire – Friedrich der Große, Briefwechsel, Ausgewählt, vorgestellt und übersetzt von Hans Pleschinski, München 1994

Voltaire, L'Ingénu, Der Freimütige, Stuttgart 1982

Gustav Berthold Volz, Briefwechsel mit seinem Bruder Prinz August Wilhelm, Leipzig o.J.

Sophie Marie Gräfin von Voß, Neunundsechzig Jahre am Preußischen Hofe – Aus den Erinnerungen der Oberhofmeisterin, Leipzig 1876

Alfred Weise, Rheinsberg und der junge Friedrich, Berlin 1925

G.S. Word, The Creation of the American Republic 1776 – 1787, New York 1972

Christian Zentner, Der Erste Weltkrieg, Rastatt 2000

70 Jahre danach – Der Erste Weltkrieg im Spiegel des Buches, Ausstellung in der Deutschen Bibliothek in Frankfurt am Main 1985

Eva Ziebura, Prinz Heinrich von Preußen, Berlin 1999

Interviews, Gespräche und unveröffentliche Schriften

Interview mit Frau Dr. Margot Engelhard, geb. Pohrt, Liebenau a.d. Weser, Herbst 2000/Frühjahr 2002
Interview mit Ursula Schadwinkel, geb. Otto, in Göppingen am 4.8.2001
Gästebuch der Familie Otto, 1890 – 1981, Schloß Rheinsberg
Gespräche mit Dieter Däbel, Jürgen Plötz, Horst und Christel Steffen, Rheinsberg 2000/02

Danksagungen

Für ihre Hilfsbereitschaft und die Ratschläge möchte ich ganz besonders folgenden Personen danken: Dr. Detlef Fuchs, Kastellan vom Schloß Rheinsberg; Helma Held; Dr. Peter Böthig, Leiter der Kurt Tucholsky Gedenkstätte, Rheinsberg; Rita Sauer, Eva Ziebura, Anne Stabrey, Dietmar Koeppen, Bernard Mangin und natürlich den vielen Rheinsbergern. Ohne ihre Mitarbeit hätte das Buch nicht entstehen können. Besonderen Dank auch an die Stiftung Kulturfonds Berlin, die die Arbeit finanziell unterstützt hat.